天黑前的夏天

[英国] 多丽丝·莱辛 著 | 邱益鸿 译

译林出版社

图书在版编目（CIP）数据

天黑前的夏天 / （英）多丽丝·莱辛（Doris Lessing）著；邱益鸿译. -- 南京：译林出版社，2025. 1. --（莱辛作品）. -- ISBN 978-7-5753-0433-7

Ⅰ. I561.45

中国国家版本馆CIP数据核字第20244S5X76号

著作权合同登记号　图字：10-2021-127号

天黑前的夏天 ［英国］多丽丝·莱辛 / 著　邱益鸿 / 译

责任编辑　宗育忍
装帧设计　金　泉
校　　对　戴小娥
责任印制　闻媛媛

原文出版　Flamingo, 2002
出版发行　译林出版社
地　　址　南京市湖南路1号A楼
邮　　箱　yilin@yilin.com
网　　址　www.yilin.com
市场热线　025-86633278
排　　版　南京展望文化发展有限公司
印　　刷　苏州市越洋印刷有限公司
开　　本　850毫米×1168毫米　1/32
印　　张　8.5
插　　页　4
版　　次　2025年1月第1版
印　　次　2025年1月第1次印刷
书　　号　ISBN 978-7-5753-0433-7
定　　价　69.00元

目 录

在家

一个女子双臂交叉，站在自家后屋台阶上，等待着什么。

在想事儿吗？她可不这么认为。她是在试图抓住某个东西，让它赤条条地躺在跟前，好让她细细端详，看个真切明白。最近一段日子里，她脑海里的种种想法多如衣架上的衣服，她一件件取下“试穿”。任凭自己嘴里冒出童谣般老掉牙的话语，因为遇到重要事件，人们总是习惯套用老话表明态度，而老话却多为陈词滥调。哦，没错，初恋嘛！……成长注定是痛苦的！……知道吗，我家老大都……可我那时在恋爱呀！……婚姻就是一种妥协……我已经不再年轻了。诚然，这些词语全都历经时间的洗礼，选择这个而非那个，与个人感情关系不大，更多取决于社交场合和社交对象。要想看出一个人的真情实感，你得琢磨她脸上连她本人都觉察不出的微笑和使劲抿着的嘴唇，或者细察对方怎样说一句“我再也不想当小孩子啦”，然后释放出胸中闷气。这类词语的魅力的确卓越超凡，频频现身，和最富功效的广告宣传妙语相当；也许，会有许多人把这样的话成天挂在嘴上，青春是人生最美好的时光，女人活着就是为了爱情，直到有一天，在他们旧调重弹的时候，从镜中瞧见自己的模样，或眼光敏锐地捕捉到朋友听到此类话语的表情，才会悄然住嘴。

一个女子双臂交叉，站在自家后屋台阶上，等待壶里的水烧开。

因为罢工，家里大部分时间没电。那女子的小儿子蒂姆和女儿艾琳，一大早开车下乡，到爱坪林里拾了一些柴火（姐弟俩其实乐在其中），然后在花园的石子路上燃起一堆火，又从车库最里端找到一块废铁，做了一个三脚架支在火上。于是，火堆就成了这家人这一天的开心所在——他们在上面煮饭，守在它旁边，拿它说笑。可是，那个女子的心里却十分懊恼：要耗去整整二十分钟的时间，才能让水壶呜呜呜响。这些年里，她都记不得水壶烧开的叫声是什么样的了。有了电，水从静止到沸腾不过眨眼的工夫，完全不需要响声……

也许是她麻木迟钝？也许蒂姆和艾琳摆弄那些东西的时候并不像她觉得的那样兴味盎然——毕竟姐弟俩都是成人了，弟弟十九岁，姐姐二十二岁——只是出于社会情感才假装如此？其实，他俩的行为相当于一个陈旧词语，一种习惯，而人们却不知如何在事实真相面前将这种习惯摆脱——不管它是什么。

就像她自己。

事实真相是，她一天比一天更加清醒地意识到，不单是她的话语和众多纷扰的想法被她从衣架上取下穿上，就连她的真实情感也再次发生了变化，这一发现令她闷闷不乐。

女子松开交叉的双臂，走了几步，来到石子路中央的那个怪物身边，往悬在三脚架上那根弯曲电线上的水壶下添了几根柴，然后侧耳倾听：莫非水壶的响声已经变了？她想是的。要是明天停电（罢工方有如此威胁），按说就该买个野营炉什么的：像这样的童子军训练好是好，可是万一下雨呢……据说罢工可能还会持续一段日子。与上回相比，好像这几次停电真的说停就停。能源危机——热能、光能和燃油——肯定会越来越频繁，是不是该有所储备？或许，蒂姆和艾琳是对的：弄捆柴火有备无患。

女子回到后屋台阶上，靠着墙，双臂又交叉了起来。

世上有的事情是公众的，或者说社会的——譬如战争、罢工、洪灾、地震，感觉仿佛是上帝所为。国外有一种观点，且不论理性与否，认为这种事情性质一旦严重而罕见（或者曾经严重而罕见，会不会只是错误的记忆？），都将成为每个人人生经历中的头等大事，就像空气，曾几何时是某颗遥远而渺小星辰的大气，却选择包裹我们这个可怜的行星。想想吧，这类至关重要的经历，越来越多的人将亲身体验到：侵略、战争、内乱，瘟疫、饥荒、洪涝灾害，土壤、食物及空气的污染。对待这些情况，老传统的态度就更加一成不变了。无非是这样：我们得做点什么，要不就是，哎呀，太痛苦了！而类似这般的细节却鲜少提及：我的家人都死在集中营了，或者我的四个孩子都是饿死的，或者我姐姐和她的孩子都被当兵的打死了。不过，看起来似乎关乎社会大事的习惯态度的确要比关乎私事的更为诚实？哎呀，太痛苦了！是这回事吗？

她发现水壶的响声小了，就到身后的屋子即厨房里，伸手取出一把硕大的瓷咖啡壶，壶里已经搁好了咖啡。她端着咖啡壶，站在火堆边，看着开水在壶盖下咕嘟咕嘟作响。

只靠巅峰或危机时刻的表现来看待事物，是无聊而荒谬的：毕竟，个人事件和公共事件一样，都是长期日积月累而成的……至少经历了几个月，通常是好几年之后，人们才会感慨：上帝，我的一生都改变了——谈论爱恨情仇时的激情，婚姻，充满考验的工作。因为我变了，所以我的人生也变了。

壶盖下，沸水开始凶猛地翻滚，溢出壶口。

她拿了块微波炉垫，抓住壶柄，用嘶嘶作响、滚烫的沸水冲泡咖啡，然后把水壶搁在火堆旁边，没有放在草坪上，否则草地上一会儿就会留下焦黄的一圈。她把尚未燃尽的木柴从火中拨出，要是下雨了，得记得给它们和剩下的柴火盖上雨披。她从未参加过童子军，不知道怎么用湿柴生火。

她一手拿着水壶，一手端着咖啡壶，离开后花园，走进厨房。

我待在坩埚里，被磨碾成了齑粉……能说出这样的话语，或者闪出这样的念头，她还是相当得意的。确是事实吗？成就感就这么重要？管它呢，反正那是众人皆有的感受：不管是世界居民中的少数异类，认定人类的生命和甲壳虫一样微不足道；还是守旧人士，认为人的一举一动都不容忽视，因为在上帝眼里，人类乃万物之灵长。或者连神都有这种体会。可是，如果他或她是只甲壳虫，甚或一只蝴蝶，那他或她有什么变化，学了什么，长大没有，成熟了与否，就都无关紧要了？毫无疑问，一定存在某种情感，兴许还是我们最深的情感，人生最重要的是要懂得在生活中学习。这份情感是不是应该归功于习惯，归

功于早期、原始时期遗留的产物？或者归功于甲壳虫的自以为是？可是，情感乃事实存在，这一点毋庸置疑。“上帝”已遭放逐，或被宣告死亡，或仍活着。甲壳虫到底要对谁解释这一切呢？

读什么书成什么人。

常常要经历漫长而痛苦的时光。

可惜，还有一点毋庸置疑：漫长的时光和一茬茬的苦痛极少化为知识……

她真这么想吗？是，她真这么想。

是因为她心情郁闷吗？她郁闷吗？可能。她是某种东西，她强烈地感觉到某种东西，却触摸不到……

女子将咖啡壶放进一个托盘里，杯碟、勺子、方糖和过滤器已在盘中。她端起托盘，出房门之前，回头扫了一眼桌子，上面都是午餐用过的脏碗脏碟，还有几个是早餐用过的碗碟。可以叫蒂姆把火再生起来，烧壶水，等有了足够的热水再叫她进来清洗？算了，还是不要吧，这会儿他不想做事。待会儿自己动手吧。

女子走出屋子侧门，来到草坪上。草坪该修剪了，上面长了不少雏菊，东一株西一株，一路长到花园中的那棵大树下，颇具风情。这个女子就是凯特·布朗，确切地说，是凯瑟琳·布朗，或迈克尔·布朗太太。她小心翼翼地端着托盘，心里一边想着那一桌未洗的碗碟，一边继续想心事，找理由……不管此刻的她，处在人生的哪一阶段，她都希望这个阶段快快过去，因为对她而言，这一阶段仿佛永无尽头。假使人生非得按辉煌时期或巅峰时刻的状态来看，那么，在她身上很久都没“发生”任何事情了。她不敢期盼将来会发生什么，只知道自己将在忙碌的家庭琐事中慢慢衰老。

有时候如果幸运，某个过程或某个阶段是可以被凝集的，凯特终将发现，这个夏天就是一段被缩短、被加厚和被凝集的时光。

她会有什么经历呢？除了慢慢老去，别无其他：衰老是成长过程的后续和重复。当然，人人都得经历——噢，天呀，时光在飞！……不知不觉人生就走完了……成熟就是一切。等等。但就凯特而言，这根本就不是一个持续十年、二十年的过程，她疯狂地跟随潮流亦步亦趋——染发、减肥，穿着打扮时尚，又不装嫩，几乎感觉不到光阴的流逝。几乎对所有人来说，衰老只是时间问题，除非遇到如下事件：大灾大难，地球飞离人们脚底，洪水淹没城市，炸弹摧毁了孩子，令生者恍如行尸走肉。如今你正青春年少，可一晃便步入中年，但要想弄明白，是什么时候从一个阶段进入了另一个阶段，实非易事。紧接着就老了，而你却几乎浑然不知自己是何时变老的。你对待周遭人事的态度变了——哦，是的，大变特变了，但你本人却毫无意识，因为寒冰是慢慢地、慢慢地将生命之谷冻结起来的。大多数人只会这么觉得：我恐怕不年轻了。然而，凯特·布朗却将在短短几个月之内，把个中滋味一一品尝。因为，在这几个月中，每件事都关乎她，而她本人、她的耐心、她的温顺，以及她的时间，都将成为攻击的靶子——实际上她渺小的生命将承受来自另一领域即公众领域的种种压力，所以每件事才会令她如此紧张不安？不管事情是如何发生的，反正这个夏天的经历，有违她的德行，超出她的能力，她无法控制事态的发展。

等夏日的种种经历结束，她将无法再另行选择：即便之前她也无法为自己选择，因为她没有选择经验，也没有想象力。是的，将要发生的一切，并非她想要的，尽管她站到了树下，端着托盘，心有所想：这样的情形的确可以持续到永远！可是，真这么认为就错了，因为就在这个时候，一定有个什么东西我能看见，有个什么东西此时的我能够理解，某种行为我能选择……

选择？什么时候选择？我选择过了吗？

一个女子，像过去漫长岁月里常做的那样，站在树下，端着托盘。她把托盘搁在花园桌上，桌子是用十年前发明的某种材料制作而成的，看上去像铁制品，很轻，她用两个指头就能拎起来。她把桌子摆稳，这样东西搁在一侧就不会翻倒了。

她并没有把这张桌子当成一种选择，尽管是因为她，他们才选择买了这张桌子，家里的那几个塑料杯子也一样，瞧着还以为是瓷的呢。

她走回草坪中央，吸了口气，朝屋子上方的窗户大喊了几声。她不用想就知道会看到什么，她丈夫探了探头，应道：“来了！”

一个女子，白裙白鞋，颈上系了条粉色围巾，站在草地上。

就这一部分倒有可供选择的地方，有意识的、特意做的选择：这个女子的外表就是选择的结果。她浑身上下搭配精巧，这身打扮符合住在郊区豪宅里的中产阶级的身份，而且她是作为别人的妻子待在这里的。当然，还作为孩子们的母亲。

她身上的裙子来自“美丽女士”牌专柜，合身得体，素雅大方。脚上穿着鞋袜。头发——一个我们需费心费力加以选择的领地——烫成了大波浪，露出脸盘，鼻梁和脸颊上方长了几点没被清除的小雀斑。她丈夫常说他喜欢她脸上的雀斑。她的头发略带红色——红得不太显眼。她是个俊俏女子，健康、温顺。

她站在草地上，手搭在眼睛上方，大声喊:“迈克尔，迈克尔！咖啡！”

一张模糊的脸孔从洒满阳光的窗格子后露出，回应道：“来了！”

一个女子，穿着适合午后家庭聚会的衣裳，穿过草坪。她走得很小心，不想让草刮伤鞋子。要能让她本人选择，她宁愿光着脚丫，脱掉袜子，穿件穆穆袍、纱丽或纱笼——类似这样的衣服——留一头披肩直发。

她不想自己过于花枝招展，因为在孩子还年少时她就发现，他们讨厌她由着性子做事。对门玛丽·费切丽穿着打扮的样子，好像没结婚生子似的：可是她那几个孩子恨死了她的穿衣风格，变着法儿损她。

玛丽说过:“干吗要委屈自己呢？孩子太霸道了可不行。”凯特一向认为她这话说得在理。而事实呢，她一直以来都在委屈自己。可她发现，自己那几个孩子议论她外表的时候，用词并不比玛丽·费切丽的孩子客气多少。

凯特在树下席地而坐，将身体藏于树荫之中，双脚伸进阳光里，好像脚上没穿袜子一样。坐在宽敞的花园里，她仔细端详自家这栋高大的方形楼房，目光好像在与这里告别似的，因为最近夫妻俩常说，过不了多久孩子们就都长大了，是不是该考虑换栋小房子了？一套公寓？他们可以到乡下买幢房子，跟朋友——也许是费切丽夫妇——合住。

凯特常想这事儿，但总认为得过上几年才会应验。

时值五月，英格兰的夏日舒适却短暂，秋季指日可待。这家人的生活中隐藏着某种不安定因子，有一种有机物质在伦敦南部，确切地说，在布莱克希思，悄悄地起起伏伏。随着孩子们成年，这个家庭，或生命体，或有机物质，好像开始一年一年向外爆炸，碎片落到这个地球越来越远的地方。如同一年一度的户外踏青，虽然开始于暮春时分，却已然嗅到秋的气息。

去年，迈克尔作为一名颇有地位的神经病学家，七月赴美参加了一个会议，而后趁机在波士顿医院工作了三个月，十月才打道回府。凯特陪同丈夫与会，后因家中事务，中途回了一趟英国，于九月再度赴美，与丈夫团聚。她和那些带孩子的女子一样，既要顾这头儿又要顾那头儿，当然她们所做的都是分内之事。那些女子，来自欧洲各个地区，整个夏天，也都在两地奔波。

今年，迈克尔还要去波士顿的那家医院工作四个月，和一个同事一块儿进行医院间的交流。他俩的大儿子史蒂芬，今年二十三岁了，是大四的学生，已经约好了几个朋友，打算花四个月的时间游历摩洛哥和阿尔及利亚。艾琳，二十一岁了，要与父亲结伴一同前往美国，走访前年她在西班牙野营时结交的朋友。二儿子，詹姆斯，应邀去苏丹，考古挖掘，等秋季大学开学才会回来。而她自己呢，铁了心不再往美国跑了。原因之一是她不想跟女儿生事，知道她们母女要在一块儿，冲突在所难免；还有，三个人都去，开销太大；再说，没准儿她还会和丈夫闹别扭呢……想到这里，她不禁笑了，是一脸的苦笑，好像在说“婚姻嘛，就得有人付出，有人享受”。她很清楚，对这个问题，她不愿深究。还有一件事儿。她家的蒂姆，虽说是个十九岁的大小伙子，大家也一个劲儿地鼓励他独立外出，可他就是哪儿都不想去。他一向是个“难缠”的家伙，或者说“问题青年”。所以呢，为了他，伦敦南部的这个家还是得有人打理。她，为人母者，自然得担此重任。她觉得，接下来的几个月，日子会和以前的许多夏日一样。她所在的地方就是家人的大本营，孩子们学校放假了，回来住一住；或者去往哪里的途中，转回家待上一天或一周。她得替他们、他们的朋友、朋友的朋友忙里忙外，前后打点。她随时待命，准备为家人鞍前马后。

她盼望那个日子快点儿来到，不只是希望家中济济一堂，还盼望能够露一露理家的本领。她知道自己手脚麻利，办事利索。她还想趁这个夏天，把花园好好修整一番。等到他俩——迈克尔和她——这对老夫老妻退出热闹的舞台，真的搬离这栋房子的时候，叫人念叨的不是这栋房子，而是这个花园，这个她精心照料了二十多年的花园，一个旖旎美丽的英式花园，好像未经人工修整，而自主选择长成了草坪、百合丛、玫瑰带和药草区。一年四季，鸟鸣婉转，微风轻拂。没有一方泥土凯特不熟悉，没有一方泥土不是人工堆积而成的——当然，离不开蚯蚓和霜冻的鼎力相助。

她坐在那儿，闻着玫瑰、薰衣草和麝香草的芳香，看着丈夫和客人走出房屋。

访客名叫艾伦·波斯特，其人和医药行业扯不上半点儿关系，是个公务员，搞国际关系的，在一个与联合国沾点边的机构里做事。他和迈克尔·布朗医生邂逅于洛杉矶的机场大厅，当时他俩的航班因大雾延迟。他们一起下棋，喝酒，互相邀请到家中做客。前一周，他们在古奇大街不期而遇，一块儿吃了午饭。迈克尔邀请艾伦周日到家共进午餐。要是没停电，布朗一家就会准备传统的周日午餐。倒不是为了家人，传统的那一套早已被他们弃之如敝履了。做传统大餐是为了款待客人：他们一家子常开玩笑说，他们家请外国朋友吃饭，拿手好戏就是上传统菜肴，就像农民离开旅游行业就没戏唱了一样。不过，今天是艾琳掌勺，蒂姆打下手，这会儿他俩不知跑到哪儿去野了。艾琳做了份土耳其黄瓜凉汤；用火烤了些羊肉串；做了一份杏肉刨冰——冰箱的电是用煤气发的。他们喝了不少桑格里亚酒，配方是二儿子去年在西班牙时向人讨教来的。

迈克尔和艾伦·波斯特落座之后，继续谈论先前的话题。吃午饭的时候，他俩就聊得热火朝天，吃完饭到楼上的书房，也未中断。她往漂亮的塑料杯里倒好咖啡，自从隔壁邻居家的狗追逐另一只狗，窜进她家将家里一整盘最好的瓷器撞碎之后，在花园里她就只用现在这套杯子了。她给两位男士递过咖啡和巧克力薄饼，然后堆着笑容，像个哨兵，专注地看着他们，因为这样，她可以不动声色地想自己的心事。其实，她在想丈夫。

每次看到丈夫这样，跟同事，特别是外国同行谈天说地的时候，她就觉得他已经离她远去了。她有这种感觉，并不是因为她丈夫说话做事八面玲珑，根本不是这个原因；而是因为他跟艾伦·波斯特在一起的时候，四周仿佛笼罩着一团密密匝匝的气息，他开始膨胀，好像意欲展翅腾飞而去……去年和他一起在美国的时候，她就感觉到他的膨胀，他的扩张。她总觉得，这个男子与她结婚这么多年，身上一直深藏着一种潜能，只是这种潜能永远无法在家庭生活中找到成长空间：她的这一感受，夫妻俩自然谈论过。她也曾隐隐希望：他会说有时她也给他同样的感受，他却没有。这时，她想起今年有四个月的时光，他的妻子将不在身边，只有女儿偶伴左右：那种恰如其分的笑容，那种嘲讽的、皮笑肉不笑的笑容，又浮现在她脸上。她知道自己这么笑了；正如他们所说，她是“蓄意”笑成那样，或表达那种意味的。如果场合恰当——比如回答年轻女子（不是她的同龄人，不是玛丽·费切丽）的问题——她可能会斜靠着椅子，垂下嘲讽的双眼，说上两句：年轻的时候，遇到这种事儿，都爱小题大做——瞧，都是鸡毛蒜皮的小事儿，在真正的婚姻中，一点儿都不重要！伴随扬扬得意的姿态的就是她这种嘲讽的笑容，这她清楚；还有一份释然，因为成功摆脱了陷阱、险境……坐在夏意浓浓的树下，手拿咖啡壶，对两个男子暗示，咖啡还多着呢，笑容满面。她听见自己的心里话：我说的是多么可怕的谎言啊！可恶！干吗要这么做？明明这里有个什么东西，我都不愿意让自己正眼瞧一下。和玛丽在一起的时候，有几次我都快逮住它了，但和别人在一块儿，就没辙了。现在，她看着它，想抓住它，不要再装模作样、胡编乱造了——不要再从衣架上取下一模一样的旧衣裳了……她听着男人们聊天，现在是一本正经地旁听：话题好像和她有关，好像已经聊了好几分钟，只是之前她没有听罢了。

艾伦·波斯特的伦敦会议遇到了麻烦，或应该说，是会议组委会遇到了麻烦：一个名曰“国际食品”的组织要召开一个会议，探讨人类吃的东西，或者不吃的东西。由于接二连三的意外事件——流感，有人臀部摔裂，还有一名里斯本成员猝死——等到与会代表已经围着桌子坐好，准备商讨具体事项的时候，才发觉没有翻译。如今这年头，要找个流利的法语、德语或西班牙语翻译，不费吹灰之力，可要想找个英语和葡萄牙语都说得溜的翻译，而且受过足够的训练，能够应付这份高强度的工作，就别提多费劲了。葡萄牙语翻译不可或缺，因为该会议中有一个小组讨论的议题是咖啡，而全球咖啡主要生产国巴西又是说葡萄牙语的。大会只好延期，等到聘齐了葡萄牙语翻译再召开。到目前为止，他们已经物色到了两位翻译，但仍空缺两名。艾伦·波斯特和迈克尔一起瞧向凯特，等她开口说，她乐意成为第三名翻译。三年前，凯特帮一个打字水平极臭的朋友，敲打了一整部关于咖啡种植和销售的科普读物。因为这本书，她对这个物品相当熟悉。再者，她的语言能力一向很强。她的法语和意大利语都说得很不错，葡萄牙语就更不在话下，原因之一就是她是葡萄牙人。她天资聪颖，很早就读完了高中，本打算三年后再上大学——结果没去上，而是转念嫁与迈克尔为妻了。她和爷爷在莫桑比克首都洛伦索-马贵斯[1]住了一年，她爷爷是个学者。在那里，她只说葡萄牙语。她父亲约翰·费里拉，是个英国化了的葡萄牙人，在牛津教葡萄牙文学。能生为他的女儿，她感激万分，因为她心知肚明，这样的家庭背景，就是一大笔财富。是她爷爷领她迈进了葡萄牙语门槛，她才能陶醉于葡萄牙文学和诗歌当中，沉浸于“这种语言的精神深处”。

在这个印度洋之滨的城市里生活了一整年，专门给她玩乐的一年，她有什么收获？爷爷是个旧式家长，对家中女子非常严格。凯特从未想过，要和自己深爱的老人作对；再说，犯得着吗？——她在这里不过就住短短一年而已。在那一年里，她从未和男子单独相处过，被呵护着从未经历任何不快，不管是文学里还是生活中；也领略到了不无快乐的异国情调（很短暂），其中所有元素都那么陌生，她只得逐个体会。她备受关爱却不被信任，是家中宝贝却不被看重。耳边充斥着崇拜者的奉承话语，令她晕乎乎的——但她知道，她，一个女孩，在爷爷的生命里只占据着极小的分量（这个分量是经过仔细斟酌的），和他妻子一样，还有他女儿。她那时就这副模样：娇滴滴的一个小姑娘，像朵山茶花，雪白的肌肤，浓密的深红色头发，一袭白色绣花亚麻裙子，粉颈香肩半裸，坐在游廊的摇椅里。纤足着地，慢慢地前后摇晃着椅子。她知道自己的玉足非常性感，

1 莫桑比克首都马普托的旧称。

惹得身边的小伙子总是目不转睛地盯着它看，浮想联翩。她手执绣花绢扇，用老保姆教她的方法，手腕轻转，扇着风儿。小伙子们，以她为中心围成半圈，坐在草地的椅子上，向她大献殷勤。这些小伙子都是征得爷爷的同意后，才能在这里陪她聊天。那是一九四八年的事儿了。在洛伦索-马贵斯，她名声在外，风光无限：一来她毕竟是英国人，再怎么乖巧，都会超出爷爷许可的范围；二来是因为她那头暗红色短发和褐色双眸，这种模样的姑娘在那个举目皆是黑发深眸的国家，难得一见。另外，在这块殖民地上，爷爷对她过分严格，很可能出于逆反心理，她常常故意举止轻佻，言语放肆。

回英国时，她回首望着这个水雾迷蒙的地方，满腹欲语还休的心思，其中一个就是，她非常渴望成为奶奶那样的女子——除非爷爷记错了——奶奶根本不想离开葡萄牙，因为她不想让自己的生活方式发生翻天覆地的变化。她是个漂亮女子，人人都这么说；是个出色的母亲，能煮一手好菜，人非常好，又和蔼善良，挑不出一点儿毛病——噢，对了，不管奶奶多么优秀，可以预见，赞美之词带给凯特的却是负面影响。凯特从这个说葡萄牙语的国家回来后，一心一意就想上大学，读罗曼什语言文学专业。她还真的被牛津大学录取为住校生。后来她遇见了迈克尔。迈克尔经历了十年的战争和专业集训，事业才刚刚起步。她搬进迈克尔的住所，两人欢欢喜喜地开始了被他们称为“第一阶段”的生活。

要是没有结婚，她会成为自己领域的什么特殊人才吗？没准儿当上了讲师？女子当教授的好像不多。不过，这些念头不常出现：她没觉得孩子让人讨厌。再说，丈夫好像并不要她守在家里，会同她分享乐趣，乐意她和别人交往。她常帮丈夫或丈夫的同事翻译资料，还曾译过一部葡萄牙语小说呢，虽然没挣几个钱，但为她赢得了不少称赞。她同世界上各色人等都打过交道，特别是孩子们长大成年后，常在家中招呼四方好友。

要是她没有结婚——不过，上帝呀，要是没有结婚，她会疯的，恨自己学什么罗曼什语，读什么文学……迈克尔和艾伦·波斯特喝着咖啡，等她表态。她只感到一阵恐慌涌上心头，这一发现更令她不知所措了。害怕是愚蠢的，可笑的。怕什么？这一点对谁都不好说，连迈克尔都不行——每次接到活儿的时候，都是些简单的活儿，她完全能够应付，显然只要几天工夫就能完成，她都觉得自己像个被长期囚禁的犯人，心想着从明早开始就得面对自由了。

“可我觉得干不了，”她说，“蒂姆这一整个夏天都在家里进进出出呢。”

她看见丈夫抿紧了嘴唇：他俩常为蒂姆争吵，但没有一次争出个结果来。迈克尔认为，自己这个小儿子，太娇生惯养了。而她呢，虽然承认他说得可能很在理，却对他说的“把他扔出去就结了”的方法不以为然。怎么才能“把他扔出去”呢？往哪儿扔呢？孩子到底干了什么坏事，要用这么激烈的手段？他整天绷着个脸，爱说狠话，讨厌这个讨厌那个，可是所有的孩子都这样，只是表现方式不同罢了。凯特以为，她替蒂姆说话，是因为丈夫对他失之公允：她意识到，一谈到这个话题，两人都容易情绪化，所以没法就事论事；对这件事儿，她有她的态度，会竭力维护，家里家外，没有分别。

“会议不会太长的——你刚才说要开多久呀？”迈克尔问艾伦。

此时，艾伦已经看出，这对夫妻之间出现了问题，他回答：“最多一个月的时间。”他眼睛没看夫妻俩，而是转头望着房子。一个男孩从里面走出，向他们走来。

“蒂姆过来了。”凯特说，言下之意：当着孩子们的面别提这事儿。

蒂姆走到树下，他的模样显然要比从远处瞧上去大。远看，他单薄消瘦，步子轻盈。他绷着脸，盯着母亲说：“很抱歉，妈妈，我改主意了。弗金森兄弟邀我去挪威登山来着。要是你不介意，我想去。”

“不会，当然不会，孩子，”凯特脱口而出，“当然可以去啦。”这个夏天蒂姆能够找到乐子，没有被抛弃一旁，她很高兴，就像自己要去挪威似的。不过，那孩子先瞧了一眼父亲，做父亲的朝他点了点头。然后，他正儿八经地冲着客人笑了笑，眨眼间就换了一个人，变成一个敢作敢为的男子汉，但他回头看母亲的时候又成了那个阴郁小子。他对母亲说：“那么说定了，我现在就去打包，晚上出发。”说完，他逃命似的撒腿奔向房子。

她冲着儿子的背影喊道：“蒂姆，走之前能不能再生个火烧壶水，我要热水洗碗哪。”蒂姆要么没听见，要么就是不乐意做。

“那你什么时候开工呢，凯特？”艾伦问，“什么时候？明天？干吧，啊？”

凯特没有吱声，笑了笑算是答应下来了。她知道自己可能会放声大哭。她觉得，好像身下的支柱全被抽走了一样。她觉得——用她常用的比喻，她的确是在生长，在自己的思想里，现在已经长了一段时间——好像突如其来，从未来之所刮来一阵刺骨寒风，冲她直面吹来。

她说：“行啊，当然啦。先让我把碗刷干净总成吧？”

男人们听了哈哈大笑，她也笑了。艾伦又说：“要是有人替你刷碗，你是不是可以打通电话？”

他给了她一个名字和电话号码，然后陪她一起进屋。他态度正经，却不失温情，仿佛人与人之间的亲密唾手可得，几乎不用牵扯任何私人感情：她知道，这就是她即将进入的氛围。他的表现既轻松又能给人以帮助；他守在她身边，看她打电话，说出得体的话语——这样说话，对她来说并不容易，因为组委会的人爱打官腔。她打完电话后，艾伦亲了亲她的双颊，搂着她，领她往草坪上的那棵大树走去。艾伦相貌英俊，和他俩——迈克尔和她——年龄相仿，是个爱家的男子，家有妻子和几个小孩子或者大孩子。这个男子收入可观，这辈子就是从一个地方跑到另一个地方开会，同来自好几十个国家的代表讨论食品。她很喜欢他，心想，呼吸着这种轻松而不带私情的空气，毕竟能让她暂时缓口气，搁一搁心中的石头。这个男人的一切，她都真心实意地喜欢，包括他的穿着，他说话的模样：最近，她一直看不惯丈夫的穿衣风格和他理的那个发型。算了，别想这些了，又不是什么大不了的事儿。

她之所以觉得自己好像坠落空中，是因为要是蒂姆不在这里了，这栋房子就完全可以关门上锁了。

他俩回到树下。炎热的周日下午渐渐趋近傍晚，男人们聊起了一宗伊朗的医疗事故。

关于房子要不要出租，他俩也谈了几句。

过去，夫妻俩就这个问题，争论得非常厉害，各有各的理由，谁也不让谁，会争上好几天，甚至好几星期。

这时她发话了："我说，咱们以前不是都没出租吗，对不对？"

"那有什么，"迈克尔应道，"来这儿旅游的人家会租的，就算咱们把东西留在橱子里，他们都乐意租。"

"要是孩子们路过伦敦，往哪儿落脚呢？"

"可以暂住别人家嘛，也到时候了吧。"

"可我就是觉得……"

"明早我来给中介打电话。"迈克尔·布朗医生说，故意让凯特难堪，因为他从早到晚没有一刻闲工夫，就算她去了国际食品组织上班，也不会比他忙。

问题是，她觉得自己很没用，很窝囊，因为像房子这样的事，都成了小事。

再说，会议结束之后，她该怎么办呢？想当然地以为她能在什么地方安顿自己——她这个人，多能屈能伸呀，打从孩子出生以来，一直如此。回顾将近四分之一个世纪的岁月，她看到，她生活的特点就是——服从和适应他人。长子出生的时候，她二十二岁，老幺降生的时候她也不到三十岁。她对别人说起这些，妒煞了不少人；很多很多人，来自不同国家的，都知道迈克尔·布朗的家庭和和美美，人见人羡。

微微的寒风真的吹来了，虽然依旧柔和。这是她平生第一次不被需要。她成了可有可无的人。多年来她心里一直很清楚，这样的时刻快要来临了。她甚至为此作了应对计划：可以学学这个，去那里走走，到福利机构做义工什么的。但凡有点儿脑子的女子，都不可能不知道，人到中年，在能力与精力的巅峰阶段，她们注定会成为那种文献累累、被研究详尽的现象，也就是成为这样的女子：孩子大了，人也闲了，为大家好，为她自己和家人好，精力必须转移，从孩子身上转移到其他不那么娇气的东西上。所以，这种事情落到她头上，一点儿都不奇怪。也许，她该早点儿做好心理准备？

她没料到这个夏天就出了状况。明年夏天，或者后年夏天都行，就是不要现在。她的主意都是为将来准备的。可是现在就发生了。当然，只是暂时的问题，因为到了九月，房子又归她家所有，又成了几个“小孩”的温暖的大本营，虽然现在孩子们回家的次数越来越少。但是，她得替丈夫着想，他是那么喜欢这个家，喜欢家里的一切……上次全家人聚在一起，上大学的，度假、旅游、远足的，都在家里，是什么时候？想一想，那是很久以前的事儿了。

可是她呢，这个家庭的主妇，从六月到九月底，将没着没落。连个自己的房间都没有。她感觉怪怪的，好像身上温暖的蔽体之衣被人剥光，如同一只待宰的牲畜。

她今后的日子，迈克尔和她当然商量过，也分析过她的还有他的感受。凡事有商量是他俩婚姻的基石和支柱。他们一直认为，把话捂在心里不说，于事无补；相反，拿出来搁在台面上商量，一切困难便能迎刃而解。自打相识开始，他俩就一直遵照这一原则行事。

对自己和婚姻的认识，夫妻俩有许多高见，许多看法都是正确的。

比如，他俩的卧室里放了两本书，并排放着的，一本是伯特兰·罗素的《幸福之路》，另一本是荷兰医生凡·德·维尔德的《理想的婚姻》：凯特送给迈克尔的是罗素，而迈克尔送给凯特的是维尔德。两本书都题着：为了第一阶段，给我的爱人。该题词纪念着这样一个事实：甜蜜的爱情一旦结束，第一阶段也宣告结束，他们随之步入婚姻的殿堂。他俩都清楚，情况肯定会发生变化，爱情的甜蜜一定会消退，这两本友善的书，为了第一阶段，凯特送给迈克尔的和迈克尔送给凯特的，对他们长久的讨论作了总结。如今，拿起书翻到题献页，也许对方会发现自己嘲谑的鬼脸……要是被逮住了，他俩肯定都会坦诚相告，健康地哈哈大笑（从词义推测，大笑是健康的）。问题是，为什么要做嘲谑的鬼脸呢？他俩非常明智，以这种方式对待快要结束的和正在开始的——稳固的、高规格的、美满的婚姻。没有嘲谑的理由呀。他俩嘲笑什么讽刺什么呢？同样，对于生活中的每个变化和每个转折点，他俩也都开诚布公地长谈过。夫妻俩都舍不得放弃这个习惯。但是，凯特肯定发现，自己会情不自禁地冒出这样的念头：或许，这些在婚姻不同时期或“阶段”所画的蓝图、作的心理分析，或者你愿意的话，称之为“宣告”的东西，会不会是多此一举？

举例说吧，大约在三年前，他们就讨论过“未来寒风”这一现象，可事到临头，他们也没描绘出蓝图或备好原因说明……为了第九——或第十九——阶段。

业已发生的是，提到蒂姆的名字，迈克尔的嘴就抿紧，就像他现在说话的样子：“明早我来给中介打电话。”一点商量的余地都没有，把她晾在一边。终于，她摸到它了，抛开心中众多如此不同的看法，那就是自己一直以来的感受，取自衣物陈列架上的衣服，过去她常用这个描述自己的处境。

无论她的处境怎样，无论它究竟是何物，等到这个夏夜终结，凯特生活中的千头万绪似乎都归集到了一处，化为潦草书于纸片上的不同地址和众多电话号码，凝结成渴望唤醒与爷爷相关的回忆的种种努力：爷爷的石屋建在花园中央，花园里到处都是百合花和凤凰树，爷爷坐在游廊上。“凯瑟琳！学语言就是要在语言里面呼吸。在里面浸泡！生活！”

马上会有一场面试，检验她能否将英语、法语和意大利语等迅速译成葡萄牙语，反之亦然。晚上，清理完白天留下的满桌狼藉：碗碟、饭菜和油污——好在晚上十点又来了电——她通宵未眠，重新翻了一遍自己翻译的小说，把和爷爷一起吃饭、说话、走路的情形在脑海中重演了一遍。到了早上，这种浸泡式方法就产生了奇效，若是在街上撞了人，她会用葡萄牙语向对方道歉。

在国际食品组织

她既着急害怕挑不到得体的裙子参加面试，又担心自己的发型——的确很郊区主妇风，这个她清楚——赶紧在心里调整了一下自我形象，使其不同于迈克尔·布朗太太。不过，她的种种担忧，全属多此一举。因为她才刚踏进查理·库伯先生的办公室，对方就说："谢天谢地，你总算腾出时间过来了。今天就上班，可以吧——很好。"

她的朋友兼介绍人艾伦·波斯特说她是个极其能干的家庭主妇，经他们一再怂恿才同意暂时撇开家人，为这个国际大组织分忧解难。刚开始的时候，她被列入一个特殊小组即业余翻译的名单之中，搞得她觉得自己像是来打下手的。

后来情况有所变化，原先物色好的四个翻译能手中，有两个因家庭和身体原因，打了退堂鼓。

"这整件事儿就是邪乎，怎么就这么背运呢！"查理·库伯嚷道，"不过我相信有了你，我们就会转运的。"说完他催着她一路小跑地穿过一条亮堂堂的宽阔走廊，走廊上安了许多窗户；然后又赶着她走进一个大电梯，电梯里挂了一幅画，画上的黑皮肤女子笑盈盈地从翠绿的树上采摘咖啡豆；出了电梯又穿过一条富丽堂皇的走廊，先经过黄油会议小组，然后是糖会议小组，最后来到一个宽敞无比的长方形房间，房间中央放着一张油光发亮的椭圆形桌子，一看到这张桌子，立即让人联想到，肯定在某个地方有家工厂，专门为国际会议生产超大号桌子，长方形的、圆形的、椭圆形的，应有尽有。

有场会议正在进行。会议桌上放着水杯、铅笔、水笔，以及写了字的散乱稿纸。椅子七歪八扭，但上面空无一人；代表们都在楼下喝东西——大概是咖啡吧——聊眼下最平常的话题，谈论公共部门或公共场所的职员办事效率低、工作能力差什么的。进来的人越来越多，也就有越来越多人谈论这个问题，说话人的火气也越来越大。而服务人员呢，本来就麻木迟钝，此刻就更跟不上客人的要求了。直到这个时候，圆滑的查理·库伯才告诉凯特，本来是希望她早上十点就能开工，给第一场大会开幕帮忙，不是十二点现在这个时候，当然这不是她的错，又没有人通知她，他搞不懂为什么老出状况。没错，他想到了，是有人对她说："早上能过来一趟吗？"——就是这样！

可是，现在她能上阵吗？是马上，或准确地说，会间休息结束后代表们回到会议室的时候。除她之外，当班的还有一个葡萄牙语同传高手。

凯特先前以为，今天只是初试，所以她对好几个相关人士说，她会赶回家洗衣做饭的。不过，她可以出去打个电话，然后……查理·库伯一听立刻愁容满面——代表们马上就上楼了，就因为她，凯特到位了，才把他们全部召回来的。凯特痛苦地叫了起来，这么多年来，她做事都是有板有眼，井井有条，面对这么突兀的安排，她有种上当受骗的感觉。至少查理·库伯可以替她打个电话，说布朗太太没空，在忙别的事情。这个电话是要打给艾琳的：她强忍住内心的冲动，没有请他代说妈妈爱她，谢谢她的支持。凯特听话地跟库伯到一名年轻女子身边，这名女子给她讲了工作中要注意的事项。会议室的每个座位上都安装了一台仪器，接收从非母语译成母语的语言，即把讲话人的声音传输到听者那儿。通过凯特，这一环节尤其重要。仪器上面开关众多，每个开关都接通一门外语，连着耳机。房间两头各有一间玻璃同传室，里面的开关、接收器和耳机就更多了。凯特要做的就是坐在同传室里，听见用英语、法语和意大利语的发言，就边听边大声译成葡萄牙语，她的声音会通过传输器送到说葡萄牙语的代表耳中，那些代表多为西班牙人，不懂英语，或者懂英语却宁愿说母语。她本人就像一台机器，传入耳朵的是一种语言，送出嘴巴的又是另一种语言。

当然，尽管翻译人手不够，她也不会独自在同传室待上一整天。库伯会经常派人替换她，让她休息，补充那无比重要的精力，因为搞同传是极其累人的活儿。对这份工作非同一般的繁重程度，查理·库伯强调了一遍又一遍。刚才他出去给她家人打了电话，自以为那是个不值一提的小忙，所以没告诉她，这会儿刚回来。凯特和他一起坐在同传室里，头戴耳机，在他的帮助下熟悉开关的使用。他一边指导一边在便笺纸上写告示：本次会议未能配备足够的翻译，组委会对此深表歉意，恳请各位代表宽贷、体谅。他拿着这页纸，急匆匆地跑出去，找打字员打字。透过同传室的玻璃，凯特——现在里面就她一个人——能看见会议室，从她这个位置看，非常悦目。高高的窗户，四面墙都用赤褐色木板包好，上面的纹理各式各样：有木纹的、螺纹的，以及图案形的。地上铺的是清一色深蓝的地毯。

就是这个房间将决定数以百万计小人物的命运和财富，决定他们今后种什么庄稼，吃什么和穿什么——还有想什么。

查理·库伯拿了一沓纸——那一页致歉信在短短几分钟之内神奇地变成一大摞——往每个座位分发，尚未发完，代表们就有说有笑地鱼贯而入。这群人真引人注目啊！国籍不同、肤色各异的俊男靓女汇聚一堂，此情此景正是电影制片人梦想拍摄的联合国图景。话又说回来，演员能演绎出这种漫不经心流露出的威望，能表现出这份满满的自信吗？他们给人的印象就是如此。单单这种气质，就足以将他们和助理、秘书，以及随从人员区分开来。这群男女分别在各自的座位坐好，依旧从容不迫地说说笑笑，神态之间明白无误地写着“权力”两个字。每个手势、每个眼神，都传递着自身的作用和占据的分量。

有的代表穿的是民族服饰。其中有五六个男女，来自非洲什么地方，显得鹤立鸡群，让其他所有代表相形见绌。他们个子高大，举止优雅，衣着气派——袍子褶皱、耳环耳饰、转头回眸无不恰到好处。如果有个男子，他的决定能够影响千里之外山脚下扛咖啡包的人们，那么就连他身上的西服褶痕都透着威严。

会议正式开始。凯特发觉，她的大脑机器运转顺畅。尽管有那么一小会儿，她很慌乱，感觉脑子里一片空白，好像会永远空空如也，可是当她听到从自己嘴中说出的像模像样的语句，再看一看听者的面部表情，紧张情绪顿时一扫而光。似乎没有人听不懂她翻译的东西，好像原话就该这么说似的。

才过了一会儿工夫——其实已经足足两个小时了——她被一个同事替换下场，送去休息室，享用了一顿丰盛的午餐。接着她一脸自信地重回工作间。等到下午五点，她俨然已是该组织的一分子了，就像家庭成员一样。她下班回家，已经来不及准备晚餐了，女儿煮好了饭，家里一切运转自如。

到了周末，那种世人酷爱的味苦而又香味浓郁的植物的复杂特性，凯特大抵已经了解，她满脑子想的都是那东西。此时，她家的房子已经整好待租。很快房子就租出去了，租到九月底。一家人也已各自前往目的地，根本不需要她的帮助。她只消漠然地丢下一句话："你们谁盯一盯这事儿，我没空儿。"可是就在一周前，她要是说这样的话，语气肯定是忐忑不安的。她吻别了丈夫、女儿和三个儿子，因为忙碌，来不及体会什么异样情感。

她搬进一个女同事租的公寓，这个同事原来也是个翻译，现在高升了，负责会议的组织工作。她带足了这几个月的必需品，从家搬到这里，前后不过半个小时，其间还倒腾了几件衣服塞进皮箱。

这几件衣服尚未派上用场，都是这个星期匆忙买下的，为的是能让她顺利过关，进入这种生活方式，就像护照一样。迈克尔·布朗太太可不能被人笑话不懂穿衣；不过，国际食品组织聘请的又不是迈克尔·布朗太太。

购物之前她问查理·库伯她的报酬怎么算。查理那张憔悴但温和的圆脸，立即露出自责的痛苦表情。身为如此众多会议的男保姆，他成天挂在脸上的就是这副招牌表情。

“天呀！”他说，“真抱歉！噢，我不知道你——瞧我多糊涂！我应该事先跟你商量来着，可这个星期实在够呛——真的，幸亏老天有眼，把你送来了！”之后他说了个数字，惊得她差点儿叫出声来。看他彬彬有礼却漫不经心的样子，似乎世界上的工会组织、薪资之争、贫穷、饥饿之苦都不存在，这些国际组织官员的薪水，这些生活必不可少的财富，可以由他安排。

于是她去买了那些衣服，买了大半打，心想只要在国际食品组织干满两周，就能买下一整橱的衣裳，足够她美美地外出度一次假。可惜，她的计划不过是去萨塞克斯郡见一个老友，或者去苏格兰看看姨妈。其实她并没有想好该去哪儿。

到了第二周，她已觉得工作压力不大，做得游刃有余，像在家中操持家务一样——难以置信吧，才不过几天的工夫。她机械地工作着。会间休息时就走出同传室，到咖啡间闲坐旁观。再怎么说，她都是个外人，觉得无权加入那些特权人士之中。她只是个临时工，干完这一周就可以走了。不过，她觉得自己可以理直气壮地坐在里面——穿了新衣裳就更心安理得了——喝着上等咖啡在一边旁观。屋里像个集市一样，或者像一场没完没了的热闹晚会。

一个女子坐在一间公共休息室里，神情悠闲，目光敏锐，像个社会组织的官员，穿着很像，神情也很像，却听凭她个人的生活——或者对个人生活的想法——源源流过脑海。难道这二十五年来，她只是作为家庭的一分子，为一大家子忙忙碌碌，都忘了那种普通生活，那种家庭之外人人享有的生活，是如此惬意，如此轻松？他们一个个穿得多么光鲜得体，肌肤多么红润光泽。他们走进这里，一个眼风就能招来同伴的盈盈笑容和愉快表情，然后招招手自顾自坐下来，做个手势：我想独自待会儿——这个心愿当然无人忤逆；要不就是随意地、近乎简慢地扫视一圈，看看可以加入哪些人群。他们的举止从容自在，似乎看不到一丝紧张，而你只要出了这个庇护场所，随便在哪一条街走上五分钟，紧张感肯定就会尾随而来。不管哪条街，哪个商店，哪户人家，人们都紧张地进进出出，一拨接一拨。在这栋雄伟的公共建筑之外，纷争此起彼伏。可是这里呢？这些气度雍容之辈，个个都被金钱打造得神采奕奕，尝过痛苦的滋味吗？躲在黑暗中痛哭过吗？渴望过难以企及之物吗？他们当然经历过，肯定——但是没有表露一点迹象。他们是否——不过，可能这个问题不合时宜——饿过肚子？

你也许难以相信，他们如今遇到的问题是多么微小，几乎到了荒唐可笑的地步，只要你还记得建造这栋大楼的宗旨，以及纷至沓来、济济一堂的与会者为何而来。因为凯特已是其中一员，知根知底。士别三日当刮目相看。现在的凯特不再是“遇到意外事件和有人生病时替补的临时翻译”了。她是凯特·布朗，走在过道上遇见的都是温暖的笑脸，不时被人叫住讨教主意和打听消息。上哪儿买这种那种面霜或某种特产食品，怎么去饭馆、酒店和时装店，该到哪儿买英国羊毛制品和威士忌……

上一星期，当她精疲力竭瘫倒在床时只有工夫想，她已经成为一种功能：她变成了，她就是替一大群国际公仆服务的语言。这个星期，因为不累，所以躺在床上睡不着时她就想：自己的第一种功能——扮演技术高超的鹦鹉角色，怎么三下五除二就被原来的角色赶下马了呢？这个怎么做那个怎么做，这个到哪儿找那个到哪儿找？——他们居然问她这个新手！话又说回来，说她是老手当然也不过分，因为在这幢大楼进出的人多数每次就只待几天而已。

她摇身一变又开始重操旧业：成了保姆，或护士，像查理·库伯一样。还有母亲。没关系，再过几天她就可以脱身，再也不会像只见人遇到一点儿小麻烦就滥施同情的鹦鹉；她就要自由了……凯特察觉这一心思，打了个冷战。她发觉自己忍不住会想：早知道和迈克尔去美国好了。她知道自己动辄就想：去萝丝那儿吧，我还可以搭把手替她带带孩子呢。萝丝就是她想去走访的萨塞克斯的朋友。

可是，这个夏天她并不想待在别人家里，那也太窝囊了吧。入睡前她打量了一下自己这间屋子：干干净净，对她没有一点感情。她心想，没错，这间屋子，比她家的大房子，比萝丝家的房子都要好，他俩的房子到处都塞得满满的，随便哪个物件都有来头，都有说法，都是家里这个人或那个人的，都是宝贝，都很重要。而这间小盒子似的屋子，里面只有一床、一椅、一橱、一镜——对，这就是她的选择，如果她能够选择……她做梦了。后来，等这一夜的梦成形时，刚才的想法就变成故事的第一章或梦中旅行的第一段路程，她努力想回忆起更多的内容和细节。可是，当她弄明白梦中自己的心情和感受时——一种她清醒时从未体验过的既忐忑又欢喜的心情——她又把梦的内容给忘记了。黑夜中她醒了过来，想拼命拽住梦的尾巴不让它消失，到了早晨，那个梦变得和史诗的开篇一样，简单直接。

她正从一个景区的山上往下走，是北部的一个地方，她不熟悉。这时她听到有人喊："快看哪，那是什么怪物，快看哪，有个黑乎乎的东西躺在那儿。"她想：是海参吗？肯定不是，哪有这么大的海参呀！原来是只海豹，搁浅了，正无助地躺在阴凉山坡边一块干燥的大石头上，痛苦地呻吟着。她把它抱了起来。很沉。她问它还好吗，能为它做什么。它呻吟了起来，她知道得把它送回水中，于是抱着它朝山下走去。

两周的工作就要结束的那一天，查理·库伯请她喝咖啡。她赴约了，查理问她有时间再干一个月吗，这个会议结束了，另一个会议又到开会时间了。

"这么说，我干得还行？"凯特问。就翻译这部分她知道自己做得不错，但眼瞅着这个正式员工对自己如此和颜悦色，他肯定另有企图。这家伙的确很有魅力。难道就是魅力让他得到的这份工作？不过，若想弄清楚他葫芦里卖的什么药，这个暂且不管，先听他说话："噢，亲爱的布朗太太，这还用问吗？能找到你，我们不知道有多开心！真幸运啊！你能来帮我们实在太好了！"（瞧他说的，好像她做这事儿是急人之难，不是冲着钱而去似的，听着真舒服！没想到堂堂一个国际公务员，当今的青年才俊，还这么体贴、这么绅士，真的出乎意料。）"真的，相信我，凯特——咱们现在能不能直呼对方的名字？你真好，肯替我们再做一阵子——要是有办法，我会把你永远留下的。不过，也许咱们改日再谈这方面的事？但我必须说实话，我们还想用你，倒不是因为你超强的翻译水平，你能一下子就上手，真的太棒了——有的人经过好几星期的训练还不见得行呢，可你呢——是的，还有别的原因。大家都夸你好，说你帮了他们很多忙。我没骗你，金斯米德太太，就是那个美国代表，今天早上还说，多亏听了你的建议，要不她都不知道该怎么办才好。我想是不是因为你的大家庭？艾伦·波斯特跟我说起过你家那几个可爱的年轻人，说他们相处得非常融洽……我说，这就是关键的地方。我想一个人能做好一件事儿，就能做好其他事儿。要是你能再待一个月，转来做组织工作，那我们就太幸运了。浪费了你翻译方面的卓越才能——罪过呀。但别的事儿你也同样做得很棒。总之，要你放下做得那么出色的活儿，是有点强人所难。当然啦，要是你答应，报酬会更高。一个月——你能挤出一个月时间吗？”

她当然答应了，那可是一大笔钱啊：没想到有这等好事。她一直觉得不好意思，和那些天赋异禀、说外语同说母语一样流畅自如的“鹦鹉”拿同样的报酬，收入几乎和她丈夫，一个受训多年、经验丰富的医生不相上下。她丈夫可是个神经病学家呀。（当然是英国专家，不是美国的，要是在美国，他的收入会翻上好几番。）而现在的薪水似乎高得更加离谱，简直到了荒唐可笑的地步。可是，在这个世界，有些情况并不符合一般法则、标准和价值，她只能接受。至于将她的特殊才华弃之不用，她的心头还是有些想法的：那她到底做什么呢？

其实呀，她的工作和在家里做的差不多。她开始安排事儿，打无数个电话，看看人员、事情、地点是否安排妥当……后来，突然间她遇到了关卡。英国突发伤寒恐慌。旅游业往往与公众健康的需要水火不容，二者之间的较量几天来殃及了各行各业。传闻除非重要事务必须进出英伦三岛，否则一律禁止。后来流行病得到控制，可就在这时，机场又闹罢工。据报道，这次罢工将持续很长一段时间。

接着又发现因为工作疏忽，预订的酒店客房数量不够，安排不下四十个与会代表——这个失误并不属于那种无法避免、非人力所为的大事，只需表示一下遗憾便完事了。出了这样的纰漏，组织高层急忙商量对策——他们忙着接打电话、收发电报，纽约、伦敦、澳大利亚、加拿大……商量的结果是，本次会议并非必须在伦敦召开。这次会议是国际食品组织的高层会议，讨论的是个普遍问题，即全球食品的供需问题。世界上适合举行会议的理想地点多如牛毛——巴黎怎么样？不，不行，七月的巴黎人潮如流，连停脚的地儿都没有——这么多问题悬而未决，看来只能把开会时间后推，因为现在已经是六月中旬了。他们提议、商量、否决了一个又一个欧洲城市：罗马、巴塞罗那、苏黎世。凯特忍不住寻思，像个持家的女人那样，为了处理推迟会议、征求意见和改变主意这些事儿，不知打了多少电话，单单电话费就够养活好几千人好几星期了。不过人家付给她工资又不是要她来持家，要她做的事比持家过日子还要省心。做什么呢？与查理·库伯和其他同事商量问题，在这方面她似乎花了大量的时间。她觉得自己陷进了一个名曰“组织泥沼”的东西，没有一个东西推得动，什么都磨磨蹭蹭，什么都得延期。她和他们说了又说，谈了又谈。他们无时无刻不在往国外打电话——莫非这就是那些大机构的日常运作模式？果真如此，难怪……为什么非得在欧洲这棵树上吊死呢？有人问道。那些成天东奔西跑、见多识广的代表，一辈子待在空气稀薄的房间里围着圆形或椭圆形桌子开会，城市只是长方形窗户的背景，根本不会介意桌上的纸张、铅笔、水笔、水杯和常任秘书是贝鲁特或内罗毕的，而不是罗马或伦敦的。北非怎么样？不行，太热了。那么就找靠北一点儿的城市——斯德哥尔摩如何？那个地方倒是适合冷静客观的讨论。奥斯陆呢？不行，斯堪的纳维亚半岛太偏北了，最好找一个比较中心的地方。对了，地中海地区不错，但是不要黎巴嫩和叙利亚，不要阿拉伯国家，最好是以色列和阿拉伯人都避让的地方。土耳其？不错，最好是——伊斯坦布尔？就是这个地方，可惜热了点儿，跟北非和罗马差不多。没错，可这个地方非常漂亮，会议也不是太多，代表们开完会，还可以尽情欣赏那儿的美景古迹，品味那里的宗教、文化和社会传统气息，借以消乏解困。提名了那么多城市，都因人多天热被否定了，可怎么单单伊斯坦布尔就通过了呢，真搞不懂。但罢工怎么办？这个嘛，他们可以先到法国再乘船到目的地，如何？没有飞机之前，大家不都是搭火车坐轮船出行的吗？话是这么说，可是——你得承认，飞机客运和国际会议是一对形影不离的好搭档。

伦敦的伤寒恐慌再次暴发。查理·库伯和凯特·布朗全靠电话安排本次在伊斯坦布尔举行的为期三周的全球国际食品大会。与会人员，都还待在各自的国家，他们只好一一电话通知，说会议地点不在伦敦，改在土耳其，到时土耳其会竭诚欢迎各位的。

凯特原本空虚的夏天变得忙碌了，得一直忙到七月中旬，要是会议再推迟或许还要更晚。她一直觉得不该接这份活儿。也许，她早该考虑到自己的实际情况，认真琢磨那阵寒风。她应该考问自己：为什么对丈夫、孩子，特别是对丈夫的情感会发生如此激烈乃至她无法控制的变化呢？如今她有很多时间，却发觉无事可做，或者几乎无事可做，这些年来她从来没有像现在这么空闲——她意识到，她的情感装置在真空中运转：她所有的情感对象都在异国他乡，不在身边，无法对她的变化说长道短。爱恨、渴望、厌恶、需要、拒绝是什么滋味——有时短短的一小时就能让人感觉五味杂陈——就像这会儿她独自一人身无羁绊的时候，像疯子似的自言自语……幸好马上就会忙起来，至少得忙一个月。她又出去买了几件衣裳和配这些衣服的饰品。新买的这些东西和平时穿戴的很不一样吗？不是的，是搭配方式换了样。如果是她爷爷，就会说："关键是事物的精神。"

一个女子站在不同商场的一面面大镜子前，以冷冷的不太友善的好奇，打量着一个四十出头的女子，这女子的身材还和做姑娘时一样，胖瘦不过一两斤；一头漂亮的红棕色头发——当然是染过的颜色，因为头发白得很快。眼中带着冷冷的好奇，不过这种好奇很容易变成女人之间眼神的默契，成为情感杀手"嘲谑的鬼脸"第一好姐妹……说它是杀手，是因为她那些正儿八经的念头，那些有意识的想法被它统统消灭。是啊，最好不要和人长时间对视，这样极有可能引发捧腹大笑：

是的，她知道，等待她的将是不堪入耳的笑声，笑话她做的那些破事儿……她和费切丽单独在一起，丈夫、孩子、客人都不在场的时候，特别喜欢（迷恋吗？一种预防手段？）放肆大笑。

不行，她得退后一步，从头到脚好好审视自己，确认站在面前的是一个刚届中年的时髦美妇。刚届中年——她还没打算进入这个年龄段。她冷漠地瞅着镜中的自己，发现自己的身材、五官、手脚、细腰、双乳、嘴巴、头发，以及脖颈，和她二十五年前迷倒众青年的时候，和她同丈夫喜结良缘的时候不相上下。的确分毫不差：兴许更加迷人，因为有那么多化学物质、保养品、营养食物、心力，消耗在她这具皮囊上——打个比方，假如她生在巴西的贫民窟，现在又会是什么模样？

不同的是——没什么实质不同。这又是她的一个问题，或一种感触，一个老爱跟着她的隐形物体。为什么年轻时候身上的那些玩意儿，牙齿、眼睛、臀部等东西，迷人可爱，而如今却魅力大失呢？或者和任何其他同龄女子相比就望尘莫及呢？（和少数那些非常年轻的时候起就始终置身魅力之外的女子相比，原因有种种，首先是贫穷。）其原因就在那个微妙之物“精神”身上。这个词当然用得不妥，可哪个词才妥呢——心态吗？要不状态？外观？她可不愿做那几不可见的微微烛光，只能潜藏于其他魅力四射的光芒中：我在这儿，快来闻，快来吃呀。就她而言，因为她是，很久以来一直都是，别人的妻子和母亲，从未对丈夫之外的男子动过心思——就算有，也只是一阵子的事情。

以上种种，夫妻俩自然都曾恳谈过。沟通是完全必要的。因为婚姻中的这一领域极难对付，危机四伏，论战不止，从一开始他们就有所预见。一遇状况当即处理，不容漏过……然而，凯特发现，她和玛丽·费切丽都太想当然了，她俩称之为“发神经期”的情感邂逅与婚姻的实际模板完全是两码事儿。干吗老想着玛丽？实际上，这位老友听到她找到事儿做的反应挺让她恼火的。她嘎嘎大笑道：“是吗，老天开眼了嘛。也该了吧！”凯特总觉得她笑成那样很粗鲁。

管它呢，反正现在她装扮一新，能够面对众多不同镜子中的自我，可以燃起火苗，让某些暗流汹涌激荡。结婚后如遇到某个令她心仪的男子，有那么一会儿，她会身不由己地想去迷惑他。（玛丽尖酸地称之为“为情欲而迷失”。）不，类似的情况不会再出现了。如今她的做法截然不同。现在的凯特，就和年轻姑娘一样，猛然间发现自己具有颠倒众生的魅力：她内置的调温器安装方式已有所不同——不会再说：那个你，对了就是你，快过来要我！只会说：哎呀！你真的很出色，要是我没结婚就好了，不过决定权在你手上。说真的，像这样飘浮在众人赞扬和认同的空气里，感觉更刺激。要我整天对着一个人，生活该多么无趣呀。

这样的事情已婚女子是不会做的（玛丽除外！可是看看因为这事儿她家过的什么日子）——不行，她这样的人没什么好羡慕的，也不宜模仿，甚至不该听她的话，更不用说和她一起大笑，一起八卦了。别提玛丽了。没有一个真正的已婚女子的调温器会随便为哪个男人设置。（她与迈克尔谈过这个话题，两人都明确知道何为真正的婚姻。）如果想维持婚姻，她同样不会那样做。（要是像玛丽那样，她肯定会耿耿于怀。凯特认识她的十五年里，她的生活就像一出法国闹剧——因为英国南部气候温和，她已经有所收敛。）因为她真的知道，的的确确知道，并不是每一桩婚姻都是真正的婚姻，真正的婚姻已经越来越稀罕了。她的婚姻是幸运的，要是你愿意将功劳送给"幸运"，而不想独揽，认为自己是，以后还将是那种同理想的丈夫真正一心一意过日子的女人（即使有玛丽）。婚姻中的伴侣，意味着只能将自己的调温器对准一个方向。当然那种备受玛丽调侃、短暂而无关痛痒的情况除外，正如凯特所说，那是用无边痛苦换取极小的快乐……每次考虑婚姻问题都得牵扯到玛丽，要是改不了这个习惯，干脆就别想了。

她觉得自己尚未焕然一新，于是走进一家极其昂贵的美发厅，让理发师的双手充满同情地搭在她的肩头，仔细打量镜中她的脑袋，她也在审视自己。他们看了看理发师制作艺术品的原材料，接着理发师问，她的头发是不是一直都是这种红色？对极了，不过她总觉得这种从娘胎里带来的深红色，对她这个年龄的女子来说，太俏了点儿。他回了声"瞎说"，然后开始为这深红的头发做发型，接着就把她打发走了。转头的时候，她感觉一大团沉甸甸的发丝在她的双颊边晃晃悠悠。她记得清清楚楚，自己以前剪过一次这样的发型。

想起年轻时的模样，她心里很不舒服。她觉得自己太过情绪化了。刚刚还希望她的迈克尔能在身边欣赏她，可马上态度一变，又很高兴迈克尔远在波士顿。怎么回事，情绪波动得这么厉害？是什么原因使得她如此神经兮兮？就在这一小时之内，她对迈克尔的看法忽好忽坏，矛盾百出，简直像个精神错乱的女子。为什么？莫非她一向如此，只是刚被发现而已？肯定不是。算了吧，至少有一点她心中有数：她很高兴自己这副样子没给孩子们看到——噢，是的，年轻人都不喜欢自己的母亲打扮得光鲜美艳、招蜂引蝶。

不过，这会儿他们东一个西一个分散在世界各地呢，挪威、苏丹、摩洛哥、新英格兰都有；就和她最近服务的代表们一样，分散在各个国家，此刻正在整理行装，和妻子儿女告别，也有几个是和丈夫告别。

再过三天，她就得飞往土耳其——要是机场罢工及时结束的话，如果没有，她还得坐火车过去。三个整天呢。会议开始之前无事可做。她觉得拿了这么多工资不做事特别过意不去，就暗示查理·库伯，这段时间应该派点别的活儿给她做——比如帮忙翻译什么的。她第一次看到库伯动怒了。他重复了一遍上次夸她能干的话——可是，她都做了什么？在他的办公室喝很多很多咖啡；同他交谈，与他和他俩的部门主管一天碰头两次，商量会务安排事宜。这就算工作？上帝呀，要是她有权重组这个部门——不对，整栋大楼，里面都是高薪族呀——她肯定不容许这样的情况发生。行了，不在其位不谋其事。她看不惯这些现象，十有八九是来的时间不长——扯淡，全都是扯淡，整个机构都是混账东西，组委会啦，会议啦，还有没完没了的谈话啦，通通都是骗人的玩意儿；就是一个想从那几百个男男女女身上挣大把大把钞票的机构。

想这些事儿起不了一点儿作用，如果给她工资就是要她坐在咖啡间想事儿，那她就坐在咖啡间想事儿。再说了，她有多少年没空想事儿了——都快二十五年了吧。实际上，上次这样悠闲自在、漂漂亮亮、笑容可掬地闲坐的时候，就是看望爷爷的那一年。那时候，她也是身穿妖娆性感的白裙，一只脚轻垂地上，仿佛鸟儿的断翅，另一只脚有节奏地撑着摇椅，性感的电波射向四面八方——那时候看着身边的追求者，她也在琢磨自己想过什么样的生活，一任纷飞的词语从脑海里翩然而过……难道那个时候她的情绪就很波动？果真如此，她该有印象呀。或许是那条白裙的缘故吧，每次穿上它，她都觉得自己成了一个滑头、虚伪、爱咋呼的女孩，可想而知这条裙子占了她多少心思。此外，她还想了些什么？用“想”这个字恰当吗？她只注意到，自己的思绪跳跃得非常厉害，没错，她记得，自己爱挑刺儿，看到对方磨磨叽叽、腻腻歪歪的笑就不耐烦（现在她还经常遇到这种人）。

比如查理·库伯就是一个。她的加盟给会议带来了一种友爱、同情的氛围，这是她维系家庭的润滑剂。她这么做——当然是下意识的——难道是因为那阵寒风？是不是害怕自己能做的只有翻译，每天朝九晚五，领一份薪水，干着完全相同的活儿？是不是她已经发觉这样的生活不够理想？虽然其他翻译（四男一女）对自己的工作很满意。可是他们还在工作，在翻译，在使用自己的技能呀，而她，凯特，却提升到别的岗位。是因为她乐于助人，见不得别人有困难，才被这个官僚机构一眼“相中”？他们清楚为什么选她做土耳其会议代表们的“妈妈”？他们说她“性情温和”“善解人意”。“善解人意”，她用葡萄牙语重复了一遍。

她部门的公用房间十分宽敞，里面摆了不少桌子——但不显拥挤，还有许多空间可以利用——这个地方最适合静坐休息：真想不到，这样一处人来人往的地方居然如此私密，比她贝克街公寓的那间房子还要私密，在那儿，同事晚上下班早上吃饭的时候总爱找她聊天。一句话，她很寂寞。她也觉得凯特·布朗善解人意。

但这儿呢——当然，这个地方的私密性已经慢慢消失，众多隐藏的样式开始显山露水了。以前，她常趁休会期间不用翻译时，冲进屋里拿块三明治，喝喝咖啡吃点东西，一切都那么随意。那里面的东西令她眼花缭乱。如今她已习惯了这里，坐在里面，忍不住扬扬自得地暗想自己在这一新阶层的种种优越之处。这些国际公仆，全都年纪轻轻，或者依旧年轻，或者即便已届中年，也是时尚之士，至于年老这一大敌已被押入大牢，永无翻身之日。看着进出之人身上的衣服、饰物，以及一屋子褐色、白色、黄色等反差巨大的肤色，要想漠然处之，实非易事。多和谐啊！这一切多令人欣慰啊：人类的未来肯定就是这样，一个高度文明的群体，人人态度友好，不争不抢，和蔼殷勤，即使坐在会议桌边开会，也只是在民族利益方面互不相让。

这里隐藏的性方式自然一眼就能看出端倪——一向如此：或情人或朋友，逢场作戏。

在这里干活的姑娘都来自中产阶级或中产阶级以上的家

庭——有个词“黛比女孩”[1]说的就是她们，其实这个称呼已经过时了。“我们用的都是黛比女孩，”查理·库伯老说，“个个都是活宝，全部都是，没了她们我们都不知该怎么办呢。”她们到这儿来不是钓金龟婿的——可千万别，到时候她们会找个门当户对的男子结婚——是喜欢这份“有趣的活儿”。就是说她们喜欢和迷人的男士——当然还有女士——做伴，况且，弄不好还会被邀请到一个或多个国家工作呢。查理·库伯曾温和地抱怨：“说真的，有时我还以为这儿是高级人才交流中心呢。”他说的是姑娘们陪吃陪玩那档子叫人眼红的事儿，如果那算不得真正恋爱的话。对于那些在规定时间，有组织地一拨拨进入本栋大楼的代表，姑娘们可能是美食的领路人，看戏的良伴，没有附加条件的艳遇对象和最令人羡慕的秘书人选，可以带到国内，替纽约、拉各斯，或布宜诺斯艾利斯的办事处工作（都干不长，爱玛和珍妮还没适应那儿的生活就无功而返了）。

静静坐在这里，尽量不声不响，不要让人注意到她的存在——她感觉自己仿佛是在一个大剧场里面。

明天又有一个新的会议要召开——关于第三世界国家的合成食品供应问题。这是个中等规模的会议，不像土耳其的是大型会议，不过代表们得从欧洲大陆坐船过来。请注意，到早上十一点，秘书和礼仪小姐或单独前来，或两两结伴，全部各就各位，眼睛不看门口，虽然穿门而入的可能就有她们下个月的性伴侣或朋友。这些身量不同、肤色各异、体态不等的代表各

1 指20世纪50年代英国上流社会的可爱姑娘。

有千秋，个个英姿焕发地莅临会场——大多数独自前来。两队人马（用运动队的话——面对目标，预备冲！）相互对视。一个高手只消瞅上几眼，便能判断出对方的年龄、身体状况、穿衣品位，甚至做爱能力，接着就开始打入阵营。

“我能坐这儿吗？我叫弗雷德·瓦纳科，从纽约来的。”

“是汉弗尔小姐吗？我是黑苏卡，加纳人。”

第一天结束时，那一对对要么分道扬镳，要么静观后事。

和剧场看戏一样精彩——更为精彩，因为她是演员之一。尽管她不想卷入其中，因为明天她就要动身去伊斯坦布尔，到了那里肯定很忙，哪儿有闲工夫胡思乱想；再说，现在她也不想引人注意——现在她知道了，几乎肯定，当初应该拒绝查理·库伯和那一大笔钱，在伦敦找间房子，一个人静静地待着。就她一个人。

此时，尽管她的调温器调至“低挡”，但还是需要想办法拒绝请求。老是有男子，黑皮肤的、棕皮肤的、橄榄色或白皮肤的，来到她面前问：“这儿有人坐吗？”她只好把打量屋子的目光收回到自己身上，因为有人正瞅着她呢。她看见一个女子，正如她在众多镜子中看见的一样，一头炫目的深红色头发，皮肤白皙，善解人意的眼睛与可爱的哈巴狗的一样。（她讨厌自己对爱和给予的需要，故称自己为小狗或奴隶：她发觉这是新出现的状况，或者她以为是。）可是这个女子，这么多男子想套近乎的女子，比这里有的姑娘大上二十岁。这说明初看一眼（从房间另一头隔着众多走来走去的人）她不像四十出头的女人。她的模样多年以来青春如故。为此她花了大量时间，调用了女人的各种手段，方达到这种成效。（或者更准确地说——因为她越来越经常想到，一直耿耿于怀——世界上富裕国家的女子到了三十岁也不显老。）如果她仔细观察，抛开个人的虚荣心和偏见，是能发现这个朝她走近的男子，且不论他年龄几何，看出（他肯定是从远处看）她不是三十来岁的光鲜少妇，微微犹豫了一下，虽然几不可见。不过，等到他老到专业地审视完毕之后（像妓女或摄影师），就像我们在性交易场所或人才交流中心那样，彼此把对方从头到脚细瞧一遍，通常这个男子会坐下来，似乎很高兴自己的发现：找到了一个咖啡桌边的良伴。这样看来，她体内的调温器好像还是乖巧的。

可是，她到这儿并不是为了这种快乐——当然这样的邂逅是愉悦的。她到这儿是想静静地坐一会儿，放松一下，想些事情……看来除了调节内火，她必须采取更多行动，让身边同坐的男子觉得，只是与她同桌罢了。可是怎么做呢？千万别指望她洗尽铅华素面朝天，穿着老太太的衣服，把自己弄得不堪入目。（凯特是矛盾女性的翻版，其中最为典型的是这两种类型：一种是年轻姑娘，穿着过膝长裙，衣裳的纽扣只扣两个，花两个小时梳妆打扮，说："那个恶心的男人，老盯着我看，他以为他是谁呀？"还有一种是时髦妇人，穿着露背装，背部从肩到腰一览无余，看到哪个男人目不转睛地看着她的得意部位，就冷冷地盯他一眼："你这个乡巴佬。"说这话的时候眼睛一眨不眨。）

怎么说呢，这也太可笑了，指望她，凯特，将自己弄成一个老太太，就因为……很快她就发现，要想独享空间，只要坐姿难看，弓腰缩背，或摆出一副拒人于千里之外的架势，双脚不雅地跷着，就能遂她心愿。她若这么做，男人们肯定目中无她。她敢发誓保证此言不虚。如果她坐得端端正正，衣裙收拾得整整齐齐，露着光滑的双腿，那是在发送信号。相反，要是她无精打采地缩着身体，那么只有等到位置全被占满，才会有人坐到她身边。那时她只要拉着张脸，肯定又可以享受清静了，非常之快。

真的难以置信！她，凯特·布朗，和平时一样坐在那儿，她的自我，她的思想，以及她的意识躲在躯壳之下，观察这个世界，她的这副躯壳打从十六岁以来，几乎没有变化。只要坐姿丑陋，耷拉着胸脯，摆出“行是行，要是你硬要……”这么一副样子，屋里的人就可以对她视而不见。这使她感觉很不对劲，似乎身上哪儿少了一个零件。因为她清楚，非常之清楚，那个坐在那里东张西望、被原本受其吸引的男人们排斥和忽略的女子，与这个只需将个人形象稍事调整，比如调整一下嘴唇、脸部肌肉、眼睛的转动，以及肩背的角度，便可把他们悉数招回身边的女子，没有分毫差别。对这方面她一直非常敏感，仿佛那是生活中至关重要的事情。演员肯定会有这样的体会——他们真辛苦呀，让自我意识藏在如此众多不同的幽灵背后焚烧。

隔了很长一段距离，她看见凯特·费里拉穿着一条薄薄的白色绣花亚麻裙子，倚着游廊柱子而立，游廊上摆了一盆盆白色百合。她冲着几个年轻小伙子微笑着。她看着他们，笑容满面，而他们的眼睛在她的全身上下飘来飘去。透过起居室朝游廊敞开的窗户，她看见爷爷的管家老玛丽亚，坐在屋里一个可以看得见下面动静的地方，一边用钩针织东西，一边盯着凯特和小伙子们。那天玛丽亚对她说："你坐着的时候不该把裙子撩得那么高。"她的裙子滑到了膝盖上面。前一天凯特穿了条深红色及膝网球裤，她还夸她可爱呢。去年冬天，凯特注意到一幕相似的场景，是她女儿做的事儿。艾琳白天穿了条露着半截大腿的短裙，到了晚上又换了条快到脚踝的长裙。她坐在地上，发现有个男子看了一眼她的脚踝，就本能地用裙摆遮住脚踝，恶狠狠地瞪了那男子一眼。

游廊上的女孩——"善解人意""性情温和"吗？十有八九并非如此。莫非那些品质是因为为人妻、为人母、为人管家，处处受约束才练就的吗？

等她到了土耳其，如果想和隐形人一样行事，不仅将调温器定在"低挡"，还把"同情"关闭，拒绝扮演部落母亲的角色，情况又会如何？她敢保证最耐人寻味的，是雇用她的人将一头雾水，搞不清当初为什么聘她，为什么如此器重她。尽管查理·库伯是位男士，但那些事儿他不是做得一样出色，这么说他并不懂自己为什么会在这个岗位上？

因为大会聘请的一个翻译半道退出，引发了翻译危机，使得她，凯特，被查理夸成"无价之宝"的中年女子，有机会坐在这里。查理很想弄清楚为什么她能把事情做得这么好，她本来只消一句话就可以将他打发走："年龄大的女子比年轻女子更有耐心吧。"

凯特担任翻译的那个会议中，有个女代表，是个黑人，来自北非。她高个儿、优雅、聪慧、时髦且冷峻，卓尔不群。有时候她身穿自己国家的长袍，看上去像只英姿飒爽的大鸟，有时候身着巴黎时装。她和凯特是截然不同的两类人，两人都承认彼此毫无相同之处。但是看得出，她若缺席，会议就会冷场。她的言行——如此漠然，如此尖刻，虽然笑容可掬却不留情面，所作所为根本不管会议能否顺利进行——她的行为是不是与办事能力毫无关系？她有能力让会议顺利进行，就像凯特有能力做好组织工作和解决相关问题一样。

假使她，凯特·布朗是该组织的正式员工，她真正的工作是什么呢？当然了，她要花一大半的时间向查理·库伯汇报工作，与他一起喝咖啡，开会商量怎么安排这样那样的事儿。事儿多着呢。

要是她真的留下不走，很可能过不了多久她就会接替查理的工作，而查理理所当然晋升一级。她做他的活儿得心应手，可他呢，职位高了，可能不太适应，有点迷茫，觉得干不顺手——但又不知问题出在哪儿。

查理最擅长的就是提供某种透明液体或气体，像蚁后，将自己的精神（或类似这样的词——感染力）散发到蚁穴的每一个角落，以此凝聚所有的子民，因为它们没有别的交配对象。

这就是女子平时在家中所为——是凯特在生活中扮演的角色。她曾起过这样的作用，还有那个非洲年轻美女，在那个业已结束的会议中，也曾扮演过类似的角色。到土耳其她得再一次担负起这个重任。她已经习以为常了。她开始明白，她能在这个组织中找份工作，或者类似这样的工作，最好的理由就是：

她已经习惯这个角色，除了提供无形的吗哪[1]、安慰、温暖和“同情”之外，她已经转不了型了。这倒不是她需要工作，或者想做事儿，只是二十多年来她像台机器，设定的功能就是为人妻为人母。

在一个吵闹喧哗的角落，有个人泰然自若地坐着，那是个女子，精心保养却利索能干的双手拿着一份当天的报纸，双目低垂，弓腰缩背，想借此抵挡那股寒风，那是一种动物被活活剥皮后感觉到的寒冷，或是在下着冻雨的大风天，羊羔刚钻出温暖潮湿的娘胎时，双膝发软跌倒在冰冻大地上的寒冷。

当然，要阻止这阵寒风，易如反掌：她一定有办法。阻挡几年也不费劲。她只需对家人说，她决定去找份工作——她知道，这个消息家人听了会如释重负。那么找份恰当的工作。在这里，可能吧，不行吗？还有比替国际食品组织工作更施展得开手脚的吗？接着便着手给自己体内那个温暖迷人的尤物浇水施肥，而她的那些品质却与她本人毫无关系，同真正的她毫不沾边，与这个静坐旁观、目光温和、皮肤细腻、垂着沉甸甸的深红色发卷的女子毫无牵扯。

但是，将有三周或一个月的时间，她会忙得晕头转向，没空琢磨这些事儿：她得照顾他人。等到明天这个时候——她又想起了去往伊斯坦布尔的前夕——她此时的感觉和想法是她与世隔绝了三天的后遗症，似乎离她很遥远了。对她来说，也许

1《圣经》记载古代以色列人出埃及时经过旷野，上帝赐给他们一种神奇食物，叫吗哪。

最好的办法就是别忘了她曾经得出过这样的结论，这一极其重要的结论，并铭记在心。即使在忙忙碌碌的日子里，只要有短暂的片刻将它想起便足矣。

晚上，那个梦又来拜访她了——这次是海豹之梦的续集。现在，这个梦已经出现了两次，意在宣告它对她的重要性。她几乎快忘了梦的前一部分，这次她一定得记住……因此，她很焦急，甚至梦的第二部分展开时她还惴惴不安。

海豹又重又滑，她抱不稳。她踉踉跄跄地走在尖石上。水在哪儿呢，海在哪儿呢？怎么才能知道哪个方向是对的？由于害怕走错了方向，她向右转身沿着山边一块平地向前走，刚走几步，怀里的海豹开始扭来扭去，她知道第一次的路才是对的。她又朝北走。可怜的海豹身体两侧伤痕累累，被礁石和泥土中的小石子刮伤了：它拼命跳着想跃回海里，她很着急身上没带药膏。有的还是新伤，流血不止，还有许多旧伤口。或许长在石头边的那种矮灌木可以入药，叶子很苦。她小心翼翼地放下海豹，海豹将头枕在她的双脚上，不愿碰到石头。她伸手朝两旁扯了一把灌木树梢，因为没有榨汁的工具，就用嘴嚼，然后将汁液吐到海豹的伤口上。她瞧着海豹的伤口好像已经开始好转，但她不敢多加停留，赶紧又抱起海豹，挣扎着继续前行。

凯特当然知道，不过几小时的工夫，借助具有亲和力的航空公司的帮助，她就要从这一个具有亲和力的组织跳到另一个了。她和我们大家一样，都是从收音机、电视和电影中知道国际航空服务人员的生活方式的。可是，情况出现了变化。在她即将启程的前一晚，罢工千真万确停止了，她也确定自己的航班没有问题，可第二天早上，行政人员又罢工了。凯特坐着火车到巴黎，打算从那儿搭飞机到罗马，可是到了巴黎，却被告知由于当天外国员工（主要是西班牙和意大利员工）示威游行，通往机场的道路被堵住了，要想从那儿经过恐怕希望渺茫。她只好又坐火车去罗马。如何将一种机械设备铁轨与另一种机械设备飞机连接起来是个大问题。一路上她遇到了交通拥堵、混乱、种种延误，不过最后总算到达了目的地，但是已经很迟了。到了土耳其，待遇如她所想：一辆闪闪发亮的轿车载着她一名乘客穿过人群，这些人如果不是司机或维修工人，恐怕这辈子都别指望能够坐上这样的车。车辆将她和周围环境一分为二，她只能靠眼睛四下里瞅。她用法语和司机聊天。她入住的酒店的气派和风格都与国际食品组织大楼相似。她的房间很像她才离开的那间毫无特色的盒子屋。因为路上一再耽搁，她来迟了，到达的时候代表们也到了，可是还有上千件该做的事没有做，再说，这里还缺一个翻译。行李送进房间时她只瞧了一眼，就赶紧到代表那儿去：她成了代表们发泄愤怒的活靶子，办事不得力的典型人物，偌大的一个酒店，到处都是牢骚满腹的代表，在抱怨工作人员不会做事。她自己昨天还有前天在伦敦、巴黎和罗马的时候也是这样怨气冲天。

酒店专门腾出了一整层楼给本次会议使用。那间商量大事的屋子与她刚离开的那间非常相像，几乎给她一种“家”的感觉。屋顶和四面墙全部包上亮闪闪的木头，不过地上铺的不是地毯，而是瓷砖，模仿的是清真寺的图案。房间中央摆放着一张硕大无比的桌子，长方形的，安装了耳机、开关和按钮什么的。现在，轮到她给每个座位分发纸张（要是代表们的发言太过冗长，可以在上面涂鸦解闷），还有铅笔、水笔和水杯。或者，她无须亲自动手，只需过问一下，提醒负责会议事务的酒店员工别忘了就行。这个酒店员工名叫阿梅德，是个小伙子，胖乎乎的，脸色苍白，笑眯眯的，非常和善；是她的同行、盟友和兄弟。他能说法语、德语和英语，知道她还会说自己不懂的意大利语和葡萄牙语，他高兴坏了。虽然他对酒店的运营了如指掌，但是之前从未给会议事务帮过忙——或者应该这么说，他知道商务会议，但认为这次会议有所不同，因为会议的语言变来变去。一个身着镶边制服的男孩走到阿梅德跟前，凯特听见指令的下达与接收用的是土耳其语。这是她踏入这片土地后首次听到土耳其语。她和阿梅德不论坐着、站着、走着嘴都不停歇，忙着商量对策，怎么让他人舒舒服服，她听到的土耳其语其实都是飘过耳边的——不再喧嚣了。酒店外面存在一个世界，当她的耳朵最终与其接触时，突然失聪了，失去理解力了：这个她听不懂的语言就躲在她的周围，像没有清洗干净的玻璃窗，半明半暗，苦不堪言。她的耳朵好像受到了责备，使劲竖着，想捕捉到走廊上的两个女服务员的对话——它们觉得应该听得懂，不懂就是它们的错……身边要是没有阿梅德，她就像台报废的机器无法运转。

阿梅德对夜生活、饭馆、舞女、教堂和伊斯坦布尔周边游的最佳线路都略知一二。她从几百米的高空俯瞰，瞥了一眼这座城市，到处都是金光闪闪的屋顶和银光潋滟的水面，还有那一条条街道，就像土耳其语本身，遥不可及，生机勃勃。她想她应该接近，理解……她站在窗边，一只她以前从未见过的小鸟从眼前飞过。她觉得，一个未知世界正轻手轻脚朝她走来，她看着那只小鸟飞过那一条喝黑海海水长大的河，朝对岸的尖塔和穹顶展翅而去。此时，阿梅德就站在她身边，等她发话怎么处理不同饮食习惯这一问题。等到最后一批代表从空中降落，娱乐节目、短途旅行、文化活动，不用说还有十几个国家的美食佳肴，全部要准备就绪。这些东西有人正在享用，因为这群男男女女似乎一点儿都不累，他们经常来往于欧洲大陆，经验丰富，到酒店的时候仍然衣着整齐、泰然自若，用不同的语言聊天。显而易见，本次会议将是一场愉快温和、你谦我让的会议。代表们相互喜欢。其实，这就是这些与会人员、温和的竞争对手、巧妙地维护国家利益的官员们的一贯做派。因为当他们坐在那张大桌子旁时，不管别人的观点和自己分歧多大，不管他们如何态度强硬地强调自己国家的主张，甚至相互谴责对方是两面派：某某国家把甲虫放进那一季的粮食里，故意搞垮我们的生意！……不对，你们送往世界各地的粮食中都有甲虫，显然你们的种植方法不对……你们只想让自己国家获利，你们什么东西都想多占！……正好相反，我们是想帮助贫穷国家的难兄难弟……是的，就像一大群吵嘴的孩子，但不管他们吵得多凶多频繁，过后来到大厅、酒吧、咖啡间、饭馆，更别提床上，都是同胞，什么都能谅解。这是理所当然，因为这群人做着相同的工作，生活方式简直一模一样——他们在各个方面都能找到共同话题。

那晚，凯特加入了一个由这群见多识广却没来过伊斯坦布尔的代表组成的观光团。才一离开酒店，她立即发现自己身在一个充满传奇故事、神秘色彩和浪漫气氛的城市，旅行指南没有夸张，书里用各种语言介绍了这个城市，有她懂的语言，也有许多她不懂的语言。这个团的成员有费利夫人，是西非塞拉利昂人，一位健壮的、崇拜法国的黑人女士；还有巴西的丹尼尔先生和意大利的费鲁吉亚先生。他们在一家土耳其饭馆吃了晚餐，因为这是他们第一想做的事儿；进了两家夜总会，看了肚皮舞和吞剑表演，然后一致同意稍后他们四个人再一块儿去五十英里之外的小村庄看新出土的文物。在酒店门廊互道晚安时，大家都说这个晚上玩得特别尽兴：说起自己的观感个个头头是道，像旅行家似的。然后散了伙他们好早点儿睡觉，就是说趁黎明没来，抓紧时间睡上一会儿，因为会议明天正式开始。

凯特入睡前的确想起了她的迈克尔——她认为，她的迈克尔此时正在芝加哥，到一个移民美国的老同事家里做客，小住几日。她也想到了她的四个孩子。她发现，虽然想到他们自己心头一阵难过，但很快就释然了：她知道，她已经在绽放、膨胀和扩张了——有人需要她，她白天和大半个夜晚都不得闲。

每天这个时候，她享有几分钟的空闲时光时，都发觉自己的情绪慢慢高涨了起来——她心平气和地看着自己的变化。因为自己很忙没时间细想，要是有时间，她满脑子的想法肯定会蜂拥而入，让她痛苦不堪。她的家人听到她说要忙伦敦的会议，没空替他们打包整理送行时，乐不可支；还有听到她说这话："孩子，去挪威没问题吧？对不起，我真的太忙没空……"蒂姆答话的声音顿时轻快了许多。

她认为自己是家庭温暖的中心，如同蚁后能散发出看不见的气味，可惜她的这一自我认识滞后了两三年。（没准儿是她的记忆出了问题？她似乎越来越像有好几个记忆似的，而每个记忆中的东西又与另一个大相径庭。）事实是这两年，这三年，或者还要更长——反正打孩子们成年开始，她就感觉空虚无聊。明白这一点需要时间，是一个过程；她从不敢这么说："现在，他们都是大人了，我的工作到此为止了。"是不是因为这个凯特的记忆才说谎？当然空虚无聊的不是"真正的"凯特，真正的凯特像平时一样——至少在她的得意时刻——静静地远离舞台，看着多为滑稽可笑的表演。但是自我没有机会出场是极其痛苦的；她经常一个人躲在自己房间里，因受到难以忍受的不公待遇而愤愤不平。这些年来，不公正的行为及其衍生的痛苦，一直守候着她，只是她不允许自己接触它，或长时间接触它，相反她小心翼翼地维护着婚姻的形象，（或许可以称之为第十阶段或第十五阶段？）精心呵护这个她和丈夫恳谈后的智慧结晶。她不允许自己比那张"嘲谑的鬼脸"更接近真情实感。如今她不能容忍它的侵扰。终有一日她必须与之正面交锋。可是现在，谢天谢地，她很忙，忙得扬扬得意。她在这里，周围的人都对她笑脸相迎：服务员和餐厅侍者，酒店经理和楼层经理，出租车司机和口译人员——尤其是钦佩她的阿梅德。她也一样钦佩他。他们的关系就像服侍同一女主子的侍从。他支持她，无所不晓，什么都愿给她；而她呢，面对那群刁蛮难缠、聪颖过人、衣来伸手饭来张口的孩子，那些国际行政官员，那些新贵名流的种种问题和需要，总能兵来将挡、水来土掩。她和她的拍档阿梅德所向披靡。开会的时候她守在隔壁房间，等待随时召唤；若有需要她就待在小同传室，将听到的法语、意大利语和英语转化成葡萄牙语——所有用葡萄牙语发言的代表，都前来称赞，称赞她能够不偏不倚地抓住语言的精神。在休会期间，在用餐时间，不管什么地方，一天二十四小时，她都是有求必应、温文尔雅、人见人爱的凯特·布朗。

去年夏天随丈夫访问美国的时候，她已经注意到了当下的处境……

整个北美大陆，建筑几乎雷同，如同一座小镇，只是略有变化而已。有时同一种类型的建筑绵延数英里，慢慢细分成各个部分，每个部分五脏俱全，都有自己的航空公司。一些大公司聘用的姑娘如同传统节庆和狂欢节的军乐队领队。她们身穿花花绿绿的可爱服装，在检票台前走来走去。她们的义务就是替顾客引路和回答问询，说实话对这方面的工作她们毫不懈怠，但这并不是她们的分内之事。分内之事，说简单点儿，就是告诉大家，这家航空公司美女如云，你可以心安理得地饱餐秀色；性成了俯拾即是、简简单单、毫不神秘的东西——老天爷呀。这些姑娘都很迷人，但并不性感，她们入选是因为她们友好、活泼，而且阳光。瞧她们或独自一个，或三三两两，来回走着，笑啊笑个不停。如果你的眼睛跟着她们走（比如飞机晚点不好消磨时光时），就会发现她们慢慢地像充了气似的，周身温暖的气息渐渐弥漫开来。她们陶醉了——真真切切地——陶醉于自己的美丽，因为能够穿得花枝招展在公共场所招摇过市，吸引如此众多的眼球，帮客人排忧解难。她们不停地笑着，给人感觉好像马上就会一个接一个地飘浮起来，浮在那逐渐弥漫的她们的善意气息中，而众多的目光为此提供源源不断的供给。是的，她们将飞过机场的窗口，在天空中灿烂微笑，如同气象气球，飘浮在有升有降的飞机之间。飞机里面，所有的姑娘都是一个身份——空姐，每个人都为自己能够作为爱与善的施与者而沉醉。这些航空公司和国际航班的情况有所不同：国际航班的姑娘们得不辞辛苦地给顾客提供食物，以这种方式将爱传递。可是整个美国，都是那种灵活轻巧的小飞机，不分昼夜飞来飞去，载着众多没多少活可干的姑娘。她们给你送饮料。她们带着温柔亲切的笑容，给你发盒饭。她们对着广播传递着温暖人心的信息——“我们爱您需要您，请再次光顾，请把您们的爱给我们。”此外，她们在机舱里走来走去，笑啊笑个不停，享受着男男女女的羡慕目光。她们的工作就是要让人羡慕。在她们来回走动展示自我时，羡慕的热度急剧上升。飞机刚起飞的时候，姑娘只是态度友好，笑容灿烂，但似乎很快就因吸取了太多的注意而膨胀至爆炸的地步。她噗的一声炸开了，也许是发烧了——她双颊通红，眼睛兴奋得灼灼放光，真像发烧了一样。

就这样，她脸上堆着笑容，笑个不停。

不难想象，等下了飞机回到屋子后，她会烦躁不安，坐不稳，睡不着，吃不下，怎么也停不下脸上的笑容。她太激动了，没办法安静下来。如果她有个男人，那个可怜虫的爱慕怎么能同她这一天中从几十个男人那儿收到的爱慕相提并论？可想而知，哪个倒霉蛋娶了她能过上什么好日子！不久，这种情况肯定无法避免：干这一行的结婚率很高，离婚率也一样高。但是，有那么一年、两年或三年的时间——至多五六年——那姑娘像在舞台上走秀似的，是一天几百双眼睛的焦点，工作时的每一分钟都是他人羡慕、渴望和嫉妒的对象，是温暖、舒适和关爱的源泉。接着她结婚了，就像走下一个上千人喝彩的舞台，进入一间狭小的黑屋子，可能她一无所知，不懂是什么东西搞得她觉得自己像只陀螺，被一直抽打着——然后留在地上转个不停。她没有自省能力，也缺乏自知之明，因为这样的女孩肯定既简单又幼稚，生来就是干这活儿的料。哪怕穷其一生，她也悟不出这一点：把一个姑娘塑造成公众爱恋的对象——成为军乐队领队、航空公司的形象代言人或空姐，短则几个月长则几年，是件多么残酷的事。她结婚，因为早婚能证明自己的能耐，就像她体内肯定有个什么器官，能够收发几千瓦的爱情、关爱及谄媚的能量，而她又无法将其关闭。她到底怎么了？她摸不着头脑。为什么会觉得这么烦躁易怒？干吗不能好好放松休息一下，睡个好觉？她就像个一直受大人表扬的孩子，而现在大人们烦了，转去聊天不理她了，不管她跳什么舞，又笑又喊又摆造型地嚷嚷："快来看呀，快来看嘛！"——他们就是充耳不闻，最后才说了句："安静点儿，到一边玩儿去。"

她觉得头疼，生活索然无味，接着疯狂地爱上某个男子，搞得那男子还以为有个情敌存在似的。不久她就离婚了。可能她想重操旧业，然而韶华不再。她已经不再可爱、轻盈、朝气蓬勃了，她的位置已经被一个刚出大学校门的女孩鹊巢鸠占。

不用多久就到七月中旬了。会议还有两三天就宣告结束，但是这边的代表乱纷纷离去，那边的代表又成群拥入，酒店又承接了一个霍乱研讨会。

凯特在众人充满欣赏的光束下不停地微笑，将自己有求必应的光束投向四方，温暖每一个人。一想到马上就要孤单一人，她就茶饭不思。她知道是怎么回事儿，是因为恐慌。浓浓笑意的光束太强了。或许不是这样，她只是做力所能及之事，从会议开始便一直如此，可此时此刻，大家都想着打包离去，那束光亮就未免强烈了点儿。她从阿梅德的态度中，知道自己是个办事利索、雷厉风行、笑容满面的女子。他就像台早该关闭的机器，绕着她转呀转：他拿来头疼药给她，说他自己也在头疼——每到一件事情要结束时，他就睡不着觉，搞得他妻子满腹牢骚。凯特把家人的照片拿给他看，他也给凯特看了一张照片——一个整洁干净的安静女人，膝头坐着一个局促的小女孩。凯特看得出这张照片取景的位置，是他趁工作间隙，站在一节楼梯顶端背对着窗拍摄的。阿梅德不能像客人那样坐着，但她可以，就像她可以陪着代表到处吃饭游玩，但阿梅德肯定不行。因此，看她站着，身边的阿梅德也站着，对她说："吃完药早点儿睡觉，明早就不会那么紧张了。"

凯特心想，哪儿有这么轻巧的好事儿：一旦有机可乘，等待她的绝非镇定剂可以哄骗和赶走的东西。她得回伦敦去，找个地方独自待上两个月，孤独地审视自己的人生。当然，有许多人邀请她去他们的国家做客，男的女的都有，他们已经成了好朋友——在这种随意宽容、无欲无求的生活方式中，友情其实就意味着全然否定。不作批评。不提要求。对国家或种族差异不闻不问，对于这优雅迷人的圈子，那些分歧似乎只是用来说笑逗趣的。此外，性爱平等。谁也不伤谁的心。不可能的事儿，因为事业远比性或爱情重要：这很可能就是未来的性观念，浪漫爱情、渴望想念、绝望情绪全被放逐到精神失常的过去。这样的朋友，这样的过去或将来的情人，虽然在布宜诺斯艾利斯的时候形影不离，可一经分别却可以几个月或几年不通音讯，甚至想都想不起对方；然而在雷克雅未克再次重逢的时候，双方都竭力不喜形于色，分寸拿捏得恰到好处，暗暗酝酿着另一次稍有不同的亲密接触。如同演员在戏中为恋情又哭又笑、又恼又喜，但不久之后就各奔东西，十年之后才又穿着不同戏服，再次偶遇。

或许，她应该随迷人的费利夫人去塞拉利昂？干吗不去呢？或者她就待在这里，反正土耳其她也没玩儿够，只是去了一些餐馆吃了不少美食，看了两座清真寺和一个教堂。但是土耳其这地方，一个女子独来独往很不方便，要是在巴黎或罗马，或许……在这里她不能独自驾车进内陆城市；或者应该这么说，像她这种性格的人，一个结婚多年的女子，没有男子陪伴在侧，她没有那个胆量。

她在酒店大堂等费利夫人，她叫她帮忙找个美发师。当然，这事儿酒店员工也应该应付得了，但是亲爱的凯特这么聪明能干，不过举手之劳罢了。

她站在那里等着，从她身边经过的人一一冲她点头微笑。说着亲爱的凯特，最亲爱的凯瑟琳。我的甜心，我的小猫咪。凯蒂宝贝，凯迪亚和凯蒂。凯特琳娜，可爱的凯特琳。凯特里妮，凯和凯瑟琳。凯特林娜我亲爱的，我的天使凯蒂。凯伦，没有你我都不知该怎么办才好。各种腔调、各种称呼，不一而足。

我会想你的，布朗太太。

她的脸上一直堆着笑容，心里悄悄地哼着小调——有点抓狂。

我会想你的，布朗太太！
我会很想你的，布朗太太！
你给我们饭吃，给我们带路，
你给了我们想要的一切，
可是，现在你被取代了
我会想你的，布朗太太……

她没想到等了这么久费利夫人还没出现，她去同很多楼层上的什么人告别了，她只好接着再等，这时她看见一个小伙子朝她走来，她见过那张脸：还没想起他是谁，对方就邀请她明天一起去戈伊纳，他租了一辆车。

他们初次见面是在一周前，就在酒店外的街道上。他是个皮肤微黑的青年，穿浅色夏装，面对着车水马龙的街道站着，上下打量着酒店，好像在目测酒店的高度似的。他看上去像是酒店的客人，甚至代表，因为那身优雅的浅色西装，使他不同于那一群群身穿夏日便装的游客。后来她在咖啡厅又遇见了他。他坐在隔壁桌，和一群年轻人在一起，他俩搭讪了几句。这会儿他穿得像游客一样，好像热得不行。黑发梳向脑后，一丝不乱，油光发亮，微微有点儿卷。他不是小青年，她看走眼了。他说他是美国人，可别以为他是第一次来欧洲，他打算过几天去西班牙，他一直觉得那个地方适合他。她觉得他说的都是真话：他长得很像西班牙人，其实在任何一个说拉丁语的国家，他都像那里的本地人。

他不住在这家酒店，他说，因为这里的价位太高，他住不起。这么看来，他邀她明天一块儿出游，不是心血来潮而是精心策划的？他说在咖啡厅见过她之后就猜——这又不是什么难事儿！——她住什么地方，打听了一下就上这里来了。他一边像一时冲动似的向她提议“你要有时间就太好了，浪费车里的空间多可惜呀”，一边看着她的眼睛，虽然觉得自己的行为很可笑，但毫不慌乱。当然，车里就只有他们两个人。今晚一过她就可以功成身退了——理论上说的确如此；但毫无疑问，只要她愿意，她会忙到离开前的最后一分钟。她说——即使玛丽·费切丽的影子突然冒出，骂她疯了——她还是说她愿意跟他一块儿去。为了听玛丽的话，她打算和这个小伙子保持距离，其实他没有看着那么年轻，就像她看着没有实际年龄那么大一样。这时，费利夫人一阵风似的朝他们跑过来，棕色四肢纤长灵活，修长的手指上宝石璀璨，一个劲儿地道歉说让凯特久等了。

凯特看见，身边的小伙子目不转睛地看着眼前这个美女。目光不躲不藏，既无歉意，也不窘迫；眼中没有丝毫的放肆与冒昧，只是实心实意的欣赏。费利夫人心花怒放，轻轻地点了点头，感谢他的欣赏，然后冲出门厅：“凯特，亲爱的，我快来不及了……”

“行，”凯特说，“只是我还不知道你的尊姓大名呢。”

他叫杰弗里。他说晚上给她打电话，用同样直接诚实的方式说明自己的企图或想法：可能的话，他想多知道一点儿她的情况。他的这个态度刚刚从费利夫人那里赚得一个笑容。

他们没有去成戈伊纳。这次旅途（又热又长又不舒服，因为途中车抛锚了两次）迅速将两个人“拴在了一起”，就像他们说的，将他们拴在一起的正是一路上的种种麻烦和两人的犹豫不决，他俩不知道究竟是坐巴士还是另叫一辆出租车，继续旅程。那些麻烦，或类似麻烦的东西，小伙子当然心中有数，他以为他的建议她也料想到了。到不了戈伊纳他并不在意，但她有点儿不快——天气真的很热，灰尘又大。司机去安排车辆的时候，他俩就坐在车后座聊天。

他俩在聊他。他出生在波士顿，在纽约做广告宣传。他英俊聪明，喜欢逗乐，接受过良好的教育。他也喜欢特立独行：四年前他决心甩手不干，离开他随时随地都想调侃两句的“广告玛门[1]”——因此体验了两次飞跃的感受。一次是加入玛门，一次是背叛玛门——虽然他才入行三年，却做得风生水起。正是自己的成功，这么轻而易举就取得的成功，令他惶惶不可终日。于是他“退出”了。没有沦为穷光蛋或嬉皮士，这些已经过时了，况且，他觉得自己这么大年龄，没有兴趣玩那些。再说，

1 在古叙利亚语中“玛门”是“财富”之意，后在《圣经·新约》中用来描述物质财富或贪婪。

他父母的收入都挺高的。但他已经拒绝了一份事业和一种生活方式。打那时起，他经常带着帐篷，搭顺风车在欧洲转悠。现在他三十二岁了。

凯特像听儿子说话似的听他絮叨，听得出他心里矛盾重重，很不平静。“退出”之举绝非终极决定，要他做决定的事儿还很多。若是在二十岁或二十五岁“退出”，无可厚非；同一个自己喜欢或喜欢自己的姑娘在加州的沙斯塔山或在佛蒙特州共度夏日，也可以理解（这些事儿他都做过了）；靠已故祖母的钱（他急忙指出，钱是“他的”，不是他父母的）过日子，同样没什么不行。但是，已经三十多岁的他，还不知道自己想过什么样的生活，才是要命之处。就像上帝只懂得麾下有多少亿年轻人一样——谢天谢地，这个数字不包括她的几个孩子，或暂时不，除非蒂姆想信奉上帝——他不知道该拿自己怎么办。她说的年轻人，是指世界上富裕国家的年轻人。在教育水平低、无法获得温饱的国家的年轻人，没有选择余地，只能靠抢靠偷，饥一餐饱一餐。不知道想过什么样的生活，是这个世上富有青年的特权。

他说话的口气平平淡淡，略带调侃。这些想法都是他在去戈伊纳的路上，坐在车后座看车辆飞速驶往戈伊纳，以及后来坐在路边时——因为车里闷热难忍——慢慢告诉她的。直到下午三点左右，司机才终于叫来一辆朋友的出租车，把他们载回伊斯坦布尔。这辆出租车破旧不堪，一路上十分颠簸，东摇西晃。车子行驶在一层黄色尘土之上，纷飞的尘土将原本壮丽的落日映衬得更加壮观。他说个没完。后来，他们找到一家饭馆。

饭馆很便宜，因为是他请她外出吃饭，而目前他并不是什么大组织的员工。吃完饭后，他们去了一家夜总会，他对夜总会的肚皮舞娘和歌手毫无兴趣，只是不停地说着话。凯特在旁边听着，毕竟她是个经验老到的倾听者。她一边听他说话，一边琢磨待会儿要不要与他上床。她在脑子里与玛丽放肆地交谈了几句。她知道要是玛丽在这儿，跟她套近乎的男子一定与这个年轻人完全不同。玛丽是看不上杰弗里的——这个想法她肯定会很不耐烦地告诉她。凯特想象她会说：得了吧，凯特。你有毛病呀？看在上帝的分上，要是你想跟人上床，就去呀！

如果玛丽住在这家酒店里，半夜三更上门找她的有可能是门童、服务生或行李员，甚至可能是同一家酒店的客人；他们也许是在走廊、电梯或大堂里不期而遇，然后对上眼的。春宵一夜之后，她会坦言相告，这晚多么妙不可言什么的——她的直觉一向正确——然后就再也不会想起那个人了。或者她可能会说："那个男的我在黑斯廷斯海滩见过，我给你讲过是不是？他呀，棒极了！"

凯特赞同幽灵玛丽的观点；她已经知道这个情人，要是她想让事情朝那个方面发展，选择的是听众。

是时候考虑那个她很少细究的话题了……她又说谎了。记忆又出错了。她必须老老实实地考虑清楚，婚外恋对迈克尔·布朗夫妻这桩美满婚姻，到底有何影响。

其实他们对婚姻生活的详尽设想还是与现实相符的——这么说吧，一语中的，设想的模式与实际情况是存在一定差距，但夫妻俩的那个"嘲谑的鬼脸"与此无关。（是吗？凯特觉得好像两种记忆模式在推推搡搡，想把对方驱逐出境，她只好保留自己的习惯模式。）他们的婚姻美满幸福，因为她和迈克尔很早就明白，不知足或人们所说的“饥渴”的核心内容，是每一桩现代婚姻都不可或缺的组成部分，是一切事物不可或缺的组成部分，这就是问题的关键，与夫妻双方无关。与婚姻无关。婚姻是靠人们对婚姻的期待哺育的，而人们受到什么样的教导，对婚姻就会有什么样的期待，这一点绝对不容小觑，因为普通人生的组织成分（这肯定是个新词吧？是不是替代了原来的词语？可是以前大家都怎么说来着——尘世即深深泪谷[1]？）非常纤细，一触即断。婚姻往上面压了一堆重物，它背负不起。这些方面他俩在婚姻初期就仔细探讨过。不对，不是在恩恩爱爱的第一阶段，也可能不是在第二阶段……她对他俩年轻时的幼稚行为加以嘲笑，其实就是在贬损现在的自己；他们还没到第三阶段，更别说第十阶段或第十五阶段了——不久他们就成熟了，没有当初那么严肃认真。那也没什么，不过基于两人的共同努力，结婚多年后他俩终于达成以下共识：不要因满足不了内心深处的渴望而相互指责。他们到底渴望什么？对此他们心中无数，因为忙碌也没空问自己。

他们的婚姻经历了一次危机。

有一次迈克尔和医院一个年龄比他小的女同事爱得死去活来。不过，当时他们的婚姻已经挺过了重重压力和桩桩意外事件的打击。他俩结婚都十年了，孩子们也相继降生了。这场恋

---

1 源自《圣经》，寓指现世、尘世。

情对迈克尔和凯特来说，虽然没有给彼此的理解力带来重大创伤——他俩的智力对周遭发生的任何事情都很容易理解——但却给彼此的情感造成了粉碎性骨折，因此不能重蹈覆辙。或确切地说，必须回避那种方式。后来她明白了——是他让她明白了——他偶尔会与一些年轻女子有那种不影响夫妻感情的关系，但他总是特别小心，避免伤着她这个做太太的颜面：就是那种在代表之间和国际大组织会议机制中风行的男女关系。她已经接受了他的那些“绯闻”，虽然心中隐隐作痛，但尚能忍受。真正的痛苦是她觉得不应该支持这种逢场作戏的想法。尽管如此，他俩的婚姻之船继续平稳前行，连他们自己都颇感意外，因为周围全都是业已分道扬镳的夫妻，因感情出轨而摇摇欲坠的婚姻……关于这方面，凯特的不同思维模式或记忆模式简直势不两立。有的模式是事实存在的，比如他俩都认为对彼此或对婚姻不要期望太高，这么做是正确的。至于其他模式——事实真相是她已经没法尊重丈夫了。他做的不过是“人人”碰到他那种情况都做的事儿。为什么？什么时候？不过，她只是觉得，已经有一阵子了，他就像一个贪吃糖果却不予节制的孩童。在她眼中，他的形象日益渺小，这一点毫无疑义。对待丈夫的态度和做母亲一样，她以前可从未这样觉得。坠入爱河痛不欲生——这个她能理解，她自己也有过同样的经历。但是，像他那样处心积虑地小心安排生活，做那种事儿的时候不留任何“蛛丝马迹”，这样就可以和邂逅的年轻女子经历一场又一场性遭遇——让她觉得他十分浅薄。还有他的衣着和发型……话说他第一次出轨的时候，时钟至少得往回拨十五年，当时他刚从国外什么地方出差回来——她难过得要命，又厌恶又愤怒，浑身颤抖。当然很快她就被说服。但她生这么大的气，绝对不是像迈克尔话里话外暗示的那样——她嫉妒了：对那个东西她不屑一顾。

但是，自从知道了迈克尔的所作所为，她觉得自身价值乃至体内物质都遭到侵袭。她原以为只有等到她年老色衰他才会犯这等事儿——如果她这个老太太染了发，穿上短裙，双腿依然美得叫人目光留恋，那么到死他都不会玩感情游戏才对。她无法解释自己的感受，但这是她的真情实感。因为丈夫——从各方面来看都是一个负责任的好丈夫——打定主意要经历数不清的、从概念上来说属于不负责任范畴的“外遇”，而他搞外遇的唯一目的就是性，因此她，凯特，觉得自己被践踏了。她宁愿丈夫对她坦言相告——不，坚持自己的主张，他有这个权利——他真实的感受，与某个女子，甚至是两到三个女子真实的关系，那么他俩的感情反而会更牢靠、更持久，她也会更坚贞。如果这样，守在伦敦南部家中的她，想到他与这个或那个女子情意绵绵时（当然只是在工作之余，工作才是他真正的兴趣所在），就不会觉得身上好像被人生生挖了个口子，里面的物质和力量源源流出。她感觉他好像迷路了，找不到人生的目的——这是她考虑了种种理由，通过细细揣摩之后，觉得应该这么认为才行。

傻瓜才会这么想。既幼稚又天真又卑贱。她知道告诉玛丽她会怎么说她！——无所谓嘛。但她就是这么想，也不打算假装另有想法。要是几天前，只要她拿定主意不再忙着伺候他人，说个不停，笑啊笑啊笑个没完，就会说她的感情、思想或新的真相，管它是什么，都站在台下等候上场。可现在呢，她正在一个婚外恋的山脚，努力向上攀登，她已经感觉到这座山她非爬不行，就像每个登山爱好者都非登不可的山——不管真正动机是什么（她非常害怕面对，所以想方设法躲避），是不是肯定跟迈克尔与众多女子的暧昧关系无关？早几年前她就感觉自己已经失去了他。不过，或许她应该从这里开始（要是她肯花时间！）：是因为迈克尔，她才觉得自己像个填充的木屑慢慢漏光的玩偶，虽然她的感觉天真幼稚、不够理性，却不可否认。

此刻，她的感觉就是这样，看着坐在面前的小伙子探着身子，满怀从她那儿——从任何一个愿意给予者那儿——获得那个东西的渴望，不管那是什么，只要能让他旁若无人地说个不停就行；尽管如此，她已经开始了这段——女大男小的——登山之旅。

根据常识，像他们这种恋情，是最缠绵悱恻、最诗意美妙的，是所有可选项中的上上之选。唯一可能的例外就是与之相反的搭配，男大女小……（要是她想与面前这个男子，这个她的盘中之物发展关系，是因为迈克尔吗？她行事不听意识使唤，随波逐流，不懂拒绝，无法做她应做的事儿，是不是因为多年以来她都是一台由迈克尔设定的机器？）常人的智慧是正确的。但是她已经上了贼船。这份恋情的配料完美无缺：她三十五岁，他二十岁。这是他俩的秘密，谁也不会知道。但面对现实的重重阻碍，这样的情感虽苦乐参半，却注定以失败告终。

歌德，准确地说是托马斯·曼笔下的歌德说：吻是爱情的精华。他说，他这一生都“想着那事儿”，但令他神魂颠倒的却是热吻。

只有这样的女子才能给予那样的吻：她必须是个三十五岁的已婚妇女，丈夫和警觉的孩子不分昼夜地时刻守在身边。不对。事实上曾经有个美妙的周末，只有上帝知道他们付出了多大代价，做了什么安排，说了什么谎言，才能幽会成功；但是回首往事，他们这么不管不顾绝对不是为了性欲。因为，且不论别的，没有一个头脑清醒的女人会为了性去找小伙子，就性事而言，只有成熟的才有味道：她和迈克尔的性生活异常甜美，非想象所能及。或者曾经是这样……那么现在又如何？当然，就躯体感受自然是叫人羡慕的。感情上呢？可感情重要吗？如果说它重要，玛丽肯定会笑岔气的。（如今的她比住在玛丽对门的时候更经常想到她。）因为知道了丈夫整天处心积虑想着跟姑娘们上床，所以最近一段日子夫妻俩的性生活——她没有厌倦，没有——只是越来越不愿意过了，就像肚子饱饱的时候看着一大桌子的美食佳肴……并不是她的性欲越来越冷淡——或者是这样吗？果真如此，干吗觉得好像承认了那事儿，就等于承认了自己的失败？不过，她真正感兴趣的是过去的那个东西，那时，她，以及婚姻——在婚姻中和夫妻生活中他仍然能够找到的——就是他的需要，他的目标：当时他确信会得到的东西，尽管有了孩子，要照料家庭，有一大堆的事儿。她知道，丈夫的生活曾经一度就拽在她的手里，任凭二人共同发现之物摆布，而那东西的中心就是床。

正冲着她虎视眈眈的这桩感情，肯定不会让他们牵肠挂肚，欲生欲死。这个青年岁数不小了。他太世故了，太爱挑自己的茬儿了。

但是她喜欢他。他很有趣，痛苦的时候尤其有趣。他烦恼不懂得该从众多的生活方式中选择哪一个，如何应对日常生活中的那些事儿，还有不知该拿今生今世怎么办。

但是那晚，他俩一致同意分开住宿：他请她到他屋里坐坐，但被她推到了第二天晚上。

她独自躺在床上，心想：她周围的房间住的都是代表，此刻正在与带给自己几周快乐的性伴或其他性质的伙伴告别。不用说，大家都很开心，换了是玛丽，也会同……对她来说，杰弗里太年轻了；不对，是太大，反正他的年龄不适合她。最好是二十到二十五岁之间——没错，相对业已迟暮的她，他仍然是个“小伙子”。只要一到三十五岁，他的心理年龄就接近她“那个岁数”了——用他的原话说。但是三十二岁……我们评判一个人，该不该以人活了多大岁数，处于哺乳动物或社会个体的什么时期或阶段，就该有什么样的生活态度为参照系数？是呀，我们评价大部分人的时候都是用这个评价尺度，只有对小部分人，评价标准才多几个。他，现年三十二岁，按照他所处的社会的法则，应该为“如何立足于社会”寝食不安，已婚的应该把婚姻经营成功，开始生养孩子。这些事情他一桩也没完成，但又没有洒脱到可以置之不理。他觉得那就是一个非此即彼的选择：“要么我找份合适的事儿做，然后娶个老婆成个家，生几个孩子，要么就像现在这样继续四处游荡。我的朋友当中一半有工作、老婆和孩子，一半没有也不想有。我该怎么办？

是要自由，还是跳进经济的罗网和陷阱？”他这个人也有很老派的地方，他的这个困惑也是传统的困惑。让他两难的原因是，只要他愿意就能找到工作，用不着与失业大军为伍。何况人家还有一笔私产呢。

但她的确很喜欢他。

她应该直接回英国，在朋友家借住一阵子，或自己租间房子——当然是租房子好，要是在朋友家，她又得忙开了，没有一刻清闲，帮忙做事带孩子——然后安安静静地坐着，任凭那阵寒风肆意吹袭。

她觉得好像有股暗流，推着她往前走——她的这个想法与她丈夫脱不了干系。可是，怪他干吗？不能老把自己的现状和自身变化怪到丈夫头上——她不该跟杰弗里去西班牙，不该跟他上床。现在她就已经知道，等到将来回首往事的时候，会觉得杰弗里·梅顿对她来说味同嚼蜡，完全是人生的重复。然而，她又鼓不起勇气返回英国，找间房子静静地独处。

她刚睡着梦就找上了她。她梦见自己坐在电影院里，看一部以前看过的片子——这部影片她清醒的时候看过两次。一只可怜的海龟，生活在那个原子弹爆炸的太平洋岛上，失去了方向感，产完卵后没有听从平时本能的指引，返回大海，而是朝里走向无水的它不能生存的陆地。她坐在黑漆漆的电影院中，看着那只可怜的动物，迈着沉重的脚步，静静地离开大海，走向死亡，就想：噢，海豹，我可怜的海豹，我有责任照顾你，我必须照顾你，可你在哪儿呢？想到这里，她知道自己是在做梦，梦中的她好像在四处寻找另一个梦，那个海豹之梦；因为看着那只海龟走向死亡却无能为力，所以她必须拯救海豹，就像昏昏沉沉走错了房间一样，她入错了梦，又打不开通向正确之梦的房门……海豹在哪儿呢？是不是躺在干燥的乱石上无人问津，等着她的到来，黑黝黝的眼睛正四下寻找她呢？

翌日，她留下来帮助代表们打点回家的行装；这种事儿本无须她动手，她的工作已经结束，但天性让她觉得不该坐视不管。到了晚上等所有的代表都奔赴世界各地之后，她便加入那一群酒店客人的队伍当中，从自己房间溜到别人房间，然后在天亮前趁客房服务员还没开始打扫房间，轻手轻脚返回自己的屋子。

那晚她和杰弗里一起度过，她答应八月份跟他一起去西班牙。八月份去西班牙肯定是头脑发疯了，不过那个时候，整个欧洲都是发疯的人潮。聪明人会选在八月前后去欧洲旅行。但是，如果不去西班牙海边，去内陆地区，还是可以一试。照杰弗里这个西班牙通说，在那儿他们将发现真正的西班牙，难以毁坏的西班牙，正恭迎他们的大驾。

在旅途

七月三十一日这一天，她抬脚迈出了这座位于伊斯坦布尔的金碧辉煌的国际大酒店，从此离开了国际组织筹划的世界，作别了各种会议和各类庞大机构——这些场所四处飘散着那种隐形的、丰裕得被人视如草芥的金钱气息。她离开酒店前，只喝了点儿咖啡，吃了几块蛋糕，就花去了两英镑，但她想都没想看一看价格清单。她走到街面儿上，一名出租车司机想多要几便士的车资，她着急地轮换着用三种语言叽里呱啦地与他讨价还价。

她就拎了一只行李箱。行李打包她是行家里手，箱子的每个角落和缝隙都能被她充分利用起来，因为这么多年来，她成天替那四个世界公民级别的孩子买这买那、整理行李，那几个孩子穿的用的，可全都是世界各地最繁华街道的商场销售的上等货。她听说阿梅德的妻子和她身材差不多，就送了几件新买的时髦衣衫给他妻子。阿梅德拿着衣服，双手微颤，难以置信，也有点不愤——她希望令他愤愤不平的不是她，只是社会现状——与阿梅德合作的这一个月里，她目睹了阿梅德的八面玲珑和自制隐忍。

她身穿一袭炫目的粉裙登上飞机，这身裙子和她的红头发与晒不黑的白皙皮肤形成强烈反差——土耳其本地人不是天生黑，就是经不得晒——和他们在一起，她的肤色本身就够抢眼的了。她拿了《巴黎竞赛画报》、《今日风采》、《卫报》、《时代周刊》和《世界报》看，杰弗里拿的是《巴黎论坛报》、《国际时代周刊》和《基督教科学箴言报》。

等到他俩把双方手中的报纸都看完的时候，飞机刚好飞在直布罗陀海峡上空，两三小时之后，他们已经在马拉加喝开胃酒了。

她的耳朵再一次遭受严厉责备——西班牙语比土耳其语更令她为难，因为她知道它邻国的语言。她的四周都是她毫不费劲就能听懂的语言：此处是食客和服务生活动的中央舞台，说西班牙语的全都在舞台之外，但是等到台上的嘈杂声消失之后，台下就会再次响起含糊不清的话语：西班牙语在自己的海边城市只是多余的小角色。

从六月初起，各地游人便陆续拥入这个阳光海滩，到现在几乎已经水泄不通了，不难想象，假如从空中俯瞰，这个半岛肯定负重下沉，四周是波涛翻滚的大海——一侧是蔚蓝的地中海，一侧是灰蒙蒙的大西洋。不用多久，数以百万计的人们将身穿花花绿绿的衣服，撑着遮阳伞，戴着太阳镜，淹没在他们入住的酒店、娱乐的夜总会和享用的酒家之中。

在一棵高大的木槿树和几株蓝茉莉之间摆了一张桌子，那几株蓝茉莉在灯光的照耀下，变成蛾子般的灰色，看不到原本的蓝。桌边的一对男女没有面朝人群而坐，显然他们不愿看沙滩上的人潮。他俩的手时不时地碰一碰，甚至紧紧地握一握。还亲吻了一两次，都是蜻蜓点水般的，中规中矩，颇为滑稽。或许旁人也注意到了，他们的目光老是看着别的什么地方，眼神非常专注，但是视线不是落在与己同类的人群当中，而是落在正在沙滩上嬉耍的不同国家的年轻人身上。那些年轻人没有下海嬉戏，没有；多亏老天有眼，那种玩法显然无异于玩命。如水的月华照得海面波光粼粼，海面下危机四伏，不让或者近乎不让人类躯体与之接触。海里的确有一两个人在游泳，向世人表明自己自信或漠然的态度：将躯体交与这样的大海的举动已然就是一种宣言；我们往往可以通过一个人所点的菜肴，下不下水游泳，让不让孩子踩水玩儿，推断出他看待未来的态度。比方，在餐馆里，男的会煞有介事地点道本地鱼，那气势那眼风，整个餐馆都感觉得到他的情绪，今晚我很躁动。就像从前，在一家不主动提供香槟的酒家，他要的就是香槟。同样，在和煦的早晨，看到走进大海的女孩，人们会看上几眼、扮个鬼脸或耸一耸肩：那个女孩，她不怕，可我怕，我才不冒那个险呢。但是，既然身体不敢亲近这片曾经半夜三更人们还在里面戏耍游泳的海域，来自各国的年轻人如今便在方圆几百英里的海滩上弹吉他跳舞。

那对男女的目光无疑是热切的：男子非常渴望能跟他们在一起；而女子呢，一边想着自己的几个孩子，一边观察着那男子，看他想要什么——瞧她的神情，好像只要男子需要，就立即奉上香油和安慰供其所用。

男的是个消瘦的年轻人，模样俊秀，但并非仪表堂堂，因为他的外表很像当地居民：褐色眼睛，滑溜溜的黑发，橄榄色皮肤。不过，只要他一开口说话，就知道他是个异乡客。

女子的年龄比他大，但比他引人注目，因为他已经和周围环境浑然一体了。女子是个地道的红发女郎，皮肤白皙，褐色眼睛宛如葡萄或提子。长了一张讨人喜欢的温和的脸，头发剪得很雅致，打理得有款有型，一头雕塑般的厚实波浪，又浓又密，看着它就让人情不自禁地想伸手摸一摸，或确切地说，是让她的爱慕者产生这个念头。餐厅服务生知道，要花多少钱才能剪出这样的头发，买到她身上那样的衣服，所以自然而然希望能够从她那儿得到一大笔小费。

也许，这对男女走到哪儿都引人注目……的确，此时就有人内行地、认真地打量他们。不管是在机场，还是下了飞机与同机乘客并排坐在摆渡车内，还是后来在酒店办理入住手续的时候——房间是他们从土耳其打电话以国际食品组织的名义预订的——他们都处在他人注视的目光中。他们被人审查、出票、分类，然后贴上标签，办事人员全都是业内的行家里手，整个夏天，主要工作就是观察评估访客，此外别无他事。

访客大抵可以分成三大类。第一类是组团游客，他们在老家——英国、法国、荷兰、德国和芬兰——被组成团，然后集体坐火车或飞机出行，集体入住，最后像包裹似的被集体发送回国。他们的私人底细、经济状况或个性特征，最好猜测。老练的酒店经理或服务生只要五分钟便可弄清，并给他们一一归位。第二类是国际青年，这些年轻人像鸟群或兽群一样，成群结队出没于海边各处，我行我素，目空一切。他们只是锦上添花一族，不过，看着他们总让人心潮起伏，五味杂陈——羡慕、嫉妒、不以为然等情绪不一而足——不过总的说来，从他们身上很难有所获益，然而假以时日，等到他们年龄渐长之后，不是成为第一类，就是加入第三类。第三类人数最少，起先他们也都是普通游客——或如同孤独的狼，或成双成对，或携家带口，自助出行，兴致勃勃地安排自己的行程。在旅游界的专业人士眼里，这些透着哲学家或赌徒气质的游客，是最有意思的群体，因为他们中间各色人等都有，有富有穷，有怪异者，有孤僻者，有畏罪潜逃者。毋庸置疑，大多数情侣都属于这个群体——就是说“年轻情侣”不算在内，因为青年人原本就处于求偶恋爱或性欲旺盛时期。同样毋庸置疑的是，这些结伴出行的男女，未婚情侣远远多于已婚夫妻。就在五年或十年前，还有明文规定，禁止市民身着比基尼，甚至露膝盖露肩膀的衣服出行，哪怕是在海滩和露台上穿都不允许——风纪警察四处巡逻，确保令行禁止——而现在，这些清规戒律在金钱的高压之下迅速土崩瓦解，与之一同消融不见的还有那个缄口不语的大写的“不准”，以前因为这个词，结伴旅行的未婚情侣想到酒店订间客房都困难重重。当然不是毫无可能，还是有不少身体力行者，但是他们行事都很小心隐秘，未婚的方面往往还得隐瞒真相。现如今，骄阳似火的海边，整个夏日这几个月，热闹如狂欢节。沙滩上随处可见嬉戏亲昵的“孩子们”——那些天性无知无畏者，跳进温暖凶险、日益污浊的海水寻欢作乐——有时像猫狗一样随地交欢，毫不规避。酒店经理对这一切已经熟视无睹了，虽然他本人是一个虔诚的天主教徒和爱家的好男人，平心而论，要是在平常的生活中，看到可能犯下这种罪行的女子，他连话都不会跟她说上一句。要是他自己的女儿未婚失身让他颜面尽失，肯定会被他逐出家门。可就是这个男子，将陪伴在并非自己丈夫的男子身边的女子，迎进他那洁净体面的酒店、床上和酒吧，赔着笑脸、俯首哈腰地与客人主动搭讪，祝他们午安、晚安、胃口好，对他们没有一丝不满，言语之间没有半点儿责备之意——这么说吧，是有那么一点点的不满，或许只是点滴暗示，告诉对方自己是迫于经济压力不得已而为之，虽然他（酒店经理）负责他们吃住，但至少还是清楚他们是有违伦理的一对，他本人仍然是知廉耻懂礼仪的——他不动声色地将这些信息告诉对方，因为非常含蓄，对方完全可以选择置之不理。

从社会现实角度讲，这一对男女被这些专业人士归为奸夫淫妇类。同时他们这种恋情——女大男小——又可被划为需经时间考验的一类。酒店的前台服务生拿到他们的护照填写入住信息时，看见他俩的年龄悬殊如此之大，好生惊诧。但是，他们的举止既不轻浮又不局促，神态落落大方，很有分寸。不过，根据传统恋爱模式，像他们这种特殊恋情，女大男小之恋，当是极其无望又浪漫的，或者至少是缠绵悱恻的。或许吧——情感法则中存在一些虽未成文却不容置疑的价值判断，似乎暗示——他们这种关系虽然轰轰烈烈，但最终只能落得一个痛断肝肠的下场，因此在现实生活中像他们这样的恋人，能最终修成正果的实属罕见。瞧他俩的模样，几乎无所谓他人眼光，满脸诙谐——像在自嘲似的——难道他们对这种关系能够安之若素？——绝非如此！因为仅仅靠良好的修养是不能像他们这样有分寸的——内行人士如此断言，他们的双目经过十几个夏日的历练，也已是“火眼金睛”，只消一眼便能探知对方所属阶层、性欲特征和经济状况。也许，人家原本就不是情侣？他们不可能是母子——不，绝对不可能。姐弟呢？不对，谁会相信从同一个娘胎里会生出如此迥异的两个人？或者是对不般配的夫妻？也不对，他俩的言谈举止缺少夫妻间惯常的默契——再说，桌上不是还摆着他俩的证件吗？他俩铁定是情侣，别无其他可能性。

就这样，这两人的关系被确定下来了，属于务必宽容对待的一类，因为就该国而言，要求依旧严格：男子仍然要求女子恪守妇道；再说，就是在那一类里，他们也是另类，就像并不相爱的情侣，尽管他们的确像情侣一样手牵着手，或轻吻对方。恰恰就是这一点，让服务生的态度有点儿冷淡，心里略觉不满。（当然了，这种反应他们自己并未意识到，因为他们还指望从这对情侣那儿得到一笔高于平时的小费呢。）

杰弗里之前来过西班牙三次。二十岁的那次都是在海边度过的，和此刻他无限向往地注视着、正在嬉戏的“孩子们”一样。看到他的眼神，身边这位母亲，因为对他人曲意迎合了近四分之一个世纪，几乎能够感同身受。她看着他瞧那些小姑娘，她们一个个貌美如花，或者看似貌美如花，因为四周灯光闪烁迷离，小岛风光旖旎，大海涛声轰鸣，在月光的照耀下，她们宛如移动的结实的发光体——海边夏日的景致霎时间变得格外动人心魄，因为大家都觉得，海边的时光，自己的旅程，日出日落的美景，以及大海的气息，不久终将结束，一去永不复返。她看着他如此渴望那业已逝去的东西——青年人的自由与放任——知道他的内心是多么的矛盾。他再也无法和他们在一起了。去年夏天在荷兰的时候，他还是其中一员。可是就在去年夏天，他已经发觉自己去错了地方，感觉特别扭，因为就在当时他已经知道，他不能走下露台混到他们当中，同他们一起唱歌、跳舞，像“他年轻时那样”——这是他的原话，虽然他说这话是为了自我调侃。但是他很想加入他们，融入那个友好的群体，到那个几乎一无所求的地方去。他对她说了心中的想法，或许他该下决心做个“中年嬉皮士”——他的口吻充满调侃和自贬，其中不无痛苦。干吗不呢？去了不合适的地方，不管你做什么，肯定都非常滑稽，那么干吗不将错就错，索性痛快玩上一场呢？话又说回来了，他肯定是玩不痛快的。他的教养令他搁不下脸面。“该死的教养，烦死我了！”

二十五岁那年他大学毕业了，再次来到西班牙，口袋里揣着一点点钱，和一个叫索菲亚的姑娘，从五月到十一月，在海边度过了几个漫长而温暖的月份。刚开始的时候，他们过得很开心，后来就没那么开心了，再后来她就跟一个在海滩上认识的德国小伙子走了，留了封信给他，说他不负责任，自私保守，不懂关心别人。最终她嫁给了她父亲在艾奥瓦锡达拉皮兹城律师事务所中的一个男子。

两年前的夏天他再次故地重游，一直待在科尔多瓦和塞维利亚这两个城市，听弗拉门戈舞曲，看弗拉门戈舞，因为他特别喜欢这种曲子和舞蹈。他曾经很想当弗拉门戈舞者，就像有些人梦想当斗牛士一样。真有人成了斗牛士呢。他有那种体形，而且——他以为——自己有那种禀赋，适合跳弗拉门戈舞。但是，他又觉得当弗拉门戈舞者很荒唐，不成体统（或者是因为他的教养，可他的教养常被人——特别是他自己心情不好的时候——当成懦弱的表现，令他止步不前）。“只要看看我爸妈就知道了！他们会跑到这里，吵着嚷着要找附近的吉卜赛人算账。‘赶快带我到吉卜赛人那儿去——他们把我们的小儿子偷拐跑了！’”

如今他第四次来到西班牙，是八月份来西班牙——单单这一点就让他觉得自己是个老外，是个初来乍到者。因为他和所有游客一样，只要在一个国家玩上一个多月，走自己安排的线路，无须花很多钱，就觉得自己像本地人；他觉得这个时候到西班牙来很丢脸，因为所有的本地人——当然合情合理——脑子里都只有一个想法，那就是这个国家现在不是他们的，暂时卖给游客了。

相较他初次来访，这个国家变得腐败了，破落了，贬值了。他俩一边数落它的不是，一边看着年轻的俊男靓女在被污染的大海边嬉耍。

他第一次来这里的时候是在六十年代初期，那时这个国度富有尊严、令人骄傲；当地人热情好客，不用张口，无须付费，就会帮你各种小忙；能够看到原汁原味的西班牙，就连发达的沿海地区，都能远离商业化的侵扰；还有人性的东西，在……精神层面……内心深处……听到这里她笑了，他也跟着笑了，眼里蓄满泪水，自然是替西班牙人惋惜的泪水。

说到她呢，二十年前她跟丈夫和四个孩子驾车来这儿度过一次长假，是户外野营——她觉得那次经历几乎没什么可说的，不过还是勉力描述了一番。他们属于第一批走访西班牙的游客。这个如今酒店、帐篷林立的海边，原本空无一物——真的空无一物。藏匿于稀疏小草下面的沙滩从岬角延伸至岬角。支个帐篷在松树下，几天看不到一个人影。她也仍然记得当地人自觉而为的种种善行——她非常赞同他的形容——比如富有尊严、令人骄傲之类的描述。

她接着说，那个时候很少有国外的轿车开进乡镇里，为了赚六个便士，一大群小伙子和小男孩争着抢着晚上替他们看车；他们一家在餐馆吃简易便餐的时候，十几张饥饿的脸蛋凑在玻璃窗上，布朗家的孩子们就像看童话故事中的插页人物一样看着他们：穷孩子眼巴巴地看着富孩子，被那家善良的父母看见了领进屋，或者得到仙女教母的大方恩赐——索性带着他离开那条穷街，到天上生活。她告诉他，那里的小孩有的穿得破破烂烂，光着小脚丫；有的身上长了疮，苍蝇在脸上乱爬，往眼睛里钻；有的因为营养不良，腆着大肚子。不过，她描述这些的时候，想起就在前不久她还觉得这些问题似乎不太严重，只要运用普遍常识立刻就能解决，不是人类的普遍现象，不会迅速殃及所有地方使其恶化和污浊。她想起自己以前谈论这个话题的时候，像在描绘世界更美好的蓝图，发表关乎民生大计的言论。而今她的语气相当冷漠。紧接着他们，她和杰弗里，将在那个中产阶级最流行的语言游戏中互不相让、一较高下：谁离他人的苦难更近，谁就更具怜悯之心。

这个想法并不是她的——是她儿子詹姆斯的。不管什么时候，只要一提到什么地方的穷人——始作俑者通常是艾琳或蒂姆，因为他俩在福利机构帮忙做事——詹姆斯的火气就腾地冒了出来。他认为解决这种问题的办法很简单：就是革命。除此之外，其他手段都是让苦难中的人民自取其辱，都是浪费时间。只有阶级革命——像卡斯特罗发动的革命——才管用。

可是，在这个问题上，四个孩子各持己见，互不相让。对旅游这一行业，对这些年里到国外旅行这件事，他们同样看法各异。

长子史蒂芬的观点比三个弟妹都超前——是看待这种问题的一种态度——他认为，世上所有政府，做法都大同小异，所以他想去哪儿就去哪儿，像个全然自私冷漠的家伙，虽然他花了不少时间抨击这类人。艾琳对政治不感兴趣，像史蒂芬一样，到哪儿旅游，良心都不会感到丝毫不安。詹姆斯比他的兄弟姊妹更难对付：比如去年夏天，他放弃希腊去西班牙，因为他说他想多了解一点政治知识；他觉得以色列太过法西斯，不肯涉足这个国家，却把近东和中东的军事独裁国家一视同仁地走了一遍。小儿子蒂姆呢，笃信文明的末日就要来临，不久整个世界都将置于野蛮的世界官僚之手，相较于那个即将出现的可恶世界，今日的世界仿佛是一段即将消逝的黄金岁月，因此他对待旅行的态度，如同他人品尝最后一瓶琼浆玉露。

至于他们的母亲，此刻正和年轻的情人（她想她找不到别的更合适的字眼）坐在一起，在西班牙的露台上喝着开胃酒。他俩打算明天去看斗牛表演，因为那是他的最爱，他非常喜欢斗牛表演带给他的审美享受。

他俩进房之前沿着散发着夹竹桃、防晒霜和尿臊味的小径，走到下面的海滩上，与那一群年轻人站在同一水平线上，沙子在脚下翻滚着。天色已晚，半轮明月高挂在大海的上空，露台上的人影渐渐稀少，一些年轻人已经睡下，安枕于彼此的臂弯——在石头背后，在睡袋里，在展平的浴巾下面，举目皆是。沙滩上铺着芦苇席子，有些人仍在上面跳舞，甩着头发，目光迷离，昏昏欲睡。海的边缘，有一群青年和着吉他唱着歌，弹吉他的女孩坐在一块礁石上，像条美人鱼。

凯特刻意不去看身边的同伴，她知道此时的他心潮起伏，肯定不喜欢别人窥视：她已经开始拿自己孩子的反应和他相比了。不过，此刻她想的是——不是她的青春，不是，那段时光已经太遥远了，差距太大了，与此情此景毫无可比之处。她想的是十年前和那个男孩相爱的日子。那份痛苦，渴望超越时间障碍的痛苦，可以和他此刻的心情相提并论。最终她挺过来了——是呀，她别无选择。他肯定也能挺过来。但是，不管那种恋情别人认为多么惊心动魄，不管她自己作何评价，她都不愿再回首往事。那段记忆同样是假的，被她在脑中装扮一新，使其楚楚动人，符合"姐弟恋"的传统模式。然而，实际上，她觉得不值一提。她看着这些美丽的年轻生命，行走的、滚动的、熟睡的，每个姿势都那么曼妙优雅，暗暗对自己说，那种事儿窝囊死了。理由很简单，用老歌德（或托马斯·曼）的话说，心里"想那事儿了"。因为对她而言，结婚时间长了，愉悦的性生活过久了，性爱和身体渐渐变成一种普通而简单的情感表达方式，成为一种情感语言——可是那男孩却几乎没有任何性经验，全凭想象，以为都很浪漫。向他提出性要求，肯定令他大惊失色——或者他本会有此反应。当然她浇灭了情欲之火，因为她清楚，肉体的谈话专属成人领地，知道自己离不开这种历时已久的婚姻谈话时，她心里第一次闪过些许不安。和他在一起，她老是觉得好像有个秘密或伤口需要掩饰。她得像白裙女孩一样年轻（又是一个习惯表达，像幅老式肖像画《手捧百合的白裙女孩》），在他眼里，亲吻仿佛就是通往性爱世界的大门，其实她想要的一切全被那个世界拒之门外——她看待性的眼光得像公立学校或英国大学中二十来岁的年轻人那样，如果是女子，还必须是处女，否则难以理解他的世界。

她知道同伴的痛苦非同小可，不该加重。他痛苦是因为他觉得自己不懂廉耻，跟动物似的——就像她本人和那男孩在一起时的感受——她该让他知道她能轻松体会他的心情。

他俩站在海边，离那些年轻人不到二十步远，但显然并非同类，一个女孩从他们身边走过，自顾自地笑着，光着脚丫慢腾腾地拖着脚走在沙滩上，感受着脚踩沙子的快乐。她瞥了一眼杰弗里，倏地收起笑容，脸上没有一点儿表情——然后又笑盈盈地朝前走去。凯特对这样的面孔并不陌生：当一个人遇见非本群体、本团伙或本团队的外人时，就会摆出这样的面孔。她尽量把自己当成那女孩——十七岁左右，棕色手脚瘦长纤细，长发乌黑，一副目中无人的样子——这样才好把杰弗里看成一个成熟男子，一个能够令那女孩改变表情的男子。她费了不少劲儿换好了角色。她像那女孩这个年龄时，看见二十五岁以上的男子，也是这副表情。她只记得，成人世界里的那些男子，个个完美如神，有担当，有力量。然后，她重新回到现实中自己所处的时期或阶段，映入眼帘的只是一个青年男子，满脑子想的都是自己的缺点与不足，挣扎着不被它们压垮。他转头对她说："你能陪我来，真是太好了，不然，我又得硬着头皮混在他们中间了。"

他说的是大实话，毫无隐瞒地说出了邀她同游的理由。听了他的话，她在心里痛苦地呻吟了一声，或者说苦笑了一下——不过仅此而已，因为她脑中装了许许多多细小的痛苦回忆：真实记忆正越变越淡，几近透明。以前要是问她，比如在五月末的那个下午，丈夫邂逅的那个熟人到她家花园的时候——致使她身在此地的一系列偶然事件究竟始于何时？——那时要是问她，什么情景或哪些事件最能描绘生活中不管多么痛苦她都必须正视的处境或阶段，那么她可能会选择这一幕：月色苍茫之下，沙滩连绵，掺杂泥土和砾石的沙子闪闪发光，站在沙滩上，看着一大群年轻人，有的比她自己的孩子还小，陪伴身边的是一个年轻男子——没必要另作隐瞒——让她母爱四溢。她差点儿就要脱口而出：好了，好了，马上就会好起来的，然后把他搂在怀里。而其实她心里在想，像个母亲那样：那么走开吧，这一关你得经历，我不在身边会更好——当然也有例外，比如有时我必须躲在什么看不见的地方，边看边指导……

他俩落脚的酒店不是地处小镇灯红酒绿的繁华地段，而是在老城区，平常月份这里住的都是西班牙人。他们走进酒店门厅，里面灯火通明，热热闹闹，如同白昼，因为正值度假高峰，睡觉时间可以推迟。各国情侣四下里坐着喝酒。餐厅尚未打烊，还有人在用餐——已是凌晨一点了。前台将钥匙交给杰弗里·梅顿先生和凯瑟琳·布朗太太，脸上笑容依旧灿烂，丝毫不曾隐去，但肢体却不自觉地流露出反感和不满。

他们上楼回房，房间不是这里最好的。因为薪水丰厚，她手头相当宽裕，但考虑到杰弗里，只好降低档次。杰弗里相信祖母的钱够他开销——他没拿出一个子儿去做投资，所有遗产全部换成珠宝和画作，存放在银行里。这家酒店是她和她家人中意的那类：朴素老式。房间带了个阳台，正对着一个公用小花园，听得见下面传来的节奏明快的音乐和说话声。她走到阳台边站着，他也尾随而来。他俩像恋人似的娴熟地接了个吻，之后他去浴室冲澡。被月光染白的街上，镇民们坐在自家门口聊天。孩子们，甚至是小不点儿，不是和家人坐在一起，就是在附近玩耍。空气中那孤独的音乐温暖轻柔，似有还无，使得寂静的周遭越发寂静。人们睡了一下午的觉，不到天色泛白是不会就寝的。小镇的夜晚比白天更清醒、更流动、更警觉。在西班牙南部城市的炎炎夏夜，另一种生机骤然苏醒，从大街到小巷，从小巷到院落，织成一张人们活动的大网，里面孩子们的叫喊声、犬吠声、音乐声和聊天声汇集一处。这是闲坐、静观、谈天、生活的时刻。静悄悄的黑暗四处，照亮大街的灯光之下，都有人在说话。

杰弗里已经回房去了。她离开阳台走到床边，看到杰弗里脸朝下摊手摊脚地趴在床上，想把床铺整一整。起先，她觉得杰弗里这么对待一个女子，心里直呼委屈：他们总共就做过一次爱，还情人呢。接着她便不由自主地伸出两个指头搭在他的脉上，一手搁在他的肩头，检查他的身体和体温。他的身体热乎乎的，可是这时候的空气本来就热。他看起来疲惫不堪，脸色潮红，脉搏跳得很慢。她使尽全力把他的身子翻过来，让他躺好，再替他盖上被单。不久，他脸上的潮红退去了，蜡黄蜡黄的，没有一点儿血色。他可能没有发烧，但肯定哪儿不舒服了。

尽管，作为女子的她，她的女性意识还在大呼小叫，确切地说是在大发牢骚，恼羞成怒，觉得自己理所应当感觉委屈，可是，她走出房间又来到阳台的时候，心里却如释重负。她从房间搬了一把直背靠椅到阳台，屋里好像塞满了东西，又暗又脏；而外面夏夜轻柔清新，笼罩着依旧人来人往、笑语朗朗的大街。她把椅子放在阳台的一个角落里，坐在上面。她身穿一件白色棉袍，露着手臂和脖颈，享受微风的轻拂。她坐在那里，保持再熟悉不过的状态——高度警觉、毫不懈怠，因为里面睡了一个比她年轻的人。过了一会儿，阳台上的月光换了位置，她把椅子挪了挪，这样脑袋就可以藏在阴暗处而手脚又能沐浴到月光——好像月亮就是太阳一样。

离这儿大约五十英尺的下方，对面街上有两个男子在说话。这是两个做了父亲的男子，结结实实，身上穿的皱巴巴的薄夏装闪闪发光，从阳台望去很晃眼——像月光下海滩上的沙子，衣服褶皱处黑乎乎的。身后广场上树影婆娑，音乐声至此不闻。车辆不时飞驰而过，十分吵闹，似乎在说先前的广场音乐比它还吵呢。在汽车呼啸声和喇叭声的间隙，那两个男子的声音清晰可闻。一段段的西班牙语钻入她的耳朵，她没办法一下子听懂，仿佛一块无法扯下的面纱，将她和西班牙一分为二。还好这块面纱是半透明的，和那天早上她听到的土耳其语不同。有些时候，它甚至是完全透明的。她懂得的葡萄牙语，像一扇敞开的门户，通往这儿的半个岛屿、大部分非洲，以及大部分南美地区，有时和她此刻听到的语言相通，有时又不相通。有些语言，比如德语，她一窍不通，感觉它又浓又密、无法渗透。但是，听着西班牙语，就像看着某个东西穿过树林，跳上一条小路，有个人正打那儿跑过。她捕捉到了一点意思，知道他俩在相互指责。她靠着阳台俯身下探，此时凉爽皎洁的月光照着她的整个身体。她觉得自己光彩夺目，风情万种，忍不住张望了一遍酒店四周——没有人，就她独自一人在外面阳台上——俯身下探时，她看得见那两个结实身体的手势、姿态和身形。之后他俩的谈话她明白了更多。他们壮硕的肩膀、摊开的手掌都增添了传达的信息——她几乎懂西班牙语了。显而易见，他们在谈生意。可是她没听到一个词语说明这些，他们的声音和讨价还价的人一样，肢体传递着风险与收益的信息。过路车的呼啸声将他们的话语声吞下又吐出：那是个近乎可以理解的东西，如同窗户镶着石英而不是玻璃。突然，说话声戛然而止，传来一阵烟草味。她探头看见他们在点烟。烟雾袅袅散开，飘入树叶丛中。胖男子先走了，另一个男子逗留了片刻，望了望四周，好像黑夜会请他晚些入睡似的，接着也走了。再过几分钟，他们就会穿上条纹睡衣，浅色夏装被揉成一团，扔在浴室的地砖上，等着他们的妻子过去收拾拿去清洗。那两个男子会钻进被窝，躺在两个白胖胖的女子身边。

亲爱的！嘉丽！卡利西姆！卡洛！

她扫了一眼房间，屋外的冷光衬得里面黑漆漆的。床上，她的情人摊着手脚躺在那儿。她听得到他的呼吸声。她不喜欢那个声音。要是她儿子，她会考虑明天请个医生——她必须迅速阻止这样的状况。

接近凌晨四点，街上终于空无一人，而广场上的人仍然躺在长凳上，在夜色下喘息、做梦、抽烟。下面台阶上如今空空荡荡，只有两个男孩在酒店墙边静静地玩耍，他们的父亲坐在附近凳子上，背靠砖墙，砖墙兴许仍然散发着热气。母亲出来叫孩子们上床睡觉，两个男孩哭着闹着不肯答应；他们在说什么，就连不懂西班牙语的人也能明白：父亲假装严厉，母亲咋咋呼呼，孩子们活蹦乱跳，而他们的父母却一心想把他们的精力埋藏于睡梦之中。后来，母亲搬了把椅子坐在丈夫身边；一个孩子坐在她腿上，另一个坐在父亲腿上。孩子们歪着脑袋睡着了，做父母的轻声说着话：他们是酒店雇员吗？说不定是厨房帮工？到这个时候，路上车子寥寥无几，在这几个游客恣意疯闹的月份里，小镇尽可能安静了下来。

凯特一点儿睡意都没有。

她想躺进大床睡觉，睡着了就可以不做——此时非做不可的事儿。

此外，这些年里她都是按照别人的需要制定自己的时间表，她还想好好品味一下毫无压力的生活，还很留恋脑中的这个想法：太阳出来我再去睡觉都没关系，不想起床可以睡到中午再起嘛。

她是到三年前才重获自由的——当然，获得自由的时候就是她不得不面对孩子们长大成人的时候。不过，她本可以早几年夺回自由权。是的，早几年。换成玛丽·费切丽会怎么做呢？她呀，想睡到半下午就睡到半下午，吆喝着孩子们端茶送饭。在嫁给迈克尔之前的女孩凯特和三年前的凯特之间，发生了一连串不顺心的事情。然而，是在三年前，她才开始意识到有些东西必须细究。

三年前最让她耿耿于怀的窝心事儿和蒂姆有关。当时蒂姆还是个十六岁的狂暴少年，有一天吃晚饭的时候，突然发飙冲她大吼大叫，说快被她窒息死了。不难看出，这话他在心里憋了很久。当时全家人都在场，大家都惊呆了——噢，是的，他们清楚，这件事的性质有所不同，具有毁灭性，威胁到整个家庭，因此他们心照不宣地采取各种手段，缓和气氛，平复她本人和那男孩的痛苦与恐惧。他窝了很久的火，但没料到自己的火气这么旺，吓傻了。平日在这个温和的大家庭里，一切矛盾都会拿到台面上商量，谈笑之间便将它们解决了。也有剑拔弩张的时候。可以这么说，这对夫妇年轻时情感第二阶段的精神——通过协商减缓因第一阶段的不足而带来的痛苦——几年后被日益壮大的家庭成员们发扬光大。换作从前，谁都不可能说——谁呢？凯特想到了一类善于吹毛求疵的人，也许是福利工作者吧——谁都不可能说，这家人遇到事儿都爱捂着掖着，见不得光，所以只能憋在心里。

可是，那男孩无法抑制地当场爆发，当着全家人的面，顶着重重压力，是不是说明也许那些爱的话语、心理安抚、评论建议，并不像她，以及他们想象的那样，是健康的、富有疗效的坦诚沟通，而是一种自欺欺人的表现？属于一类家庭范围的精神错乱，其疯狂性质和把意欲自戕的情侣关起来一模一样。如果夫妻俩都是精神病患者，那么肯定全家人都是——这样的疯子要多少有多少！

回顾四个孩子都还年少的日子，她发觉他们家最具代表性的家庭生活图景就是，她坐在桌子一边，温和臃肿，像块肥肥的鹅肝，身处可怕压力之下，因为四个孩子整日吵吵闹闹，都觉得自己重要，她就像一个焦点、一个平衡点，孩子们要么都不听她的话，要么全凑在她跟前；她丈夫坐在桌子的另一边，显得宽容幽默——神情略显疲惫，但没有介入其中，没有真正为孩子们伤脑筋，因为他工作很辛苦，几乎没有心力顾家，管教那四个孩子——魔头。他们就这么叫自己：我们四个魔头。五个魔头：她一门心思带孩子，应付接二连三的危机，开车载他们进进出出，耗尽了心思，觉得自己很难和他们分开。直到现在，依然如此。但是，魔头们给她的压力，对她无休无止的要求，终于完结了。噢，快了，就剩下小儿子蒂姆了。

那一次她迅速离开饭桌，尽可能保持平静，免得看上去像个跑到一旁生闷气或偷偷抹眼泪的小女孩。但是，她还是觉得自己像只被朋友狠狠踢了一脚的小猫或小狗。她知道，自己离桌的时候有五双眼睛故意望向别处。她回房后，那个肇事者因为埋头吃完盘中布丁后冲母亲大吼大叫的恶行，大感羞愧，落荒而逃。

她坐在房里心事重重——心里乱极了，得努力理清思绪：她觉得快疯了，老是想：不公平，他们要我做什么呢？

蒂姆对自己、对他人——对她这么刻薄，是不是她一手造成的？其他三个孩子都不知不觉地从“小孩”变成了小青年。当然也是一波三折，困难重重，但是就要进入青春期的蒂姆以这种方式发飙，令全家人震惊万分。就这个事件大家各抒己见，并表示理解——这些聪明的摩登青年发表了不少高见。他们最终一致认为，蒂姆是他们中最厉害的魔头，凯特是他的牺牲品。不过，有一种情况并未发生——她不得不再次提及这一点——就是逃避和遮掩。那些日子里，每当她觉得自己好像被人同四个动辄发火的自私鬼关在了一个大箱子里时，就这样安慰自己：好在话都说开了，谁都没有隐瞒。然后拿自己的家庭和别的家庭（费切丽家不能算在内，她家不具可比性，因为那一家的法则独一无二），以及每一户有小青年的家庭相比较。每个家庭的中心都是母亲，一个女子，当家庭成员发生摩擦时，火星子就像暴风雨中海滩上的石头，从四周朝她那儿飞溅。是她操心过度，对他们管得太多太紧，使得他们比实际年龄小？后来，她又太过心急，给他们太多自由，太早把他们当成大人对待。或许她就错在这一点上，或许玛丽的做法是对的，她从来不想该怎么做——总是率性而为。但是，问题不是出在管多管少，所有一切都和情感介入有关。难道是她介入太深，使自己身陷其中，令孩子们找不到结实的定点可以依靠？可是，那个男人，为人父的，不该是那个定点吗？也许，说来说去迈克尔一直都是对的，她错怪了他，他的介入程度才恰到好处。为什么母亲非得和磨石一样，成为每件事情的中心？回望过去，她好像总是随时待命，总是听候传唤，总是遭受指责，总是榨干自己喂养这几个——魔头。回顾自己的青春期，她看不到丝毫相似的地方——当然，她母亲去世前，就是她去莫桑比克首都度假的前一年，母女俩一直非常亲近；她父亲在外四处征战，常年不在家，留下母女俩相依为命；但是她认为这完全是另一码事儿。

话又说回来，此时她坐在这里掂量筛选——寻找借口——有什么用呢？因为蒂姆已经吃不消，吼叫说被她当成了小婴儿，快被她活活窒息死了。蒂姆的话并不只是他们平日里的“爱的话语”——他们对家人之间的批评话语冠以的美称——这一点从全家人的反应中可见一斑。

行，是她对他管得太紧。

但是，有个情况值得注意，就像现在，坐在月色笼罩的阳台上，她很清楚，自己当前的境遇就像站在悬崖峭壁边缘，北风迎面吹来，将她的肌肉、五官和发肤一并吹走。就在当时，其实从一开始，她就已经意识到，家中老幺在成长过程中会遇到什么危险。显然，光知道是不够的，否则他也不会吼道：“看在基督的分上，别管我，你快要把我窒息死了！”

她当时只是叫他别忘了什么事，可是究竟是什么，她如今已经记不得了……难道这就是事情的关键所在，是那个什么而不是如何？——可是她已经记不得了，那个什么已经消失不见了。它消失不见，是不是因为她不愿记起，所以安排了这件事，让它在她正儿八经的记忆，那些在她脑海中存活了十年、十五年、四分之一个世纪的记忆中占据一席之地？不过，肯定以前有一个女孩，精力充沛，个性鲜明，比大多数人见多识广（比如，在葡属东非生活的那一年，虽然不够惟妙惟肖，但她还是饰演了一位羞答答的年轻女郎）；有一个女孩，她的性情和她那头红发极其相配（打小就有人夸她性情好，这一点她记得清清楚楚）；有一个女孩，无论走到哪儿都出类拔萃，她知道自己是有实力的，不仅因为她的肌肤和头发色泽炫目，而且因为她的品位和修养与众不同——说什么呢，这些不是真的吧？把自己说成这样，是在自欺欺人吧？——她觉得不是。这个女孩，是不少男子的梦中情人，嫁给了她的迈克尔。他们同居了一年（第一阶段）后结婚，成为引人注目的小夫妻和他人的楷模，不管是未婚的，还是即将结婚的，还是已婚的都觉得缺乏他们那种——魅力？性格？不过，旁人都认为他们的婚姻是对传统的牺牲，浪漫到近乎异想天开的地步；他们依然像未婚同居时一样，相亲相爱，情深意笃。长子的出生改变了他们的生活状态，但影响不大。这个孩子（现在的史蒂芬）非常适应这对迷人小夫妻甚于他人的精力充沛的生活。孩子跟着他们参加晚会，一同旅行，还让母亲选修了一门讲座课，即萨拉森人对普罗旺斯诗歌的影响。说实话，晚上要起夜几次，还得早早晨起，事事依照婴儿的时间表，在这种情况下，要想一如既往地生活，好像没有发生任何变化，非常困难。但是，那时候她已经辛苦惯了，好像这份辛苦没什么大不了的，不像后来那样严重。在长子一岁时，她又怀孕了。夫妻俩都认为，即使带两个孩子，也能照常生活。

大家都知道这是异想天开，只是没有对他们明言。

让他们的生活发生巨大变化的不是第一个孩子而是第二个孩子（如今这位名叫艾琳的年轻姑娘）。带一个孩子时，这对年轻夫妻依旧能够光彩照人，面对愚蠢习俗和社会要求进退自如。但是，第二个孩子的降生，使他们的生活重心发生了巨变。当他们发现生活已经完全变了样后，决定要第三个孩子，“生完得了”——此时的心态大为不同。没过多久，他们按揭买了一栋房子，添了一辆小汽车，请了个钟点女佣，过起了规律的生活。他们这么做全是为了孩子。叫人称奇的是，此后很久他们都一直以为，所有这些多余之物，房子、车子等东西，和他们本人毫无关系——购置它们压根儿不是为了他们自己着想，只是为了孩子。

至于凯特，她慢慢地培养起一种难得的美德，即自律。如今再回头看看那个漂亮姑娘，母亲当她为心肝宝贝，爷爷视她为掌上明珠，对她赞不绝口，见到她的人总爱拿她开些姑娘家的小玩笑，表达对她的喜爱；把这个姑娘和五年后的同一年轻女子摆在一处，她忍不住脱口喊道：这是糊弄人的把戏，天下最拙劣的玩笑。回头再看，她发现自己活像一只白色的大肥鹅。爷爷对女人的赞词和母亲对她的态度，没有给她一点心理准备，让她知道将来还有非学不可的东西，而且就在不久的将来。

带了三个小孩，不久就是四个孩子，她不得不努力培养那些以前甚至从未进入她词库的品质：耐心、自律、自制、克己、坚贞，适应他人——这一点尤为重要，须一以贯之。要想靠有限的收入抚育四个子女，这些美德不可或缺，她果真慢慢地将其一一收入囊中。获取这些品德的时候，她并没有想到给它们取名。那天下午，她记得一清二楚，她在翻看一部旧小说，看到几个好像过了时的词汇，心想：对了，就是这个——连续数月晚上起来几次，还得好声好气；还有那个——只要小孩一生病，就别想和迈克尔做爱了。如同一块海绵，年复一年将自己的小小需要一点点挤出去，到了最后只要和孩子无关的事儿，都像远方的地平线，遥不可及——形容这种情况的词汇又是哪个？她喜欢用大词，所有做了母亲的人都有这个毛病。可是美德？是吗？真的是美德？要是这样，那么所有的美德都爱找她的碴儿，都成了她的敌人。从已届中年的妻子和母亲一直追溯至和迈克尔同居时的姑娘，似乎她孜孜获取的不是美德，而是一种精神错乱的形式。

小儿子大发雷霆之后的第二天早上，她拎着购物袋外出，碰巧来到繁华主街，遇到红绿灯。等待的时候，她注意到一个年轻女子，推着婴儿车朝北走去。这个姑娘，大约二十岁出头——和她生头胎时的年龄相仿——穿了条短裙，暗红色头发乱蓬蓬的，一双绿眼睛，神情泰然，但看着就像一个假扮妈妈的小姑娘。她一手推着婴儿车，一手拎着装满杂货的大袋子，像个女海盗一样阔步朝前。凯特把目光瞧向别处，看着其他人。整条大街仿佛一下子全是年轻女子，没结婚的，带婴孩的都在走动，显得那么悠游自在，无拘无束——是的，正是从她们的步态，可以看出这一点——自信，而这个恰恰是她，凯特已经丧失的东西，因为她太在乎别人的看法，知道自己的行为会造成什么后果。

她尽可能坦诚公正地承认那些年轻女子的优势——把自己和她们对照，是件痛苦的事儿——然后看了看她同龄人的步态和脸庞。她们之间存在二十年的差距，要让这些勇敢的脸上显现谨慎和多疑，需要那么长的时光。否则她们就得没有脾气，傻乎乎，逆来顺受，善良到没有一点儿防范意识，如同虚弱的笑，似乎笑声一止，泪水便滂沱而下。她们走路的样子，好像四肢的运转速度被放慢，因为害怕被什么东西困住，担心撞到什么东西，仿佛周围都是看不见的敌人。

凯特整个早上在那条拥挤的长街上，慢慢地逛来逛去，终于看清了一个事实：多数中年女子的脸庞和步态，都和囚犯或奴隶相似。

在一件需要全心投入、历时漫长的事件一端，走来一个自信勇敢的年轻姑娘，另一端走来的则是一个中年妇人——她自己。

后来凯特回到家里，花了几周时间观察自己的走路姿势，说话做事的样子，要是从别人的角度来看，结论只有一个，那就是她精神错乱了。从早到晚她都有操不完的心，家里该怎么安排和整理，事情该怎么做才好，要是没有这样或那样做，会出现什么后果。她一边观察自己，听自己说话，一边留心观察朋友中的同龄女子。所有的，每一个女子，数年来就学会做一件事：小题大做。（当然玛丽·费切丽除外。玛丽不算。不过，她开始明白玛丽对她来说代表着什么——显然我们不能把她从每个常规类型中剔除完事。）获取美德的那些年月仅仅带来这样的结果：她和她的同龄人都是机器，设定的唯一功能就是：管理、安排、调整、预测、命令、烦恼、焦虑、组织。小题大做。

现在她明白了，这一点她的家人都清楚。那几个有主见的家伙——丈夫和那几个小年轻，他们刚刚才摆脱青春期情绪的魔掌，因此更无法容忍别人的缺点——把她当成非得宽容对待的人了。母亲是个不定量，她像个老保姆替家人忙碌了一辈子，到头来却让人受不了。美德成了恶行、唠叨和欺凌。做母亲的，总是得随时候命听任使唤，总是得分神打点各种琐事，总是得满足他人的需要、要求、愿望，应付各种状况和危机，在这种漫长的碾磨下，一个曾经无畏无惧的年轻生命，逐渐变成了一个忧虑成习的疯子，成天为一些鸡毛蒜皮的小事情伤脑筋。

她是在三年前意识到这一点的。虽然她还在操持那个要求众多的大家庭，打理那个她觉得已变成旅店或客栈的房子，供家人、朋友，以及朋友的朋友歇脚，同时她开始退出。她是在心里退出，因为把她的打算告诉家人几乎是不可能的，这样做肯定会让家人越发气恼不悦，觉得亏欠了她这个忙里忙外的仆人。因为她的努力没人瞧见，事情变得更加困难。她丈夫特别忙，她知道他是有意这样，因为从他的角度想，她完全可以抓住一切机会，拓宽社交面，走出中年人的狭窄圈子——他比她大，年长七岁。孩子们自然不再黏她，对她的问题不闻不问，所有健康的青年人对父母的态度大都如此。不过她发现，一旦她企图把他们当成无关紧要的东西，他们总是立即启动防御机制，把她一次又一次拽回到——她原本希望他们长大了就再不需要她了——他们希望她依旧拥有的行为模式当中。

可是，为什么她不对家人说，她要改变，正处在变化之中？她不能。他们会以为她想用计获得他们的注意和同情，换成他们，她也会这么想的——关键是，现在她又提到那一点了，那些开诚布公的讨论、谈话、憧憬，以及该这样或那样表现的决定，全是胡说八道。（关键不是人们如何改变：他们自己不会改变；你变了是因为有些关口不闯不行，闯过之后便发觉自己变了。）再说，要是那些年的“爱的话语”管用，她现在就会启用它，说：现在够了吧。给你们当了这么多年的女佣和脚垫，我都像个瘸子和废物了。现在帮帮我吧。我需要你们的帮助。可惜这些话她不能说。

蒂姆吼叫事件后不久，她独自离家看望老朋友去了。她把家交给女儿主管。她找了许多借口，在外面迟迟不肯回家，心想要是她能撑久一点儿不回家，家里的模式就会被打破，牢笼就会被打开……可是她比计划更早返家，因为艾琳自己决定外出访友。

尽管她几乎是马上跑回到那个她想逃离的物体当中，但她还是能够看到这个被儿子大喊大叫呵斥的操心女子，已经彻头彻尾地疯了。精神失常了。

那个夏日晚餐时的情景，以及她随后的离家访友，都成了今夏这桩恋情的诱因，因为若没有发生那些事情，她就不会接受艾伦·波斯特的提议，就算丈夫在旁极力怂恿，也无济于事——真的，他一直恼火她不懂抓住机会。当你发现前面是死胡同或陷阱时，这样的问题便在所难免，你只有听话的份儿。

可是，是什么令她三缄其口，没有说出她想夏天这几个月，在伦敦租间房子独自待着？什么原因都没有——只是因为说这样的话太让人不可思议了！太夸张了，她压根儿就没起这个念头；但是，也许她应该说出自己的想法。

她需要一块跳板。

此时，她坐在阳台上，月光已经离场。她俯看了一眼底下终于空空荡荡的大街。这会儿就她一个人，真真切切一个人，在这个国度自娱自乐……是呀，她本可以替自己安排这样的活动，她居然从未动过这样的心思。

要是她愿意，本可以坐在这里等到晨曦初现，再睡上一整天，然后到镇上闲逛，再怎么说这里也是地中海的一个港口，一处游客集散地。因为家里就剩她一个孤家寡人，她完全可以一个人由着性子四处逛荡两个月再回家——就是说她可以自己做主选择去处。

可是，此刻的她坐在清凉的晨曦中，心中却想该回去睡觉了，否则等她昏昏欲睡的时候，人家都睡足要起床了。要是她没搞错，她将看见一个急于替自己辩解的男子，因为他独自睡了整整一宿，没有与她做爱，这于情于理都说不过去。她几乎有点儿希望他生点小病——不要太严重，就一点点不适。

大街尽头，一个男子走进她的视线。他是个金发北方人——像她一样是个游客。他是和海滩上那些小青年在一起吗？喝酒？唱歌？还是在咖啡馆聊天？在一个阴凉如地窖的酒吧？街灯熄灭时他走到她阳台前的位置，她想他是个夜猫子，晨曦才令他蓦然意识到时间的流逝——天空已经开始微微泛红。他抬头看着天空。他没有那么年轻，不属于小青年那一伙。他很结实，是个强壮的中年人，脸上刻着皱纹。不对，他的年龄还要更大，头发已经斑白了，不是金色的：他是个西班牙人，十有八九刚上完夜班。他穿过那片夹竹桃林，来到喷泉边，让水喷到脸和手上，然后用手挡住水流，凑过去喝了一两口水，接着放开手，让水哗哗地喷在低垂的头上，他使劲地甩了甩脑袋，走到一条长凳边，背朝外躺下，避开大街和旁人的目光。这么说他是个穷人？无家可归？她发觉一股关切之情，如同喷泉落下的细流，汩汩涌上心田。她可笑地瞧着自己，心里觉得应该下去一趟，到广场摸摸他的肩头——当然是小心翼翼的，免得吓着人家——问问他需要什么，能为他做点什么。用什么语言呢？真该把西班牙语学会！

与蒂姆发生冲突之后的那个冬天，她出于怜悯捡了一只流浪猫，那时的冲动和刚才一模一样。她对那只猫很有感情，而且持续很久。她是多年“爱的话语”的产物，因为她无法对自己坦言：这只小猫代表的是我，我本人，我照顾这只可怜的猫，是因为我想我也应该被照顾。可是由谁来照顾呢？当然是她的家人。但他们已经不再需要我了，都认为我令人受不了了。

她的家人明白那只猫扮演的角色和她的心思，也清楚她对猫的情感在其中所起的作用。他们对此既纵容又调侃。“噢，行啊，就因为我们对你不好，你就找了只臭烘烘的老猫回来！”

“它的头被人打了，妈妈，你刚才已经给我们看过了，现在没事了吧。”

两年前，她坐在那个几百英里之外的阳台上，想跳起来破口大骂，好好发泄一下心中的怨愤，而实际呢，她却满脸笑容，当然是那种“嘲谑的”笑容。此时，她真希望自己那时狠狠地抽他们耳光，包括她那可爱的女儿艾琳，魅力十足的迈克尔，蒂姆——所有的人。“真希望揍他们一顿，”她听见自己嘟囔道，“真的，真希望狠狠地把他们一个个都揍一顿。”

她曾目睹玛丽·费切丽对着丈夫、孩子骂骂咧咧，而后笑得直不起腰来。玛丽想怎么做就怎么做。

家人把凯特当成废人，那只猫就是一剂良方。

“就是更年期到了嘛。”她听见蒂姆对艾琳说。

她还没开始更年期，但是告诉他们这个于事无补，因为对家人来说，编造一个母亲处于更年期的理由，明显大有益处。有时她觉得自己像只受伤的小鸟，被健康的同类生生啄死；又像一只动物，遭残忍的孩子戏耍玩乐。当然，她觉得是自作自受，因为她极其讨厌自己——噢，可恶的冬季才过，接踵而至的又是一个糟糕的春季。她都害怕自己真的疯了，整天怒气冲冲。后来，她的两个大孩子开始待在大学不着家，成天呼朋唤友，对此她很高兴。她高兴得不得了，尽管后来因之感到愧疚，这一点毋庸置疑。在这个文明时代，愧疚几乎成了母亲的代名词。所有这些全都是胡说八道，全是垃圾。不知什么地方搞错了……谁的错？她自己的吗？不是孩子们的，绝对不是。社会的吗？可是为什么大家这么神经兮兮、怒气冲冲、怨声连连？——还好这一切都结束了。艾琳开始忙着周旋于男人之中，只剩下蒂姆还把瞄准器对着她——她真的这么认为。因此，最难熬的时光已经过去了。她回头再看……可是，倘若果真如此，为什么此刻她会在这里，和一个年轻男子同居一室。玛丽·费切丽只要瞧他一眼，再怎样都会建议她做那心知肚明却不愿为之的好事儿……她迟迟没有离开阳台，一直待到太阳朝四周射出灼热光芒，越过海面直入小镇。她真的困了，进到房间，因为眼睛一直注视光亮之处，顿时两眼发黑，等她适应屋内光线，看见杰弗里躺在床上看着她。她笑了笑，心中想着该说什么话才好——这时发现他不是真的醒来。他起身弯腰坐在床上，圆瞪着双眼，像只受惊的动物，但是看那舞动的四肢，说明他仍在梦中，只是神情警醒，疑心重重，脑袋随时准备倒向一旁。她小心翼翼地叫了声“杰弗里”——他愤怒地嘟囔了一声，以示抗议，接着冲进浴室。她听见他在哇哇呕吐。她依旧站在原地，想他走出浴室会不会清醒过来。他扶着浴室门走进屋，然后撑着衣橱边，他肯定以为自己是独自一人住在这里的。他看见了她，身子向前一个趔趄，赶紧抓住床尾，瞪着两眼。他知道外面的阳光已经白花花的了，她靠着阳台门站着，在他眼里肯定像个黑乎乎的人影在打量他。最后他展颜一笑，知道自己应该认识这个人。他笑得很勉强，因为他已经快睡着了，只是出于礼貌勉力为之，从小到大家人都要求他懂得取悦他人，待人彬彬有礼。他努力撑起自己爬到床上，瘫成一团，随即又昏睡了过去。

她在他身边坐下，身穿一袭缀满褶边的白色睡袍，满身凉爽舒适的夜的气息，将屋内的热气一扫而光。她暗自发誓，睡醒后再也不会充满母性地叫他看医生，对他嘘寒问暖。她在这个年轻人身边睡下。她知道即使他没有生病，也是“状态不好”。她努力像个为了爱伴情郎走天涯的女子那样考虑问题。假设她仍然是一个“爱情女郎”（这是她的专有词汇）而不是一个充满母性的女子，因为干了将近二十五年的保姆，母性已经根深蒂固——假如她是“爱情女郎”，会作何感想？很简单——只要想想迈克尔就知道答案了。她会叫醒杰弗里跟他做爱——他们夫妻俩喜欢在他们，尤其是他发烧的时候，交欢缠绵。她丈夫觉得发烧是最无所谓的毛病，多年来他们将这味辛辣调味品用到了极处，享尽了云雨之乐——或他们自以为如此。不过要她风情万种地靠近杰弗里，她想都不敢想。原因之一（从文学作品，以及各类专家、婚恋顾问等那儿，她本可知道），如果一个女子与哪个男子琴瑟相投，情真意切，那么新人想要插足并非易事。因为这个理由，她从不相信换妻游戏和温情脉脉的露水情缘真能叫人销魂蚀骨。原因之二，毕竟她的性经验都与迈克尔有关——以及从玛丽那儿道听途说的二手经验。

当然，假如她爱得死去活来，就眼下情形而言本应如此，甚至为了美，为了使事情合乎情理，也应如此，而不是躺在床上，想象自己多么性感撩人。

她撑着胳膊肘支起身体，像妈妈陪着生病的孩子一样，仔细认真地打量着他。尽管他皮肤烫手，但样子好像怕冷。额头渗着冷汗，身上酸溜溜的。不会的，就是爱得死去活来的女子，也不会在这个时候碰他。此刻他身上有样东西，对性生活横眉冷对。

当然有一种可能，的确有这种可能，他这个人原本就厌恶男女之事，至少在目前对未来忧心忡忡的时候，或者与她在一起时……她会无动于衷地得出这样的结论，确实说明她对他用情不深。

她一入睡就梦到了那个乱石山坡。没错，那只可怜的海豹在慢慢地、痛苦地朝遥不可见的大海爬去。她抱起那只滑溜溜的动物——噢，她不该把它扔在那里。海豹更虚弱了，乌黑的眼睛责备地看着她，身上皮肤非常干燥，她必须找到水。远处有一幢房子，她踉踉跄跄地朝它走去。这是一幢木房子，屋顶倾斜以防积雪——很快就会下雪，因为现在已经入秋。房子里空无一人，但有人居住，因为小壁炉内还有即将熄灭的炭火。她把海豹放在壁炉前的石头上，然后使劲扇着炭火，想把火重新燃起。柴火所剩无几，但最终还是烧着了。海豹静静地躺着，身体两侧痛苦地剧烈起伏，双眼紧闭，渴得不行。她把它抱进浴室，用木墙边的木桶接水泼在它身上——虽然梦的感觉依然存在，但越来越像另一个梦，像神话或古老的传说。海豹睁开眼睛，好像活了过来。她想，她有好多事儿要做：打扫屋子，趁冬雪未来之前到林子里拾柴火，准备食物，把衣橱里的冬衣整理清楚，给她自己和住在这栋房子里的人们备用，她知道，那些人是她的家人，只是变形化身为神话人物，比他们本人更高大，蕴含的意义更甚于寻常生活中的他们。她在楼上的一间屋里，看见一个金发碧眼的高个儿年轻男子。这个男子她认识，是她的情人。他一直对她念念不忘。他们做爱了，因为等待了这么多年，等待及渴望使他俩感觉无比美妙……后来她想起了海豹，海豹需要她，于是起身离开那个金发青年，他是个贵族，可能是个王子。她对他说："对不起，我很想跟你在一起，但我得先把海豹送回海里。"

她醒了，发现自己受到强烈阳光和杰弗里的双重侵扰，杰弗里正在与她做爱，看他的模样就像一个十岁孩童在同伴的怂恿下攀高墙，或像一个苏联工厂的工人——超额完成指标。虽然她的性经验中——如前所说相当有限——没有跟美国人上床的经验，但她当然从书中看到过，美国男性在这方面极其敏感。还有，玛丽·费切丽曾与一个美国飞行员共处了两个星期，据她说是这样的——当然她描述得非常详尽。（凯特常常打趣自己，干吗要听这些东西。）但是，昨天晚上理应有性：因为他没能提供，所以他的男子气概此刻受到质疑。

她想拿他开一两句玩笑，打趣他——像他自己常做的那样——但是，看到他充血的双眼和迟缓的身体，她知道此时不宜。现在是清晨六点，她睡了不到一个钟头。他已经进攻完毕，此刻病容一览无余：他们是不是该像明理人那样，和和气气地分手，各走各的路？

如今她躺在一团皱皱巴巴的白色被单里，像一个衣衫不整的性感女子，心想，哪怕是一个十八岁的小青年，但凡拥有一点儿常识，都会去看医生。

她狠狠管住自己的嘴，没有叫他去看医生，所费之力足可以发射一枚中型登月火箭。

他们穿好衣服到露台吃早餐，露台上已经人满为患，但生机盎然，说各种语言的人都有，席间他告辞去了三趟卫生间，之后承认自己水土不服拉肚子，要去趟药店。

她独自一人坐在那里，看着那个坐在蓝茉莉背后的五十岁左右的男子，与他同席的是一个二十来岁的女孩。他像迈克尔那样，沿着脸和脖子的轮廓，把头发剪齐，没有分界，头发从后脑勺中间朝四周梳理。女人称这种发型为蘑菇头，凯特剪过这种发式，但那都是以前的事了。那个男子憔悴却不失英俊的黝黑面庞，出于自尊脸上似笑非笑追随着女孩令人心碎的鲜嫩模样。女孩感觉扬扬得意却百无聊赖。男子看着聪明智慧；只言片语——现在他在用英语说话——让凯特忍不住在心里说了句：哎呀，幸亏*我的这位*不呆不傻。她想，自己是不是应该觉得不好意思。她偷偷称他为"*魅力男士*"。她记起了，时隔不到二十四小时，她与国际仆人阿梅德——她的另一副面孔——告别时也称他为"魅力男士"，不过私底下她叫他"*弟弟*"。在美国的什么地方，她的迈克尔——理了个蘑菇头，脸庞消瘦英俊，神情看上去老成练达——很可能出于自我保护，脸上似笑非笑，对面坐着一个年轻姑娘，浑身青春洋溢，感觉扬扬自得却百无聊赖。他的这副模样，凯特是认不出的：她从未见过他温文尔雅、似笑非笑——看起来不堪一击的模样。他对面的女人不一定非常年轻；凯特真的不知道他喜欢什么样的女子。当然，有艾琳跟在身边，他无法随心所欲；也许与他相对而坐的年轻姑娘是他的女儿，他一脸自豪而爱怜地看着她，像所有中年男子和女儿在一起那样……要说世上真有什么确定无疑的事，那就是换成玛丽遇上她这事儿——和比自己小的男子谈情说爱，在阳光灿烂的南部露台，看见和小亲亲们在一起的中年男士——肯定既不会觉得奇怪，也不会心生不快与醋意。她们是"野鸡"吧。绝不可能。因为玛丽曾和一家希腊餐馆的侍者断断续续有过那种关系。他们有染时他二十三岁，帅气英挺，玛丽说他"老是那么猴急"。他仰慕她，想和她结婚，搬到一起住，当她三个孩子的父亲。虽然他的想法被玛丽否决了，但是他俩的恋情却充满柔情蜜意，两人都很理智，相亲相爱，这份感情一直维系到餐馆侍者回希腊老家才画上句号。

他回国的时候，玛丽哭了。就凯特所知，这是玛丽唯一一次为情落泪。因此，不管玛丽如何吹捧这类恋情的高质量……她看见杰弗里在拥挤的桌椅缝隙间灵活地左穿右插，手上拎着许多小袋子，里面装着各种各样的药。他们说了几分钟话，商量了几种可行计划，但是他挑剔地看了看周围的度假胜地，说他想往内陆走，去“真正的”西班牙。

只是现在，钱的问题开始令他伤脑筋了。他没钱乘飞机，又租不起汽车，唯一坐得起的就是大巴或火车，她只能顺他的意跟他走。话说回来，她也喜欢坐大巴和火车。

露台远处的海滩依旧空空荡荡，遗留的依旧是昨夜的痕迹。两个男子用大耙子耙平沙子，方便那些尚在床上呼呼大睡的年轻人嬉戏，不过有的年轻人干脆躺在海滩边缘与露台下方的墙壁交界处蒙头大睡。她知道，他们从来无须为钱“烦恼”，大家把钱凑在一起花。杰弗里每次花钱的时候——如他自己所说——都要在心里盘算一下，这一点本可以使他“远离那些孩子，就算没起到什么别的作用”。

“沿着海岸往北走，有一处便宜的地方，”他说，“没有游人。一美金一夜的房间都找得到。”

他向后仰着身子藏匿于夹竹桃的疏影之中，一只手捂住胸口，像在保护它，眼睛半睁半闭，手下的胸口缓缓地起伏，如同熟睡的人。他动不动就沉默不语，久久不说一句话，另一只手则软绵绵地搭在桌面上，偶尔抽动一下——他睡着了，赶紧强迫自己醒来。一只泥蜂停在他食指残留的一小滴果酱上，他凝视了那小东西一会儿，然后狠命地甩着手将它赶跑，力度之大就是一头大象也会被吓得落荒而逃。

“我想你该上床休息，等好了再说。”她脱口而出。闻听此言，他猛地抬起头盯着她。

“为什么？”他冷冷地问。

他俩抵达西班牙不到二十四小时，又搭了辆大巴朝滨海北部驶去——北部不像南部这样人潮如涌。他们要去未遭破坏的乡村。他说，其实也算不上乡村，因为多半渔民家里都有游客入住，渔民妻子爱请游客到她们家落脚，不费一番口舌她们还不肯收钱呢。临近傍晚，他们到达了目的地，却发现那里赫然矗立着一座新建的大酒店，海滩上游人如织。

杰弗里一路上都在打瞌睡，头靠着她的肩膀——她小心地没让他发现。他默默地看了看眼前的场景，然后掉头走回巴士。

“我们去哪儿呢？”

“再往北，还有一个地方。”

“是不是该先吃晚饭再说？或者明早再走？”

“不，不，那里离这儿很近，只有二十英里，快点！”

他跳上原先那辆巴士，巴士上此刻几乎空了，因为那些打工仔都已纷纷下车，回到各自散落在田野间的家。

他们继续前行。右侧下方，蔚蓝的地中海时弯时圆，依偎着褐色的海岸线和泛白的海滩，海滩上绵延几英里都是密密匝匝的人群。

偶尔会有一个女人上车，她到什么地方走亲戚回来，或外出买了一天东西，提着一篮子的货物。车子驶到一个小镇，上来了几个孩子，一小时后他们在一座小山边下车，下车的地方看不到一栋房子，甚至一点灯光。孩子们手牵着手跑进黑暗，用西班牙语大声说着各自的感受和见闻，如同不知名的鸟儿，飞向茫茫的大海。

杰弗里睡着了。午夜时分大巴驶进终点站。他们经过阿尔梅里亚，到达一个离海滨一英里远的小镇。镇子里有一个旅馆，没有为招徕游客特意装修。站在前台后面的男子看着他们登记，一言不发，然后领他们到餐厅。在里面用晚餐的都是本地旅客，没有外地游人。杰弗里点了一盘又一盘菜，皱着眉头举起叉子，打算将食物送进嘴里，可是鼻子一闻到气味又放下叉子。他像是从未听说过生病或恶心这回事儿一样，一脸焦虑：他的手怎么了，好像不听使唤了，干吗老是把叉满食物的叉子放回盘中？甜点送来后，他吃了几个桃子，然后又要了一份。凯特倒是吃得津津有味，因为这是她本日第一次用餐。她看着杰弗里狼吞虎咽地吃完第五个桃子，然后箭一般冲出餐厅。

凯特回屋发现他瘫倒在床，灯光直照着他的脸。他用手遮着眼睛好像躺在阳光下似的。看见了她，他的眉头皱得更紧了。她知道自己穿了一身绿裙子，露着白皙的手臂和双腿，一头红发，垂着沉甸甸的发卷，褐色眼睛和蔼亲切。他遮着脸皱着眉，看着这个站在床尾笑眯眯的陌生女子。

“杰弗里！”

“什么事？”

“你必须看医生。”

他立即转过脸去，像士兵听见“向右转”的口令——双臂放在身子两侧，直挺挺地躺在床上。接着他猛地坐起身来，一把扯过床单，翻身躺下盖在身上。他依旧全副武装，连鞋子都没脱。她呢，因为昨夜几乎一宿未睡，倒头便睡着了。

她很早就醒来了。他已经起床，正往嘴里塞大把大把的药片。到了早上七点，站在她面前的已是一个干练利索的年轻人。他对她说：“咱们往内陆走，到格拉纳达去。离这儿不远。”

她当然没有异议。

但是，她在餐厅喝咖啡吃甜卷，看着泥蜂在李子果酱上飞进飞出的时候，他却不敢进来，只是端杯苏打水，站在前台向接待员打听消息。这里没有直接发往格拉纳达的巴士，得回到阿尔梅里亚换车，从那儿过去要一整天时间。

他走到餐厅门口叫她出来：她看得出，他在使尽浑身解数躲避食物的身影。他决定继续北上。他记得很清楚，再往内陆走有个好地方。显然，一想到得先坐车返回阿尔梅里亚，然后换车再坐上整整一天才能到达目的地，他就却步了。可是他得动起来。她看得出，他非这么做不可。

“我们以后再去格拉纳达。”他边说边拎起他俩的行李箱，走向一旁准备开往北部阿尔梅里亚城的巴士。大约下午三点可以到达，他们的目的地其实不是阿尔梅里亚，他记忆中的那个村子还没到那个地方。

这辆车上的乘客绝大多数是村民，不是游客，但也有一两个从海边过来的年轻人，想找些不费钱的地方游玩。车上的乘客心情都很不错，很好相处；他们谈天说地，交换见闻——虽然她不懂西班牙语，不知道他们具体说的是什么。这次经历极其不同寻常，甚至比她身处的荒唐现实更不同寻常，现在的她无法扔下身边这个年轻人不管，因为他生病了，或精神崩溃了，可是这个年轻人显然打定主意，想在这个夏日绕着环形海岸不停地往北走。她不得不一再提醒自己，在国际食品组织工作的日子才刚结束两天，但给她的感觉好像已经过去了很久，那些日子她像一台多语言机器，周围的所有语言，或大部分语言，仿佛一扇扇大门或玻璃窗。到西班牙之前，她甚至以为，她对付国际会议的能力会尾随而来，以某种方式渗透她的骨髓，使她能够毫不费劲地使用西班牙语。她像个从飞翔的梦中惊醒的人一样，大惑不解，现实中的她竟然无法踩着空气腾飞而去。她好像真的懂这门语言，或者以前懂，只是这会儿暂时忘记罢了。看见过道对面的女子笑容满面，还有司机过来卖票的时候，她都张开嘴想说什么——她的脑子飞快地闪过好几种其他语言，想从中找个用得上的词儿，但嘴巴里的舌头失灵了。她只得拉扯嘴角，露出一个笑容，表示她很友好，愿意分享。她坐在车里，竖起耳朵倾听那口音浓重的声音，却始终不知其意——后来她改用眼睛观看，借助说话者的表情、脑袋和肩膀的位置，反而轻轻松松明白了他们说的是什么。她像个隐形人，坐在叽叽喳喳、笑声阵阵的人群当中。而杰弗里呢，一上车就又睡着了，歪着身子重重地靠在她身上。

中午时分，巴士的停车时间比平常更久，方便乘客下车买点饮料或三明治。她让杰弗里躺在车里，自己下车喝了点柠檬汁，抽了支烟，回到车上看见司机正在打量这个酣睡不醒的年轻男子。他朝下指了指他一脸的病容。她点头笑了笑，舌头瘫痪了，但耳朵却已待命准备接收信息。最后，司机摇着头走回驾驶室准备发车。此时，车里酷热难忍，到处亮闪闪、白花花的，她和杰弗里都热得浑身是汗。他的汗散发着黄华柳味，脸色惨白，微显黄色。是黄疸症？不过，像他这种肤色的人，生了病肯定显得发黄。

半下午的时候，车子开到阿尔梅里亚，这时杰弗里醒了。他浑身是汗，不停哆嗦，却执意继续北上。她一把抓住他的双肩，说："你生病了，听到了吗？病了。听我的话，到床上躺着，我去给你找个医生。"

他使劲挣脱她的双手，仿佛她是黏住他的蛛网，或挂住他袖子的树枝，走到一辆停靠在附近的巴士边，爬了上去，看都没看车子开往何处。她站在那里，拿不定主意要不要向人求助。向谁求助？警察吗？

她放弃求助的打算，拎起搁在马路牙子上的箱子。他们先前坐的那辆车已经掉头往回驶去，把他们丢给了下一班车。这个超级礼貌、文质彬彬的美国男士，居然让她提两个沉甸甸的箱子，足以说明他的身体糟糕到何种地步。

巴士前面挂了个牌子，写了个地名，可她不知道这辆车驶向何处，路途多远。但这重要吗？她到咖啡屋买了瓶苏打水上车。杰弗里拿着瓶子就往嘴里灌，样子很眼熟，像脑子里缺根筋的人一样，又像只饥肠辘辘的动物，盯着令人恶心或充满危险的食物。他好像渴坏了，瓶子一直举在嘴边，不假思索地把水倒进嘴里——然后含着水，一脸痛苦，满眼疑问。他把水咽进喉咙，像是重温别人告诉他的事实——这玩意儿难以下咽！——然后再次抓起瓶子凑到嘴边，迅速而决然地喝上一口，之后就没有再举瓶子了。只要把水灌进肚子，就不会因脱水而动弹不得，这一点非常重要。他瘫倒在座位上。此时的车里愈发热了。因为是午休时间，街上空荡荡的；咖啡馆里，尘土满地的广场四周的长凳上，都是昏昏欲睡的人们。整个小镇被沉沉的炎热压得喘不过气来，等车子重新开动时，镇子上几乎空无一人。

杰弗里坐在车上，跟着颠簸的汽车，东倒西歪。车子继续向北行驶，但是半个小时之后，拐进内地离开了海边。他似乎并未留意到地中海已经不在他们身边。不过，隔了一阵子，他笑眯眯地说："噢，没错，我记得就是这条路，那个村子就在这边。"此时，汽车正行驶在一块平地上，地里的农作物稀稀拉拉，不成气候，而后车便开始翻越一座座低矮小山。因为他们身在高处，地中海又在身后露了面，像远处的蓝色平原，接着又跑没了影儿，藏身于群山之后。汽车载着他们在山边一条粗糙迂回的小路上颠簸前行。杰弗里摇摇晃晃、东歪西倒地迷糊了一路。她伸手挽住他，好让他坐直。途中他醒了一次。他并没有摆脱病人的阴郁脾气，只是睡着的时候梦到自己先前选她当旅伴。他冲着她粲然一笑，说："凯特！这儿是不是很棒？很美？是不是……"话还没说完，他头一歪又昏睡过去了。

这时，太阳已经晒到汽车前部，前排的乘客纷纷换到后排，司机抬起下巴，把头用力后仰，躲进车顶下的阴影处，那样子像准备仰面挨揍似的。

太阳落到一片大山之后，这片山比他们经过的巍峨许多。傍晚时分，在一个看起来像北非的村子前——破屋烂房裂痕处处，穷苦村民衣衫褴褛——巴士停了下来，往车下扔了一只铁丝笼子，里面装着一群渴得要命的家禽，一桶沙丁鱼油，一篮子柑橘。两个修女上了车，她们热坏了，看上去有气无力，都快病倒了。凯特下车到咖啡馆又买了些苏打水给杰弗里喝，等她回来后车子继续朝内陆行驶。

凯特提不起一点儿精神。显然很快，这次糟糕的旅行就到终点了。不是杰弗里想就此结束：他需要走动，去什么地方都行，需要旅行——他的心情她能体会，也能理解。然而，此时的他已经有点神志不清：他偶尔醒来一会儿，心情很好，说会儿话，咯咯笑几声，然后突然又睡了过去。他撑不了多久就得承认自己生病了，必须打消继续旅行的念头，不然肯定会被哪个司机拒载。晚上八点，渐趋浑圆的明月，将地面的一切照得明亮如白昼，巴士在一个村子广场上停了下来。这是一个小地方。一座喷泉正无精打采地把水喷入一个水池，水池的旁边有一只闪闪发光的白色破瓷杯。村子里长了几棵尘土满身的树，广场对面有栋房子，看样子可能是咖啡馆，安了一扇大窗，里面贴着什么遮光的东西，外面摆了两张桌子，有人坐在那里喝酒。还有一栋模样结实的老式房屋，上面打着旅馆的招牌。她从地图上找到这个村子的位置，在离海边五十英里左右的内陆。

她把似睡非睡的杰弗里留在车上，自己走进那家旅馆。经理走出餐厅接待她，刚才他在那里帮忙上菜。她换了好几种语言试图告诉他，她和丈夫一道出来旅行，但是现在丈夫生病了。将她救出困境的是法语。马蒂尼兹先生跟她一起到车上，把杰弗里搀扶下车。杰弗里像一堆刚从洗衣机里取出的湿衣服，浑身湿透，双手滑溜溜的，湿漉漉的头发黏着头皮。他们把他架上楼——没有电梯——将他横放在一间屋子的床铺上，这样的房间在欧洲随处可见，里面摆了一张给父母睡的大床和三张给孩子们睡的小床。

马蒂尼兹先生走出房间，不一会儿拿了瓶矿泉水进来：真是一个居家好男人，不用说就知道这个年轻人有脱水的危险。他扶起杰弗里，她在床边一口一口地喂他喝水。杰弗里喝得很急，表情很是恼火，觉得这水难以下咽。

马蒂尼兹先生离开的时候说，他会尽快找个医生过来的。"可是夫人，你得明白——你应该知道，对吗？[1]——这个村子很小，条件很差，村子里没有医生——没有医生，知道吗？[2]——医生住在离这儿二十英里的地方，可能度假去了，我不知道，但我会想办法的。"

他下楼到办公室去了。凯特坐在窗边一把硬邦邦的椅子上，房间里闷热又拥挤，从窗口望去，又看到了繁星点点的辽阔天宇和被月华染白的屋顶和树木。杰弗里口气坚定地说，他们必须马上动身上另一辆车，接着想起白天坐车时的一件趣事儿，哈哈大笑起来，可是还没等他把笑话讲明白，就又昏睡过去了。马蒂尼兹回到房间告诉她，医生的姑姑讲，医生要三天后才会

1 2 原文为法语。

回家：如果情况紧急，最好跟修女们联系。

“这是个小地方，懂吗？大伙儿都很穷。只有得了重病医生才会过来。小毛病都是修道院的修女给看的。”

他们各站床的一头，看着床上那位无法自理的可怜的年轻人，衣服紧贴身体，湿头发黏着头皮，露出脑袋的轮廓。

马蒂尼兹先生是西班牙人，杰弗里长到五十岁时，大概就是他这副模样。他身体最突出的特点就是上尖下宽：尖尖的秃头，窄窄的溜肩，缺乏锻炼的大肚腩。杰弗里虽然是美国人，父母都是德国移民，但身体里肯定有一两处基因，遗传自西班牙这个国家，因为马蒂尼兹先生像极了他的父亲。

可是，杰弗里的病情到底有多严重？

凯特心想：换成她儿子，她一点都不会慌张，她会检查令孩子昏昏沉沉的原因：发烧，感冒，还是精神不振；是要看医生，还是卧床休息几天就行，不过问题就出在卧床休息这上面。为什么这么说？因为每当她遇到太多烦心事儿的时候，她本人就会选用这种方法逃避世事。这种情况就像冬天之于土地：感觉好像所有的热量都退到里面，火焰深藏于岩石之下，太阳已经杳无踪影。一个人或蜷缩着身子，或摊开四肢，因个人性情不同而不同，藏身于肉体、毛发和眼睛背后，仿佛这些东西跟他没有关系，旁人无法触及，如同一只躺在冬日暖阳之下的小狗。

马蒂尼兹先生，几个孩子的父亲，似乎不像她那么着急。不过，从表面上看，杰弗里病得很重，眼睛已经看不见他们了。他直愣愣地看着他们，目光透过他们的身躯，直达他方。他浑身战栗，一阵阵地剧烈抽搐，好像自己都能意识到痉挛的强度。马蒂尼兹先生那对生机盎然的黑眼睛，充满支持和温暖，他用法语说："没事的，明天他就会好起来，真的，夫人，肯定能……"——好像他是医生，而她是个忧心忡忡的妈妈。他接着说，她可以到他的餐厅吃饭，只是他的旅馆没有他们以前住的时尚高级，只能有什么吃什么。

旅馆餐厅和一户中产阶级家庭的餐厅差不多大小，很可能这里原先就是哪户中产阶级家庭的用餐地点。餐厅里摆放着粗重的暗色桌椅，桌上盖着厚重的白色桌布。晚饭是面包羹、一块烤肉和几个水果。给她送餐的女孩身兼数职，既打扫客房，又点菜端饭，还要给厨房打下手。这间旅馆招待过来访的政府官员，总部在几英里外的警察，以及前来听取修女忏悔和布施圣餐的牧师。

她轻手轻脚地爬到床上躺下睡觉。离开布莱克希思她家那座大花园后，这是第一个安静的地方。西班牙海边、伊斯坦布尔，以及伦敦的国际食品组织——无一不喧嚣吵闹，人们跑上跑下，脚步声噼里啪啦，叫喊声、说话声嘤嘤嗡嗡。而在这个地方，临近半夜醒来时，竟然听见马匹或驴子"嘚嘚"地从窗前经过。杰弗里此时也醒了，好像这段时间没有犯糊涂似的，坐起身来像平常人一样问，有什么可吃的——到哪儿去拿？

她把情况说了一下。此刻村里万籁俱寂，旅馆里也悄无声息，他俩都很高兴一切恢复正常。他说："这么说，我一定是生病了？"她说是，然后穿着睡袍到楼下，像在自家一样，看看能否在餐厅找到一点儿吃的东西，因为她知道这个时间，女佣和马蒂尼兹先生——他的妻儿到巴塞罗那走亲戚去了——都上床睡觉了。她在那张巨大的备餐柜上找到一条面包和一些黄油，上面盖了防蝇罩。她拿了几片面包、一点黄油和几个水果回到房间。这个时候，杰弗里已经冲完澡，梳好头发，穿戴整齐，提议到外面找间咖啡屋或餐馆坐坐。他似乎精力充沛——但这一点令人怀疑，因为他爱发脾气，烦躁异常，这是个不好的预兆。她又把情况说了一遍，解释说村里人现在肯定都在睡觉，旅游点又离得很远，不过到早上他们就可以离开了。他把食物狼吞虎咽吃下肚，好像在生它们的气一样，接着提议外出散步赏月，就在这时，他又犯病了。

他抓住床尾，有点站立不稳，面色发黄，嘴里说着就快好了。他爬上床躺下，又没了动静。

到了早晨，他可能就会好起来的。

果然，他醒得很早，于是他俩一起下楼到餐厅就餐，马蒂尼兹先生正在里面喝咖啡。她坦白交代了昨夜的偷窃罪行，他已经明察秋毫，不过表示理解她的行为。与这样的人打交道真的很舒服，只是她注意到他的态度有所变化。前一天夜里，她把护照留在旅馆前台，马蒂尼兹先生因为忙着想办法找人给杰弗里看病，没空登记他们的个人信息，到今晨才刚补登完毕。昨夜，她和马蒂尼兹先生像对父母，站在病孩子的床头商量家事，可如今马蒂尼兹先生却不能不想，他的客人关系暧昧，有通奸之嫌。他的神情既忧伤又蕴含责备意味，是哲人那种若有所思的责备，和善的俊眼看着这对情侣，仿佛在说：我们这里个个穷得叮当响，哪有闲工夫动歪念头。

想归想，他还是叫那个姑娘端来新鲜的上好咖啡和英式烤制的大面包——是的，他了解英国人的饮食习惯，因为他弟弟曾在曼彻斯特一家餐馆里做过服务生。他像个神经紧张的人自言自语一样，冲他们一遍遍地说：很抱歉，要等到明天才有巴士。他的紧张如果有所暗示，那么暗示的正是他碍于礼貌不便出口的东西，言下之意就是他希望他们这对不守规矩、离经叛道的男女尽早离开旅馆。

而出于礼貌他张口却说，很遗憾，这里没啥可玩的地方：因为这两人不用说是在度假，可惜这么会玩儿的人却被困在了这个小地方，要啥没啥。

他不住嘴地说着，凯特一声不吭地坐在那里，意识到自己让这个好人感到为难了，只希望屋内的昏暗光线能掩饰她的尴尬与窘迫。此时，马蒂尼兹先生已经知道杰弗里懂一点儿西班牙语，但他故意不搭理他，依旧用法语对她说话。看来，他的不满是针对男士而发？觉得女子是无辜的？莫非他不喜欢杰弗里却真心实意喜欢凯特，即便她有不轨之举？

吃完饭后，他俩走进那个小广场。广场里空无一人。一只狗躺在阴凉处歇凉。此时，八月的日头已经将天空照得明晃晃的，外面好像大中午一样热浪翻滚。广场上，喷泉悄无声息地喷着水。对面一扇长方形的玻璃大窗子吸引了他俩的脚步，屋子大门敞开着透气。这是间咖啡屋，但晚上才营业：大白天没人有空在这儿闲坐。咖啡屋里没有一个人，连服务生都看不到。他们离开广场，走上一条街道，经过一家铁匠铺，来到一个市场。这是本村的市场，卖洋葱、生香肠、散装橄榄油（从桶里打）、沙丁鱼（上面撒了盐巴，被挤压得面目全非）、红中带青的大西红柿（西红柿藤和田地的味道扑鼻而来）、巨大无比的白面包，以及青辣椒。这里也许住了上百户人家，离市场几码远的地方就是庄户人家的田地，散落在橄榄树和石头之间的玉米正日趋金黄。

他们不声不响地转回广场。马蒂尼兹先生看见他们打算进咖啡馆，于是就在旅馆正门的大树下摆了张木桌子，然后朝他们挥挥手，示意他们过来坐，接着给他们端了两杯搁了柠檬片的矿泉水。他俩在桌边坐了下来，知道自己的一举一动都落入别人注视的眼中。村子里那几幢零星的房子现已窗门紧闭，但隔窗有眼。有一两次，一个农民或做工的经过他们身边，向他们问了声好。这些人不亢不卑，矜持寡言，和杰弗里印象中的一模一样。这就是他四处找寻的东西：它们存在于马蒂尼兹先生含蓄的责备之中（虽然如此，此时的他却在厨房吩咐厨师按照客人的口味而不是村民们的口味准备饭菜）；存在于窗后或站或坐并未露面的女子身上；存在于清晨在喷泉边打水的男人们身上。

但是，他俩坐在那儿，无遮无拦，感觉如同受刑。

周遭是如此的贫穷破落，就连他俩身上的衣服——虽然在他们的国家是再寻常不过的东西——到了这里都成了众人难以企及的奢侈品。她的手袋——之前她一直对它不予重视，现在却忍不住拿眼瞧着这个放在粗糙木桌上的闪闪发光的精品——很可能要花去当地人一个月的收入。这是她在伊斯坦布尔那家酒店商场买的，为了犒劳自己。但是，这些都无关紧要，都不是关键所在，因为她清楚，经过他们身边的和在窗后注视他们的，没有一个人对他们的衣服、手袋、鞋子说三道四，真正让他们如鲠在喉的是她和杰弗里，他们想去哪儿就去哪儿，无所事事却能想怎么玩乐就怎么玩乐，整天悠游自在地四处闲逛，关系不清不楚却毫不介意。

这里离海边城市不过五十英里之遥；但在那里，他们，他们这样子却成了常态。所有的人，至少是所有的游客，都是自己开车，或坐巴士、轮船、飞机、火车，乃至徒步穿行于不同国家，大老远的从这个洲到那个洲，就为了听场音乐会甚至到哪个饭店吃顿饭，可以随意交友、恋爱和做爱，简直令这里的村民难以想象。

他俩就坐在那里，一个是凯特·布朗，四十五岁，四个孩子的母亲，一个受人尊敬的医生的妻子，此时这位医生很可能正在会上宣讲神经系统的某个疑难问题；另一个是杰弗里，几乎可以肯定明年这个时候，他已在华盛顿舅舅的律师事务所工作，虽不甚开心但也尽职尽责。这对“情侣”坐在那儿，看不出有任何情感纠葛，等到他俩回望这段旅程，就会发现“爱情”是其中分量最小的成分。这个地方近百年来，没有一个女子或姑娘享受过这样的自由。包法利夫人将依然憧憬他们的奢侈；而男人们，像马蒂尼兹先生的弟弟，在曼彻斯特做过服务生，就会知晓，大城市那种极其复杂的做派和道德观不宜引入此地。但是，这里的男人多为农民，整天跟土地打交道。他们种麦磨面；种油橄榄，半卖半留；种西红柿。他们像祖辈一样，在富裕贵族的庄园里干活，而那些贵族一年多半在马德里或海边别墅逍遥度日，所付酬劳令这里的村民个个瘦弱干瘪。

正午十二点，阳光透过树叶，像块网眼织品，悬在他们头顶，于是他们退回旅馆，这时杰弗里突然昏倒在地。她和马蒂尼兹先生再一次把他扶到楼上床上躺好。

杰弗里又不通人事了，茫然的目光，又惊又恼：你们凭什么要我神采奕奕？它们质问道，看着房顶、墙壁、窗户这个阻挡光线的方框，以及马蒂尼兹先生。他再次大汗淋漓。马蒂尼兹先生一脸歉意地翻了翻年轻人的眼睑：里面黄黄的，然后无声地指了指白色床单上的黄手臂。他摇了摇头，随后一路小跑地到楼下给医生的姑姑打电话。

医生的姑姑说，医生会定期给她打电话问家里的情况，到时她会告诉他，有个美国小伙子发烧了，流了很多汗，眼睛和皮肤都变黄了。马蒂尼兹先生说，她认为他得的是黄热病：她在南美有个亲戚，就是得这个病死的。他耸了耸肩：当然，那个好心女人的话不必放在心上。

她回到楼上，发现杰弗里已经彻底垮了。他软塌塌地仰面躺着，没有一点儿力气。她拿起他的手臂，他的手臂却"啪嗒"一声滑到床上，看上去好像身上的骨头已经松了或缩小了，眼睛半睁半闭，像死尸一样。但她却对自己频频说（当然是不出声的，就像对孩子或那些选择与世俗责任保持一定距离的人一样）："是呀，他也没办法，这是非此即彼的选择，要么做个律师，要么当个浪子，此外他别无选择，肯定是这个理由，不然他不会躺在这里，发着高烧，皮肤蜡黄——但他没有生病，不像得了霍乱或出了麻疹的人那样，是身体出了问题。"

可是毫无疑问，杰弗里病了，的的确确得了病，但是假如他只是个西班牙帮工，或耕种几分薄田的农民，不做事就意味着饿肚子，看他生不生病。当然，她绝对不会当面对他说这些气话，不会的，即使她按捺不住这种想法，希望他回到美国老家慢慢度过这场精神危机，这当然是……至于她呢，因为马蒂尼兹先生不在附近，她冲着自己嘟囔了一句粗话，她来这里是为了解决生理需要。她就是奔这个来的——身体和肉欲的欢愉：希望身边能有人跟她说说笑笑。她摁了摁杰弗里的额头，然后扶他起来喝水。

旅馆餐厅有个穿制服的肥胖男子，腰间别着把枪。他穿的是军装，枪口对着食物，餐厅的那位姑娘为他端了一份肉羹凉汤、冷肉、沙拉和面包。

凯特回房看见杰弗里还是老样子，和她离开时一模一样，于是又喂了他几口水，然后瘫倒在床睡着了。她昏睡了很久，仿佛在聆听什么听不见的东西；心里的老师想让她明白什么，可是她太过愚钝，转不过弯来。她梦见那只海豹，或者说她刚才梦见了它，因为她感觉得到海豹沉重的身体。它身上仍然潮潮的，她泼在它身上的水还没干。她的身后是一轮阴郁的太阳，低低地垂在天幕，缓缓下沉，划过差不多四分之一的地平线。这轮太阳并不大，没有一点儿热量，所有的一切都日渐灰暗；她好似在永远寒意料峭的黄昏，不停地走啊走。

第二天早上阳光撤离屋子的时候，好像在杰弗里的肌肤上留下了一抹颜色。她找到马蒂尼兹先生，问他能不能再联系一下医生。但是那位姑姑没有接电话：原来早上这个时候，她都在修道院的教堂帮忙。巧的是，凯特和马蒂尼兹先生站在窗边商量怎么办的当口，一辆卡车驶入广场停了下来。那是辆破旧的福特车，司机正从喷泉汲水灌散热器。就在这时候，一匹马拉着一种类似马车的东西走进广场，这种马车肯定在西班牙有好几百年的历史了。那马儿渴坏了，直奔喷泉找水喝，而卡车司机就把空油桶放在马鼻子上接水。

马蒂尼兹先生紧皱的眉头顿时舒展，他跑出去与卡车司机商量了一会儿，然后回来告诉她，那个人——是个修路工——答应把杰弗里送到修道院看病，就是他们得动作快一点儿。

凯特和马蒂尼兹先生想给病人穿上衣服，病人倒是很听话，可是手脚又重又沉，他俩只好放弃，随便找了条毯子把光溜溜的他裹紧。他们抬着裹得像茧似的杰弗里下楼，将他放到高高的卡车车厢内。马蒂尼兹先生跟车过去，因为那儿的修女只会说西班牙语。他忘了“黄疸病”怎么用法语说，就称之为“黄色的病”——这只是外行人的诊断，修道院将接手处理。

卡车猛地冲出广场，杰弗里像个伤员，有气无力地坐在旅馆老板和修路工之间。

此时已是早上十点。

晚上五点，马蒂尼兹先生回来了，带回消息说修女们愿意照顾杰弗里，然后以凯特的名义给修道院打了个电话，被告知杰弗里在睡觉，她们认为他病得不轻，但得等医生从阿里坎特过来，遇到重病号他会出诊的。

凯特决定走路到修道院，虽然在那儿她帮不上一点儿忙。她以前从未注意到街边这条小路：这是条小巷子，或者说胡同，算不上街道，破破烂烂，两侧民房挨民房，一间房住着一户人家。房子前门开在小巷一侧，后门开在另一侧。大门洞开，每间屋里都有个头儿不等的孩子和孩子们的母亲，年龄可能和凯特差不多，或者小一点儿，但看起来像老妇似的。还有许多老年人，坐在巷子里的椅子上，身边是孩子和山羊。这里看不到中年或年轻男子：他们都在外干活。凯特笑容满面地走在小街上，觉得羞愧万分，又找不到任何理由排遣自己的羞愧之情。每隔一小会儿她就对自己念叨，要是在五十英里外的海边，芸芸众生中自己压根儿不起眼，像她这样的人，成千上万——的确，在这个月，数以百万计——她只是洋洋道德大观中的一小分子。可是，她的办法根本不管用。那些可怜女子的微笑和招呼声，她们身上的破烂黑衫，成群结队的小孩，以及那死寂的、毫无生气的、从骨子里透出的贫穷，都在大声控诉她，控诉她这个穿着入时白裙、留着深红色时髦发型（虽然头发分际处现出一缕花白头发）、身挎时尚女包、手脚白皙细腻养护精心的女子。

她走到巷子尽头，这条巷子总共百来码远，来到一片种植油橄榄的乱石坡，那儿有一条马车道——今天早上，那辆卡车就是从这儿颠簸前行——她回头望见小巷拥挤不堪，严严实实，满巷的黑衣女子和牟利罗[1]笔下那种光脚丫的孩童，全都盯着她看。

她面颊发烫，继续前行，穿过油橄榄林和麦子地，绕过一棵桉树来到修道院，那棵桉树的清香比油橄榄更加馥郁。铁门

1 牟利罗（1617—1682），17世纪巴洛克时期西班牙画家。

两侧是一圈石头高墙，门内有一个扫得干干净净的院子，里面有几丛花朵绽放的灌木和一栋刷上石灰的两层楼房。她穿过院子，眼前赫然立着另一扇大门——显然这才是正门，她刚才经过的那扇门只是第二个出口而已——意在表明教堂至高无上的地位：修道院、围墙、侧门；橄榄树、麦田、乱石土地，皆得俯首听命。教堂屋顶闪闪发光，与如火的落日交相辉映。凯特朝那一扇她如今可以肯定是后门的大门敲了敲，马上被笑盈盈地迎进里面。起初迎接她的是一个黑袍修女，紧接着又来了一个、两个，不一会儿就聚了一小群，她们全都知道她是谁，准是过来探望病人的。她被领着走过院子，来到一个小房间，杰弗里躺在里面的一张铁床上，床头上方挂了一幅闪闪发光的《流血的心》，床头矮桌上摆了一尊基督受难像，石灰墙上挂了一个象牙十字架。

早上送进来后，药物使杰弗里越发不省人事了。他躺在那里一动不动，摸上去又冷又潮，身上的肌肉好像画的一样。她这一趟不如不来，不过既来之则安之，她在那把伺候了许多人的椅子上坐下。修女们给她端来咖啡、蛋糕和一杯红酒，她们总是笑眯眯的，很高兴她能造访这里，给她们侍奉上帝的机会。过了一阵子，她谢过她们，起身离开。她走进教堂，里面安安静静，弥漫着祭品的香气，她原本想在这里坐会儿理理思绪，甚至可能想想做个什么祷告，看来此路不通：这个教堂虽然不大，无甚名气，无甚地位，却也装饰得金光闪闪，珠光宝气，所费之资供几千子民吃饭看病还绰绰有余。这时冒出这个想法，能起什么作用呢：这是个古怪的想法，因为自己一身本事派不上用场，所以将满腹怨气转嫁于教堂——但出于逆反心理，她坚持己见，走出教堂，重新步入芬芳、温暖、亲切的黄昏，朝村子走去。

那条住户林立的小巷里，男人们已从田间归来。她很喜欢这里的黄昏，家家户户灯影憧憧，令黄昏的气息顿时浓重了许多。这样的夜晚好美，好美，下午好，下午好[1]。走在黄昏路上，成群的孩子围着她跑前跑后，一直跟她到旅馆门口看见她走进去，才像受阻的鸟儿一样盘旋着飞离障碍物，叫着嚷着冲进茫茫暮色之中。

她到旅馆餐厅吃饭，一个上了年纪的牧师和她一起用餐。席间她获悉这位老人根本不是修道院期盼的医生，他俩的晚饭有一份又热又稠的汤、煎蛋、辣椒炒西红柿和炖榅桲。她请牧师替“她丈夫”诊查完后打个电话给她，对方冷淡地安慰了她几句，他觉得这么做无伤大雅，接着她回房静候电话。牧师打算像她那样走路去修道院，到了那里肯定会先向那群身穿黑衣的和善快活女子问明情况，然后再给杰弗里做检查。午夜时分楼下的电话铃声尖厉地响了起来，随后马蒂尼兹先生上来告诉她，胡安牧师认为年轻人得了黄疸病，不过也有一些症状和黄疸病不符，要等三天后当地医生来修道院例行出诊的时候，可能才知道具体病情。

她躺在床上睡得很不踏实，似醒非醒间，在一个浅浅的梦之湖中，思想的影子仿若鱼儿一般，清爽敏捷地游弋其中。梦

1 原文为西班牙语。

中一个离黑暗的北部乡村颇为遥远的地方，她和海豹正吃力地朝前走着。她醒得很早，只有一缕初现的灰白晨光划破黑压压的天际。她坐在窗边，静观村庄的苏醒。

不久，一个男子来到喷泉边，把手伸进喷泉，让水往脸上喷，接着在水流下方垂下脑袋，侧着脸喝水，微弱的阳光照着他棕色的脸庞。

一匹黑马从旁边小道溜了过来，耷拉着脑袋站在那儿，眨巴着眼睛驱赶飞蝇。

一个女人走出家门，搬了把木椅子放在尘土中，然后反身进屋拿了菜刀、一个装了青椒的搪瓷盘子和一只塑料碗出来。她穿了一件欧洲贫寒女子常穿的破旧黑衣，小心翼翼地在椅子上坐下来，好像坐下来很痛苦似的，接着把碗搁在膝头。她把搪瓷盘子贴着肘腕放好，然后将青椒片切入碗中。她很老了，是个疲倦的老妇，斑白的头发紧紧挽在脑后。她头脑里想的东西与凯特不谋而合：不对，可能搞错了，没准儿我会发现人家根本没那么老呢，待会儿就会清楚的——女子抬头径直看着坐在窗边身穿白色褶皱睡袍的凯特。女子笑了笑，凯特也笑了笑，知道自己露不出她那样的笑容：那女子的岁数当然不比她大，只是她像那匹马儿一样疲惫不堪。

凯特离开窗口换好衣服。餐盘送进来了，上面有咖啡、糖包和果酱。此时阳光满屋。她拉上窗帘遮住明晃晃的光线，屋里没书可看，只有几本买了快一星期的杂志，但怎么看都像盗版的货色。她想在这个地方，这样的村子里，怎么可能有正版货。她无所事事地干坐了许久才有胃口吃早餐。之后，她又睡了一觉，然后走路去修道院。杰弗里躺在石灰小屋里，地上洒了香水。修女一天要往地上洒好几次香水，湿润干燥的空气，使悬浮在修道院四周如同漂白过的布匹似的尘土降落地面。

她强迫自己再次路经贫寒人家回到旅馆，在房间待到晚上十点才吃晚饭。晚饭后她很想上咖啡馆，这个时候的咖啡馆营业了，可她自然是不能去的，因为里面都是男人。就算跟杰弗里一起都不行，会很尴尬的，会让那些夜夜到此消遣的人无所适从——因为对他们来说，咖啡馆就是家庭生活的延续。

她希望能找到什么事儿做，结束这么久以来她一直告诉自己必须结束的事儿：想事儿。但是，她不是在想事儿，她是在感觉。她很想家，很想家中的日子——当然都是过去的事儿。然而，她好像在脑子里构筑未来，一直努力着想勒住思想的缰绳，说“都过去了，都结束了”，可是努力的结果却让她心绪翻腾，难以驾驭。

她想念丈夫。

五月离家时，她的情绪波动很大，一会儿需要爱一会儿又讨厌自己的需要，一会儿渴望获得更多自由一会儿又渴望像懦夫那样有所束缚，而现在她只剩下一种渴望，可是她的渴望得推到将来——秋季到来方能实现。她渴望丈夫的身体，就像多年前她还是姑娘时想念心上人一样，只是她此时的渴望，较之更强烈上千倍，因为她积累了如此众多的回忆滋养这份渴望。她花一整个白天和半个不眠之夜，用手指拎着婚姻，凑在灯光下条分缕析时，一个轮廓清晰的小东西——直到现在她仍将其拒斥——那具搏动的肉体和她的记忆，却与丈夫幽会去了。可是，她的理智对他已然失去激情，就像一个在男欢女爱时有意选择享受肉体欢愉的人一样——激情不再而心力交瘁，为了努力让自己的行为荣登大雅之堂，几乎不惜拥有此等精神：我虽不苟同他的想法，但我会致死捍卫他的权利，等等。她的心里总觉得他很可笑，觉得他像个贪吃糖果的小男孩。

她的性需要——悬置真空中，没有得到她的想法、感触和对未来期许的支持——背叛了她此时的信念，她以为现在只有一件应做之事：理清过往的生活并想清楚将来何去何从。虽然她的情形和人们饿肚子的感受并不相同：她并不觉得遭罪，或极其渴望，因为性之于她，抛开那一种奇怪的刺痛，其实如同闻到食物的香味或看见柜台上的巧克力紧紧抿住嘴巴，只是暂缓一段日子而已。暂缓至秋天。暂缓至没有那些事儿的未来，或者不同于她丈夫、她自己，以及孩子们以前构想的未来，因为五月那个令人难忘的午后，已经让一切改头换面了。未来不是刚刚逝去的过去的延续，从未来回首这个夏日，它似乎是段无关紧要的空白时光。不对，未来将以她的童年为开端向后延伸。因为这对她来说越来越重要（因为她对性的需要像被错置的东西，仿佛一个从她身上取出的器官，放到身边由她打量；又像一个畸形孩童少了某些功能，没有未来，没有目标），似乎她刚刚逃脱疯狂的魔爪，似乎自从她成为怀春少女决意为自己寻得一个如意郎君（当然，她那时的想法非常浪漫）直到最近药力开始失效，这么多年里她一直疯疯癫癫。如今看来，那些年她好像背叛了真实的自我。她的身躯、需要、情感，一切的一切，像向日葵一般绕着一个男子转动的时候，双手一直捧着一样东西，一件宝物，巴巴地想送给丈夫、孩子们，以及她认识的每一个人——可是竟然没有一个人愿意拿走，瞧上几眼。然而，她想赠予的东西却是她身上真真切切的部分，虽然她并不知道自己的所为，因为那东西一直被她本人和他人忽略了。

即使现在所有压力尽数而去，剩她孤家寡人一个，拥有了她在那些年里为家人鞍前马后时常常向往却难以企及的条件，她仍然无法休息，无法思想、理解和吸收——因为她老是觉得自己在朝未来漂流，漂入丈夫的怀抱，流进那一片容纳了她的过往的亲密海洋。她的心里把这些视为一种疯狂行径。她渴望过去，但想到过去又很烦恼。她独自坐在旅馆的客房中，强烈的思念之情使她恍恍惚惚，好像回到了家中的床上依偎在丈夫怀中，飒飒寒风将落叶吹得房子四周都是，但是家的温暖将他们牢牢封闭在一个地方：过去。

她坐在窗边，最后她成了此处唯一一个清醒的人：村子里所有的灯光都熄灭了。对面山边亮了几盏灯，马蒂尼兹先生说那里是另一家修道院，远远地闪着微光，如同几英里之遥点亮的飓风灯，灯光被风吹得闪闪烁烁。不过，那里的灯光忽明忽暗，是婆娑的树叶不时遮住修道院大门上唯一的那盏灯的缘故。第二天早上她到山间小路散步时发现了这个秘密：一栋白色小屋孤零零地矗立在一片橘林间，母鸡在林子里扒拉着觅食。一个修女在锄地，黑袖子上卷露出一截手腕，泥土溅得黑袍一身都是。

那个基督的新娘笑容灿烂地看着凯特；凯特也回了一个笑脸。疯了，她心想。我们所有的人，我们这些该死的人，所有的东西，都疯了，男的女的都一样，全疯了，疯了都不知道。这是个囚禁在自我选择的牢房内的女子，这就是她，一个记忆的囚徒，记忆中的迈克尔——在吃巧克力，他不是在认真品尝，而是拿起一粒咬一口，就赶紧吃第二粒，第三粒还没入嘴就被他随手扔掉了。

挂在修道院正大门上的灯罩是铁制的，看上去年岁久远。很可能是特意设计成这样，就要给人一种古旧的感觉。让夜间灯光摇曳的，是一棵古老的橄榄树的树叶。

回到旅馆时马蒂尼兹先生对她说，她不该在这么热的天气，一个人瞎走。他很难过，这里没什么好玩儿的地方，不过她可以到旅馆后院转转，通常那儿不对客人开放，但可以为她破例一回。

后院有一个小池子，水面覆了一层尘土和密密的浮萍，浮萍叶子上面有很多水珠，一群金鱼吃力地游在其中。院子对面，有一块阴凉处，坐着一个老妇，她是马蒂尼兹先生太太的姨妈。她在边看《圣经》，边织一件黑毛衣。

傍晚，凯特又去看望了一次杰弗里。修女们说，他仍然不言不语。不过现在他睁开眼睛，好像认出了她，像没事人一样招呼道："哦，你好，你来啦，还好吧？"接着他又睡着了，或又昏过去了。

那天晚上，当地的医生到修道院来了。修女打电话给马蒂尼兹先生，说杰弗里可能得了伤寒，有这种可能性，不过不用担心。

第二天早上又说他得的不是伤寒，至于是不是黄疸病尚未确诊。一天过去了。又一天过去了。她穿过穷街陋巷和橄榄树林到修道院看望杰弗里，在他身边坐一阵子。回到旅馆后她坐在后院里，气呼呼地，是生自己的气——后来她梦到了那只海豹。梦的气息久久萦绕在她的脑海，即使睁眼醒来，也知道那种氛围、那飞闪而过的情感片段——如果该词妥当的话——是那个梦中的气氛，和那只海豹休戚相关。一直以来，她对梦的态度都非常客气，睁大眼睛竖着耳朵，总想从里面看出点儿什么门道来。自打小时候五六岁起，她就能伸手触及那个隐藏于白日背后的领地，触摸栖息其间的某一熟悉物体，在其中行动自如，不惊不怕。她发现梦中之事如同寓言或神话故事，一点也不令人惊讶：她已经做了好几个类似这样的长梦，一旦发现某个熟悉主题发展到了新阶段，她就会睁着眼睛久久躺着，直到发觉自己早已醒来，想着那些化为人形的想法，只有从这些投射于梦之墙上的憧憧光影中，她才能窥视一二。

可是，这个梦，这个海豹之梦，和她以前知道的任何一个梦的性质都不相同。并不是因为它像极了“真事”——她做的许多梦都像真的，和醒时看见的真人真事一样。不是这个原因。是因为梦中的氛围不同一般，即使海豹不在那里，她也能进入其中——事实上，这会儿它就没有出场，到别的地方忙自己的事去了。她可以进入梦境，知道自己身临的是“海豹之梦”。在这个时候，这个烈日炎炎的八月，待在这个尘土飞扬的穷村旅馆中，除了探访杰弗里静候他的康复，除了和感情中的自我厮打纠缠，因为那个自我在她内心复活了，像个叛徒，此外睡觉做“海豹之梦”已成了她生活中和前两件同样重要的大事了。

她被这个梦牢牢缠着，它会自行出现于脑海之中。

一个炎热的下午，午后小睡时间她跟海豹进入了一个角斗场，看景色是北部地区的一个罗马圆形角斗场。她站在最底层。突然，各种猛兽从角斗场墙后打开的笼中纷纷跳出，狮子、豹子、恶狼，以及老虎。她带着海豹撒腿狂奔，尽可能往看台高处跑，野兽们紧追不舍。她奋力爬到角斗场边，边上有一根摇摇欲坠的木头柱子，她和海豹抓住柱子，柱子摇晃不已。她抓紧柱子拼命想坐到上面去，把海豹高高举起，这样野兽的爪子和尖牙就伤不着它。野兽在下面咆哮着、吼叫着。她想她没有力气一直举着海豹保全它。但她坚持着，野兽在她的脚下又跳又抓，不停吼叫，差点儿就够着了海豹那伤痕累累的尾巴。过了一会儿，野兽的跳跃没有那么凶猛了，很快她和手上高举的动物远离了那群猛兽，它们越变越小，数量越变越少，最后消失得无影无踪。

到今天杰弗里被送进修道院已经整整一周了。是的，几乎可以肯定，他没有染上伤寒，尽管修道院和医生为此奋战了四十八小时。但是，现在他们认为他也没得黄疸病，虽然他的皮肤是黄色的。他身上的黄色已经全部退去，但发着高烧。可以肯定，他生病了，以目前的体质不能继续旅行。

凯特每天都去看望他，有时一天看望两次。现在他能认出她了。他俩一起说说话，话语不多，但非常友善，聊得很投机，和他们在伊斯坦布尔初识时一样。他的体温忽高忽低。他说待在这里很高兴：躺在这个朴素的小屋里，看着窗外的那棵树、那一簇牵牛花和几株茉莉，沐浴在阳光之下，这是他一直想要的生活——但他不知道自己能待多久。他觉得自己没病，他已经忘了自己在这里不省人事地躺了多久。他把在修道院的这段日子看成：躺在白屋中的白色床上，望着屋外的树叶和花朵。

凯特不去修道院的时候就到旅馆的后院静坐，一待就是好几个小时。晚上，她临窗而坐，坐在这个令人警觉的地方，严防记忆、需求、不实的希望乘虚而入，眺望夜空的圆月。

一天傍晚，她没去成修道院。天气热得不行，因为午觉睡得太久，她看到那些不当季的油腻腻的食物，感觉有点儿恶心。她以为自己前夜肯定是在破晓时分，才离开盈满月华的窗口、繁星、对面山边透过灯罩闪烁的修道院灯火。她请马蒂尼兹先生打电话给修道院，转告杰弗里她晚上不过去了，想在床上躺躺。她没有下楼吃饭，送来的饭菜原封没动。马蒂尼兹先生到她屋里看她时，发现她的脸色和杰弗里一样，病恹恹的。

天啊，莫非她生病了？她一直这么觉得——她不知道怎么说才好，但听说她可能得了黄疸病，可能得了杰弗里那种病，她大为宽慰。昨夜她在床上躺了整整一宿——她已经无力临窗而坐了——看着月亮在星空中移动，但是她一直抱着海豹朝北走。她相信前方什么地方一定是海，如果不是，她和海豹必将命丧黄泉。天空飘起了柔软的雪花，簌簌地落进黑色尖石的罅隙与空洞中。她冷得直打哆嗦，很高兴海豹能够躲在她的怀里，免受风雪的侵袭。海豹把脑袋靠在她肩上，她感觉到它柔软的短须抵着她的脸颊。她知道，海豹已经奄奄一息了。她知道，她正带着两条命——自己的和海豹的——走进眼前的冬日，一如她打开手掌伸向飕飕寒风，掌心搁着一片枯叶。

马蒂尼兹先生说，她该发句话，让他给医生的姑姑打电话，她会叫医生过来瞧她的。凯特知道，如果这样做她极有可能躺进一间石灰墙小屋，和杰弗里紧挨一起。要是她生病了，或者快要生病了，她就回家去。虽然直到现在，她还是觉得把杰弗里一个人扔在这里不可行，因为这样做太冷酷了，太不负责了，但她心底里也在嘀咕，再怎么说，他都是三十来岁的成人了。没有她守在旅馆，一天过去一到两趟，陪他个把小时——反正这样的事儿她现在也做不了了——他能活下去，说不定还好得更快。她可以离开的。她叫马蒂尼兹先生给修女打电话，把这个消息转告他，然后又向马蒂尼兹先生要了纸——旅馆没有专门的纸——给他写了封信。信很短，说了几句逗乐、遗憾的话，把自己狠狠调侃了一番——写信的时候她知道自己病了，因为她写得非常辛苦。到时他会回一封类似的信给她。到那时，这个小村子，连同他俩在此的不凡经历，都将迅速滑入过去，如同电影，以同样的顺序开始这个故事——一对男女并排坐在一辆停在什么地方的乡村巴士上，看着车窗外的月光。这是个乡村广场。在处处裂缝的小喷泉池边，一只白色瓷杯闪闪发光。男人们坐在咖啡馆外喝酒。村子里长了几株模样奇怪的大树。是生了什么病吗？不是，是落满灰尘的缘故。

她拎着行李箱站在喷泉边，先前她把一笔便宜得叫人难以置信的食宿费交给马蒂尼兹先生时，他紧紧抓着她的手，眼里含着泪水。她感觉到自己的眼眶也湿湿的，但心里再一次窘得不行，因为虽然马蒂尼兹先生喜欢她，但还是很震惊。是的，他的确非常喜欢她，也明白那个不幸染病的年轻人选择她当旅伴乃情理之中的事，尽管她的岁数要比他大一大截（护照里写得一清二楚），但是他还是很震惊，虽然心里遗憾，但震惊依然。他知道这年头像他们有这样的关系的人比比皆是，但他并不觉得世界会因之变好——他握着她的双手，那双善良又富有生气的潮湿双眼将这些及许多别的情感表露无遗。清晨的阳光下，巴士微微摇晃着身子，等着那两个乘客，凯特和一个年轻姑娘。马蒂尼兹先生说，那姑娘是她去修道院路过的西红柿菜地主人的女儿：她要去一家好挣钱的海边旅馆当一个月帮工，然后回来帮助妈妈带六个弟妹。

马蒂尼兹先生把她的行李箱提到车上，告诉司机这位夫人身体不大舒服，车开稳一点儿。这一点她真的需要，一路上她感觉又热又恶心，到了海边乍见白花花的阳光，一阵头晕目眩。这时候刚好是大中午，她头痛欲裂，应该卧床休息才对，可她此时心中只有一个念头：尽快回伦敦去。

她在海边搭上另一辆巴士，没过多久就到了一个有旅行社的大镇子，到下午五点就找到了一位医生：在离海岸线几英里远的内陆，那些穷得叮当响的老百姓，不等上几天是看不到医生的影子的，那还是看在教会的面子上。

医生先听她说了说黄疸病和伤寒的情况，然后给她做了个检查，说照他看来，她是贫血。他建议她回伦敦后马上去看自己的医生，虽然他本人觉得不用多久她就会自行好起来。他开了一点镇定剂给她，要了五英镑的诊费。这很自然，在这个人潮汹涌的季节，黄金之河在大海之滨滚滚奔腾，而这位夫人显然颇为富有——看看她的衣裳、手袋和鞋子！——要这么点钱过分吗？

这位夫人，从医生的身上看到自己对杰弗里的态度——至少最初的态度——他生病是因为他的意识想生病。但她还是觉得浑身无力，坐不了巴士和火车，于是租了辆车载她去飞机场，重返富裕之国。

她坐在机场的一把椅子上昏昏欲睡等人退票，看到时间一点一点地流逝。她干脆找了张长椅躺下，两眼一闭，不理睬其他乘客的好奇心与不满情绪。她得的这种病，管它叫什么名儿，主要症状就是畏寒、恶心，她总感觉既想吐又怕冷。终于，她在第二天凌晨到来之前登上了飞机，到了这时候，她才意识到自己犯了一个多大的错误：她以为自己肯定会死，希望一死了之，可一到达伦敦满心想的念的都是自家屋里的床铺。她的屋里挂着花窗帘，帘子一拉就看得到阳光、月光或云朵的流光洒满夏日的树梢——噢，她迫不及待地想回到自己的家中，也许哪个孩子已经先行一步到了家，能够帮她一把也说不定。她把家中地址递给出租车司机，这才猛地想起自己已经无权问津那里：此时一群陌生人正鹊巢鸠占着呢。她叫司机稍等片刻，她得想想去哪儿。他依命等着。钟声嘀嗒打探着她内心的为难。她想，在八月这个时候，住到伦敦酒店的客房中无所事事，非正常人所为，但她又不想打扰朋友，尤其是玛丽，她知道玛丽会热情接待她的，就是说，如果她没有搞什么地下情——孩子们也碰巧不在家的话。

最终，她把自己的烦恼告诉了司机，暗示说他的关心会有回报的。他载着她驶往伦敦，时不时回头看看她的身体状况，是不是该送她进医院。他载着她来到一家又一家酒店门口，他让她待在车里，自己下车向一个又一个前台服务员说明她的情况。最后，在伦敦布卢姆斯伯里区的一家酒店，一家迈克尔·布朗太太觉得太过昂贵的酒店门口，他走过来说，要是她能等个把小时，这里就能腾出一间带浴室的双人间：听到房间的价格，她的眼珠子都快掉下来了，但她别无选择。

在酒店

她把车费付给了出租车司机，自己到酒店办理入住手续。有人问她，身体还好吧，在大厅等一会儿能行吧？听着这样的询问和关怀，她心里非常舒坦。但是，除了把自己送进医院之外，还有什么别的地方可去呢？可是，医院这个选择已经被出租车司机和酒店前台服务员商量之后否决了——他们肯定商量过——她是否哪里受了感染，得了什么传染病之类的。没那回事儿，前台服务员、出租车司机以及她本人，都认定她只是身体不适，没有生病。因此她虚弱地坐在大厅中，努力凝神屏息看着周围，试图平复纷扰的心情。当然，要是选一个得天独厚的地方——譬如，把高倍望远镜架在阿尔卑斯山的山顶，从那儿望过来——是不是好像八月的欧洲正在交换人口，彼此互换了大量的人群？酒店大厅内摆放了许多盆花——都是清一色的人造花，却大张旗鼓地炫耀自然的美丽，连货真价实的鲜花都难以望其项背，显得不伦不类——坐在门厅乍看一眼，在一大群服务员制服和酒店客人的度假服装下面，隐藏了一个极其有趣的真相：可能她是这家酒店里唯一的一个英国公民。跑进跑出的门童和行李员，坐在桌后面带微笑、善解人意的保姆（最近她自己就是一个保姆)、服务员，还有酒店客人，全都来自欧洲的五湖四海。她还不如留在伊斯坦布尔呢，或者待在西班牙的马拉加或阿里坎特——当然了，只要不是她昨天刚刚离开的那个村庄，要她待在什么地方都成。此时，她的两只耳朵一边仍在努力听着那些她完全不知所云的话语，一边将其他听得懂的声音收入脑中。坐在她身旁的一对年轻人正在用德语交谈，他们扭过身来盯着她看。凯特心想，他们看她干什么呢？他们一直友好地盯着她看，看得非常认真。这对年轻人都很迷人，显然也很富有。虽然伦敦的夏日潮湿闷热，但男青年身穿的却是一件色泽柔和的紫色皮衣，像是用鼹鼠皮做的。也可能是柔软的小山羊皮。衣服从上到下扣得严严实实，唯有领口敞开，露出一抹亮眼的白丝绸。眼珠黑油油的，热情四溢，理了个骑士头，绺绺鬈发柔软黑亮。他身边的姑娘仿佛就是另一个他，他的翻版。她的头发又黑又亮，留着和他一样的发型。眼神和微笑同样欢快愉悦。身穿白色中式绉纱长衫，沿着袖口和衣服前襟钉了几百个小包扣。颈上戴着一串长长的闪闪发光的水晶珠子，脚穿系带长筒靴。男女青年的双手，看着都非常能干、灵巧、聪慧，每个手指上都戴了戒指。即便置身于彬彬有礼、衣着时髦的人群当中，他们依然能够脱颖而出，叫人大饱眼福。只要他们，这对男女一步入屋子，所有的人都立刻知晓，他俩的饮食、性事、谈话、睡眠，必定不同寻常。仿佛他们全身上下都被无形的沾了蜜汁的舌头舔过一样……大厅里，凯特并不是唯一一个打量他们的人。肯定是因为她的目光，他们才会盯着她看："是的，我们都已经被人看惯了，我们知道，因为我们穿着华丽，容貌俊美，所以就得付出代价，但我们已经受够了！”凯特把眼睛转向别处，改为听他们说德语——不对，他们现在说的是法语，他们拿不定主意，是打车去看望一个住在威尔特郡郊区的朋友，还是先去用午餐——不，不在酒店吃，去饭店吃，显然酒店里没什么像样的东西可吃……声音好像忽近忽远的，仿佛冲着她扇扇子一样，她的额头冰冷潮湿。一个身穿明亮的黑白套装的年轻女子笑容可掬地朝她弯着腰，用口音浓重的英语请她跟她走。看见凯特愣愣地看着她，她就又说了一遍。

“对不起，”凯特说，“我不舒服。”她试着站起身来，但身子摇摇晃晃，姑娘伸手扶住了她。温情和关切立即源源注入凯特周身。噢，是的，这姑娘知道自己是干哪一行的——她是不是应该比凯特更深有体会，虽然凯特也做过这样的工作，而且是最近才做的？

“噢，很抱歉，他们告诉我你不大舒服，不过你看着还行，还是让我送你去房间吧，谁都看得出，你该上床躺一躺了。”

这样的关怀可遇而不可求，必须花费巨资才能获得——现在可是仲夏八月呀——但是，一旦这种关怀降临身上，其品质是数一数二的。

如同包裹在关爱和温情的茧中的凯特，不久来到自己的房间。而后这姑娘——来自奥地利的安妮娅，到英国接受最后一项培训，之后便可荣登那个显然会令人羡慕的宾馆经理一职——帮她脱下衣服，服侍她躺好，拉上窗帘使房内光线柔和幽暗，叫一楼服务员送来柠檬茶和饼干，然后嘱咐她好好休息，什么都别想，安心睡觉。之后她才离开，走时把凯特交代给另一个姑娘照顾。那姑娘是从意大利来的，也是个开朗热心的女孩，到这里是为了练习英语，积累经验。她的资历比不上同事安妮娅，不可能晋级管理层。安妮娅的爱心、同情心和责任心，可以辐射到这家酒店的每个楼层，而西尔维娅的这些只能在本层发挥作用。

西尔维娅退出房间。这姑娘总是笑容满面，不管凯特选择什么时候按下什么按钮，都能提供周到的服务。

凯特躺在一个跟她家最小卧室一般大小的房间里。房间的布局像一个工具箱。她睡的那张单人床跟她和丈夫早年同床共寝的床铺一样大，当时他们只买得起最小号的双人床。还有一张一模一样的床铺摆在旁边，伸手可及，床上罩着浅灰色床单，上面懒洋洋地摆放了两个玫瑰色靠枕，显得像家一样舒适：在这间房内，没有一样东西是无用的。窗帘很厚，是玫瑰色的，能用洗衣机清洗，而且不需要熨烫——要是和你一起入住的是家庭主妇，那么酒店又能起什么作用？话虽如此，但她仍旧继续清点房内之物：地毯是深灰色的，非常耐脏。她觉得，墙面的装饰有失明智：白色的，贴着带小麻点或小泡泡的材料，很容易积灰尘，是不是每周至少得用吸尘器打扫两次？房内还有电视、收音机，以及一个放在床后、装满开关和按钮的面板。

可是房内并不安静，真的。在这样的天气里，房间窗户自然是敞开的，窗下车辆喧嚣，距离那条肯定设有工作间的走廊很近，从工作间传来阵阵哐当声和笑语声。她能够在黑暗中一动不动地休息——却享受不到安静的滋味。

可她应该让自己睡觉，等这个病好起来——管它什么病。黄疸病？不是，她的脸色一点也不黄。皮肤也不冷，相反有点儿烫，似乎西班牙的干热还留在体内。她感觉自己像是发烧了，头疼得厉害。可是她有点恶心，感觉好像体内很冷，寒意阵阵，虽然体表发烫……这时她知道了，先坐颠簸的巴士，再换飞机到伦敦，钻出飞机又搭出租车，一路下来是多么耗费体力——简直就像一场噩梦，旅程如此闷热，不舒服，其间还因胃寒恶心不已。

她需要生病。她是生病了。又来了……她双手扶住洗脸池，看见镜中一张惨绿的脸，颧骨两侧红通通的，光泽黯淡的红色发卷软绵绵地耷拉在上面。白发迅速冒了出来。脸上瘦骨嶙峋，皮肤又皱又暗。要是曾经出现在那个西班牙村庄的是这张脸，没准儿当地女子会以为她是邻村的哪个姐妹呢。她踉踉跄跄地回到床上，躺在上面昏昏沉沉。她听到了小心翼翼的敲门声，接着西尔维娅走了进来，一张笑盈盈的脸蛋俯看着她。可是，凯特一动不动。随后的一段时间是那么漫长、迟缓，仿佛是在水底深处。这个房间就像一个喧嚣、黑暗的洞穴，要想知道此刻是白天还是黑夜，得看洞内是明亮刺眼得令她扭头躲避的垂直光线，还是来源于地板附近、令她遮住眼睛的水平光线。西尔维娅不时进屋转转，每次都带了一杯专为凯特调制的饮料，一杯加了蛋清的柠檬水，这是她业务培训时学到的本领。柠檬水的口感不错，每一杯送至凯特面前时，她都一饮而尽——西尔维娅一走，她就马上感觉恶心难受。她知道，西尔维娅是酒店管理部门派的间谍，负责搞清楚凯特有没有患上某种疾病，免得酒店受到上级权威部门谴责。西尔维娅要将凯特的情况报告上级——假如凯特和她易身而处，她理所当然也会这么做。她没有责怪西尔维娅的意思，只是将恶心的频率和程度小心地掩饰起来，但是比恶心更令她痛苦难忍的是噪音。她处于半睡半醒的状态，感觉阵阵噪音正冲着她全身汹涌袭来，挤压得她骨头都疼痛。街上尖锐刺耳的刹车声，刺痛她的脊梁；走廊上不同语言的说话声和咚咚的脚步声，在她脑海中的意识湖面上晃动激荡。

有好几次，她听到沉重的轮子滚动的声音。显然她向西尔维娅打听过这是什么声音，根据她脑海中的信息，声音来自给客房送清洁用品的小推车和送餐点、饮料、香烟的车子，整个白天，以及大半个夜晚被人推来推去，哐当哐当、咔嚓咔嚓，地板和薄墙随之震动，小车经过时，窗户都会颤动。

她一定还与这位永远和善温柔的西尔维娅谈过别的话。比如，她知道西尔维娅的家乡在威尼斯附近的乡下，在那里“我父亲开了一家小旅馆，家里人都在里面帮忙”。西尔维娅在父亲的旅馆中什么活儿都做过，当过招待，做过女佣和厨师，甚至在她爸妈去年到瑞典度假的时候，客串过她父亲的角色。明年她会去里昂上班，在那里的一家宾馆，她做的活儿将和现在安妮娅做的相同：她可能会高升。后年呢？后年，她打算和未婚夫结婚，她未婚夫这个夏天在苏黎世学红酒贸易。他们以后可能会在同一家酒店工作，也许在意大利，但没有定数，也可能会在法国、德国——甚至就在这里，英国。反正，就目前而言，他们有可能在任何地方工作，对不？她想象将来他俩都当上了经理，当然应该任职于一家高级酒店，至少和这家酒店的档次相当，甚至还要更好。是的，这家酒店相当不错，给她留下的印象很好，不过有机会的话，她会选择一家坐落在乡村的旅店，像她父亲的那样，只不过档次要更高些，专门为富豪们服务，因为对那种百分百纯朴静谧的生活和无微不至的顶级服务，他们掏得起腰包——当然，还有给客人最高端的关怀。当然，届时西尔维娅本人就不必扮演随时随地施与同情和关爱的角色，会另聘他人填补她的空缺。

但是此时此刻，她的工作是如此出色，在这个黑暗的房间中，浮现在凯特眼前的这个俯身看她的脸庞，已经成为安定与友善的象征。可笑吧，荒唐吧——自然是的，即便在病中，凯特对这一点也是清楚的，但同时也是令人愉快的。怪不得那对漂亮的小青年，会穿着丝绸般柔软的皮衣和钉着上百个小纽扣的白色中式绉纱衣服，每个包扣上的丝绸质地都与绉纱略有不同，使得你的眼睛牢牢盯着他们的衣服，为的是弄清楚，用了这么多不同面料，是不是想让小纽扣比衣裳本身更抢眼——乍一看那些纽扣，还以为是象牙或磨光的骨头做的呢——怪不得他俩能够如此自信，如此从容，如此镇定：西尔维娅以及成百上千像她那样的人，将他俩打造成这副模样。此时，他俩在哪里呢？瑞士？希腊？但他们的活动范围不必局限于欧洲，也许他们现在已经到了南美洲，或者冰岛了。

凯特醒来时发现四周静悄悄的。走廊上没有小推车的声音，街上的车流也销声匿迹。她肚子很饿。打电话时发现才凌晨四点钟，不过既然入住的是这样一家酒店，她决定对它提供的服务不用白不用。客房服务员送来一份冷餐和一杯色泽鲜艳的红酒，但送餐的速度也太快了一点儿。她吃了几口东西，又感到恶心了，还好脑子是清醒的，可以迎接新一天的到来。在嘈杂的叮当声中开始了新的一天，屋里的光线很强烈，刺得她眼睛生疼。她爬起来穿上衣服。衣服松松垮垮地挂在身上，看一看体重秤，瘦了整整十五磅。多长时间了？她使劲想，只知道现在肯定是九月初了。

她站在一扇玻璃窗前，窗帘最终被拉开了，广场映入眼帘。广场上停满了车辆，炙热的阳光照得它们闪闪发光，藏身于茂密丰润的大树华盖之下。她看见一个女子，形销骨立，肘骨宽大，瘦长小腿上的膝盖骨明显突露着；苍白松弛的脸上，长着一双小小的黑眼睛，充满焦虑，粗糙的头发贴在脸庞四周。头发中间有一块斑白，足足三指宽。看她的模样，一点儿也不像那个保养得很好、来自伦敦南部的漂亮女子；那些很高兴能在国际食品组织和伊斯坦布尔与那位和善、高雅、笑容满面的凯特结识的人，可能认不出她是谁了。

是她的头发，罪魁祸首是她的头发……但是，要把它们梳理清楚，也实在不是什么难事。她打了个电话，想去酒店的美发厅做个头发，发现得等到黄昏才有空位。这时她也发觉，自己没有体力去做想做的事，就是她强迫自己起床穿上衣服要做的：离开酒店，走一英里路，到国际食品组织取回等候自己的信件。结果呢，她晕倒了，摔到地上，肩膀都摔青了。她爬起来躺回床上，然后请酒店派人替她拿邮件。邮件取回来了，她翘首盼望的丈夫的来信没有几封。她给他寄了许多明信片和一封货真价实的信，说她计划“顺便走访”西班牙，尽管知道他一定想得到她已找到了旅行良伴，但现在还是觉得应该不吝笔墨，告知他详情为好，这样他就有时间慢慢消化。迈克尔总共写了两封信，口气温和幽默，提到了很多事儿，还说了一些女儿的情况，说她和一群朋友待在费城，可能在正儿八经地谈恋爱。这两封信和她想象的不同，没有一点儿难堪的文字提及她的出行，对婚姻也没说一句怪话。她躺在床上，又感到一阵恶心，心中很想念丈夫，想念那份彼此知根知底的感觉，想念亲密无间的时光。如今，她觉得自己以前很不懂事，竟然会对他的婚外情耿耿于怀。那些事儿无关紧要，要是和这个相比——就是说，她向他伸出手，或者他向她伸出手，这个小小的动作蕴含了长达四分之一个世纪的相互厮守，不离不弃。看到那张一臂之外的空床，她感到渺小。她会在这里出现，哪怕只是离开那个根植于心的生活模式片刻，都仿佛是疯女人作出的错误选择。她的反应这么激烈，她不想再从床上爬起来，她想哭，想发电报给迈克尔叫他回家——所有这些都在告诉她，她还在病中，请医生看病也许是明智之举。但是，既然拿定了主意要看病，她干脆躺下身子，又一次游离于白日那个自我之外，迫不及待地想把对丈夫及各种东西的渴求通通遗忘。不久，她梦见自己站在一片白雪皑皑的荒野中，积雪晶莹厚实，四周是茂密的松树和云杉。天空阴沉沉的。她走近一个村庄，村庄的房子全都是用木头搭建的，村民鱼贯而出，向她走来。走在他们中间的——比村民更魁梧的统治者——是个年轻的国王。她曾在那间木屋中与他见过一面，她当时把海豹放在一旁和他做爱。他皮肤白皙，脸孔如雕塑般英俊，一双蓝眼睛炯炯有神，但比起上次她看见他的时候，年纪大了不少。他弯下腰，亲吻着她，声明她是属于他的，而后搂着她的腰肢翩翩起舞。村民们都在跳舞，老老少少，男男女女，手拉手或是双手轻扶舞伴腰际转圈圈。他和她，年轻的国王和她自己，在一块高高搭起的木头台面上跳舞，这样村民们能够清清楚楚地看见他们。村民们一边跳舞，一边注视着自己的国王和她，他选择的配偶，看到她和国王在一起，他们开心地笑个不停。音乐声很大，她不知道传自何处。没过多久，年轻国王走下木台离开了她，看都没看她一眼，拉住一位正和他兄弟模样的男孩跳舞的年轻姑娘的双手，笑容可掬地把她领到台上与她翩然共舞。他的手轻轻搭在舞伴腰际带着她不停旋转的时候，她那长长的、系着红丝带的金色辫子也飞了起来，她仰头笑盈盈地看着那一张近得快要亲到她的微笑脸庞。此情此景令凯特一阵心寒，痛苦万分，她拔腿逃离舞场。村民们见状一边紧追不舍，一边高声喊着："这女人是我们的敌人，国王不要她了。"村民们抓住了她。可是年轻国王对他们的行为不理不睬，对她也一样不理不睬，只顾跟那个女孩跳舞。村民们把她扔进一个坑，坑的四周钉着木板，弥漫着木头香味，她无法从坑中爬出来。她的眼睛正好可以看见坑上方，年轻国王正在台上与女孩翩然起舞。她大声叫喊着，这样囚禁她，太不公平了；不，就这样把她的王后之位废除了，太不公平了。这时，国王猛地收起脸上的微笑，怒气冲冲地搂着舞伴，快步走进雪地来到坑边，斥责她心胸狭隘、不明事理、无理取闹，不了解主宰生活的法则，并声明：作为一国之君，他必须在众村民的眼前，在这个高高的舞台上，和王国内所有的女子一一共舞，一人都不能落下。舞会继续进行着，照常进行的还有喧嚣的音乐、欢快的笑声和甜蜜的香吻。在凯特的一侧，松树左摇右晃，嘶嘶作响，凛冽的寒风越刮越猛，松树转而“呜呜”地悲鸣不已。凯特知道，她得爬出坑洞。离这儿不远的某个地方，海豹就在那里，孤零零的一个，它又开始痛苦地朝大海方向爬行。它以为她抛弃了自己。

就在这时她醒了过来，浑身冰冷。她试着爬起来，想看看自己的模样，脸色是蜡黄的还是猩红的，好判断自己的病情。可是她绵软无力又摔倒在床，只得按铃传唤西尔维娅。进来的是一个她以前从未见过的姑娘。她是个丰满的黑人，穿着白短裙，脸庞圆嘟嘟的，黑眼睛非常友善，嘴角带着笑意，上面长着细细的髭须，暗示着这个女孩以后会成为一个富有权威的漂亮女子。她的步态中散发着自信和对自己的欣赏，因为与西尔维娅和安妮娅一样，她知道自己非常能干，办事能力强。她弯着腰笑眯眯地看着凯特，用生机勃勃的手抚摸着凯特的手，询问她今天的情况。她坐在凯特的床边，握着凯特的手，说她是瑞士人，来自说法语的那个地区，现在正在这里接受管理宾馆的培训；她也有一个在红酒行业当学徒的未婚夫；她顶替了西尔维娅的位置，西尔维娅顶替了安妮娅的位置——因为安妮娅要临时当两周的经理，原来的经理回家探望突然生病的母亲去了。她叫玛莉，脸上一直挂着笑容，说夫人没有发烧，可能是太操心了吧？听了她的话，凯特放声大笑，她也跟着笑了。凯特眼泪都笑出来了，等到笑声退去，代之而来的就是呜咽声，像在索求贴身关怀似的。她的这个索求并不过分；玛莉也这么认为。没错，她头晕、恶心，皮肤烫得像要把自己融化一样。玛莉端来了一碗汤，凯特吃了几口就恶心得想吐；玛莉没有离开房间，灵敏地把凯特扶进卫生间。此时她俩都觉得，似乎应该打电话叫医生了。来了一个医生，和西班牙的那个医生一样，将什么病症都否认了。凯特没有得黄疸病。不，她没有染上伤寒。不，她没有贫血，就是有，程度也不深。她也许得了流感，有流感的症状，她应该卧床休息，吃这些药片……凯特又重新回到睡梦之中。

她身后遥远的地平线上，是一片常年冰雪覆盖的黑黝黝的山峦，太阳徐徐升起，在低低的地平线上横向爬行了一会儿，不久就高出那些山峰好几英尺，新的一天又开始了，原先黑暗的大地被笼罩在一片朦胧的光亮之中。她待在浓重的晨雾中，只看得见路边干燥的小冰丘。海豹一动不动地躺在她的臂弯，头依偎着她的肩膀。或许因为海豹已经昏迷不醒或奄奄一息，所以她每走一步，它都会上下滑动。她听得见海豹干燥、刺耳、不规则的呼吸声。她应该再往它身上浇点儿水。可是所有的东西都被冻住了，再说海豹干燥的皮肤需要的是盐水。她把那只动物搁在雪地上，在黑暗中寻找可以帮助自己的东西。她发现一块黑色岩石的缝隙中有些盐粒晶体，在这块岩石和另一块岩石中间的小坑中有冰，于是敲碎冰面，里面有一点点水。她把盐粒晶体敲入水中，调了一些盐溶液。然后抱着那只垂死的海豹来到水洼边，尽管水中有盐，但坑里的水马上就要冻结了。她飞快地把水往海豹身上泼，看见水面开始结冰，水马上就会从眼前消失，她的动作更快更猛了。不过，在水凝结成冰之前，她已经把盐水洒遍了海豹的周身，包括干燥的皮肤、脸部和眼睑。海豹睁开眼睛，轻声地呻吟着，这是它给她的问候。她知道海豹现在活过来了，得救了，至少目前是这样。她必须抱起海豹，继续北行，北行……远离那个在这样恒定的日子里一直沉在南方的太阳。她的周围是一片浓重的黑。天又开始下起雪来。她抱起海豹，继续向北前行，因为海豹在呼吸，是活着的，所以凯特觉得它没有那么重了。

直到九月中旬，她才挣扎着从病床上爬起来。她瘦了一大圈。乱糟糟地披在她瘦骨嶙峋的脸上的，是又硬又卷、发根尽白的黄发，梳子都没法梳理。当然，如果预约美发师时有点耐心，而后花上几个小时工夫，满头的乱发还是可以恢复成“她”那种如丝般光亮的模样，或者曾经的“她”的模样，三个月以前的那个“她”。等到她回家的时候，是不是得恢复到这个夏天前的“风格”，漂亮而清楚的发卷，柔顺光滑？可是，她已经瘦成了一把骨头，做头发有什么用？她仔细想了想，其实是她不愿坐在电吹风下。

她把脸上的头发理到脑后扎了起来，她这把年纪梳这样的头发不大妥当，可她没有力气换发式。她穿过喧嚣的大堂走到街上，大堂里弥漫着浓郁的香水味儿，她又感到恶心了。大街上来往的每一张脸，瞧着都像匆忙寻找刺激的游客。街上的行人都盯着她看。她透过商店的窗户看到自己的模样，恍然大悟。她发现早该往头上系一条头巾，再往套在肩头松垮如袋子般的衣服上披一块披肩。她走进街上第一家卖这些东西的商店，顺手挑了顶大帽子，拉下帽檐遮住脸庞。现在她觉得安全了，不会再有人盯着她觉得她不顺眼了。

她找到一辆公交车，艰难地爬到上层，因为身体虚弱有一点儿坐不稳。她想坐车回自己几英里之外的家。她想看一看它。不，不会进去，就看一眼。虽然此时的家被他人租用，但她从来没有像现在这样想看看它，就像看自己的生活一样。

她下车换乘另外一辆公交车，来到她家的街道尽头。这条街非常宽阔，绿树成行。街上一个人影都没有。贾斯伯先生的小狗坐在街头，喘着粗气。小狗认出了她，但待在原地没有动。它吐着舌头甩掉大滴的汗珠。看见毛茸茸的小狗被热坏了，她这才明白过来，天气热得不行，自己也是一身大汗。

她在街上慢慢走着，好像现在才刚从国外回来，回到了英国。如今她是真的回家了。她离开了那几个大都市。年轻的哈奇太太在前院给白玫瑰松土。那姑娘抬头瞥了一眼路过她家院子的凯特，然后又看了看她。凯特正想与她打招呼的时候，发现对方已经对这个陌生女子失去了兴趣，继续挖土去了。

凯特站在自家花园的大树下往里张望。结实的庞然大物静默地矗立在上午十时左右的阳光下。天空晴朗无云，花园似乎被晒过头了，有点儿打不起精神。花草都要浇水了。一只鸽子在树上咕咕地叫着，那个至关重要的下午他们就坐在这棵树下。草坪只要修剪一下就行了，租户在他们，真正的主人回家之前，肯定会趁离开前夕匆忙修剪几下的。一把沙滩椅翻倒在草坪上，显得十分落寞。

凯特依旧站在那里的绿荫下。也许会有人走到花园里来。

可是没人出来。可能恩德斯太太在煮饭来着？外出买东西了？不过，她干什么和凯特无关。一旦迈克尔和她决定离开这里住到什么地方的公寓去，她的房子，她的家，很快就会变成这副尊容。人们老说“我的房子”，“我的家”。全是胡说。人们从一栋房子搬到另一栋房子，房子大同小异，换了屋主只是稍作改变。凯特在这幢房子生活了近二十五年，但是，此刻却对它一点儿感觉都没有。没有。她真的觉得自己视力模糊，轻飘飘的，像要飞起来，穿过没有遮挡的地方。她确实蠢透了：卧床三个星期，这么久没有好好进食，一爬起来就匆忙跑了半个伦敦到这里来。她应该当天赶回去卧床休息。她正打算离开这棵遮风挡雨的大树，这时看见了街道对面的玛丽。玛丽戴着帽子和手套。她讨厌戴这些东西，难得戴上一回，她究竟去哪儿了呢？凯特的嘴角翘了翘，露出一个笑容，玛丽随时可能看见她的。玛丽和爱丽丝·哈奇一样，瞥了一眼对面站立的女子，又看了看，因为那个女子的模样实在太怪了——流浪者跑到这条高贵体面的街上来干吗？——然后继续前行。

这会儿凯特真的很不是滋味，难过极了。一是因为恐惧，二是因为气愤。玛丽怎么能对她视而不见呢？她们不是这么多年的好朋友吗？天哪，玛丽肯定是喝醉了什么的！她俩一起经历了各种危机，有家庭的，也有自己的，一起带孩子——是不是可能连丈夫都一起共有过？凯特知道，玛丽有一阵子特别迷恋迈克尔——因为是玛丽，所以她连这个都会说。凯特还知道，迈克尔也觉得玛丽很有魅力——是呀，男人都这么认为，尽管他们心里不以为然，尽管他们对她颇有非议。迈克尔就是这样。

凯特以前还挺嫉妒她呢——该死的，又来了，又起用虚假记忆了。事实上，她是嫉妒得不得了，差点儿都要病倒了。她与玛丽的感情就是在那时候加深的。说得客气点儿，那段记忆一点都不光彩。

凯特望着玛丽离去的背影，她的背直挺挺的，显得利索干练，头上戴着方方正正的漂亮帽子。她此刻见到的玛丽不是真实的玛丽，她有所掩饰。

意识到玛丽没有认出她来，她松了一口气。不仅如此，她简直高兴极了，好像摆脱了什么东西似的。她快步离开那棵树，走到油光发亮的人行道上的绿荫下。她发现玛丽已经将帽子、手套和鞋子通通脱下，站在自家的草坪上，光着脚丫，张开两脚，双手叉腰，双乳在衣服下微微颤动。因为刺眼的阳光，玛丽的脸皱成一团，她在凝望凯特的房子。

玛丽眯着眼睛，显得一脸困惑似的：这是她的招牌表情。每当玛丽碰到什么需要别人解释的事儿时，脸上十有八九就是这副神情。

比方说她俩说的“发神经的时候”。其实这样的情形只遇到过两次。第一次大约是在一年前，当时玛丽十岁男孩的老师到她家家访。老师对玛丽说，她家孩子缺少一样他应该得到的东西——用老师的话说，就是“家庭氛围”。

那个周末碰巧迈克尔不在家，玛丽的丈夫又去上班了，凯特和玛丽的孩子都在忙自个儿的事情。能够同时有空，独自在家，她俩为此欢呼了好几次，她们发觉她俩营造了一个适合“发神经”的气氛。她们悠闲地来到玛丽的卧室，先喝咖啡后喝威士忌。

玛丽把老师家访的经过从头到尾给凯特讲了一遍，态度诚恳，充满困惑，不懂老师让孩子“更合群”是什么意思。于是从她们嘴里冒出了一个又一个词：适应性强、典型、正常、合群、稳重、懂规矩，接着她俩笑了起来，一半是对两天自由生活的憧憬，一半是威士忌的作用，她俩越说越来劲了。

凯特也讲了个故事，告诉玛丽，艾琳的辅导员也到过她家一次，是因为艾琳太“捣蛋”了，还是怎么回事，她给忘了。“她说，像我们这样结构合理的家庭单位，艾琳的问题很好解决。”凯特说。玛丽突然大笑起来。“单位，”凯特说，“是的，她说我们是一个单位。不仅仅如此，还是一个核心单位。”她俩放声大笑，开始吼啊叫啊笑啊，嗓门越来越大，玛丽笑得在床上滚来滚去，凯特则趴在椅子上，笑得直不起身子。她们想到了其他事情，每件事情都肯定会带出一大串词。每说一个词，她们就要喊叫一回、翻滚一次。她们故意搜肠刮肚寻找那些能够引发爆笑的词，很快就连普通字眼都具备这种爆笑功效了，不只是像“父母孩子之间的冲突”“综合征”“环境压力”这样的行话，而且就连“良好”“整齐”“健康”等字眼，都能引发阵阵笑声。再后来，一听到“家”和“家庭”，“母亲”和“父亲”这样的词，她们也都会高声尖叫。

不过，后来凯特发觉开心不起来了，她的不快自行显露——玛丽的直觉非常厉害，她像往常一样，露出大惑不解的神情，希望有人告诉她原委：为什么凯特突然变得闷闷不乐了呢，刚才她不是还好好的吗？

过了几天，她俩在玛丽的厨房里等菜煮熟的时候，又笑开了。这回是因为凯特无意中说了个词，不仅这个词跟整句话脱节了，而且她还特别使劲儿。她说她走进客厅，看见孩子们和她的丈夫在玩牌，可是“丈夫”一词没跟上句子，惹得她俩狂笑不已。之后她俩开始添油加醋，说起各种生活趣事，或肯定会用到那些词的事情：比如妻子、丈夫、男人、女人……她俩笑个没完。一个说“孩子爸爸”，另一个就接过话茬儿，“挣钱养家的人”，两个女人又喊又叫，简直跟泼妇没有两样。

她俩的做法，和城郊男人在光棍聚会场所的表现一样，正常生活的方方面面都遭到他们的唾骂、攻击和贬损。

不用说，又是凯特的愧疚心终结了这场闹剧。玛丽看见凯特不笑了，也立刻止住了笑声，没有一句抱怨的话。她点了一支烟，坐在一边抽烟，烟灰飞了一地，换上平时的笑容，好像在说：瞧，咱们住嘴了，咱们是不是太过火了呀？可是合适的度在哪里？告诉我吧，给我讲讲啊？

很快这两次事件都变成了历史，一去不复返了。玛丽想起了会说：“你还记得吧，凯特，咱们笑疯了的时候，咱俩发神经的时候。”她说这话时脸上的表情，就和此刻盯着自家对面房子的表情一模一样：我不懂，要是你能告诉我理由，我想我不会不接受；你知道，我不会和你唱反调。永远不会。

玛丽的四周有沙滩椅、大孩子的攀爬架、自行车、桌子、供鸟饮水的盆、绣球花、给草坪浇水的水管、两只小猫、一个水壶，草地上还有一堆五颜六色的东西，那是她的包、帽子、手套和鞋子。

凯特从贾斯伯先生的小狗身边走过，小狗趴在地上，粉红的舌头上沾满了沙子，尾巴懒洋洋地摇了摇，算是跟她打过招呼。

她坐在汽车上，一遍遍地想：玛丽不认得我了。那姑娘，爱丽丝·哈奇，也不认得我了。

因为是中午，街上车水马龙，凯特坐了整整一个小时公交车才回到伦敦中部的酒店。一路上她都在想：她们不认得我了，她们天天同我见面，居然不认得我了。只有那只小狗还认得我。

她拖着沉重的脚步走上台阶进入酒店，尽可能像隐形人一样穿过大堂，靠在令人眩晕的电梯里，走进喧嚣的客房，瘫软在床。她脑子里一直在想：她对我视而不见，她们不认得我了。这个发现不但没让她伤心难过，反而令她大为高兴，大大松了一口气，恍然大悟，所谓友谊、关系、“对人的认识”，都是如此的肤浅，如此容易被否决……

整个炎热的下午，她都在睡觉，醒来后告诉西尔维娅——高升后又回到这一楼层——她感觉好多了，是的，她觉得没事了，是的，她大概已经好了。尽管明知再次起床不是明智之举，但她的心里依旧难以平静，所以她让酒店替她预订了一张戏票。

演什么戏她都无所谓，就是想看演员粉墨登场，扮演他人，仅此而已。她最要好的朋友都不认识她了。虽然她掉了不少肉，戴了顶帽子，脚步有点沉重，玛丽以为她正在地中海岸什么地方，但是，不能就因为这些微不足道的原因，她就不认得这个多年来每天都打照面的朋友了；凯特只需换个样子，和平日的她略有不同，就有这种效果。

前台的服务生扬扬得意，因为替她买到了一张《村居一月》[1]的门票。他们的选择明智极了，就是因为这个他们才扬扬得意的。

晚上八点，她已经就座于剧院的前排。剧院里座无虚席。这出戏一般放在小厅上演，观众都比较有档次，可如今是九月份，跟八月份一样属于日进斗金的月份。滚滚而来的是美金。观众多为美国人。他们都是冲着女主角来的，名戏名角。因为来者都是上流社会的人物，来进行文化体验，大家都显得那么彬彬有礼，剧院的气氛相当沉闷。

《村居一月》具备自身的喜剧特点，属于上流社会的那种喜剧模式，富有生活气息，每大笑两三次，就有一场哭戏。但是你的心情必须跟得上剧情发展。其实，上次看这出戏的时候，就是四年前的那次，凯特非常入戏。她记得，走出剧院的时候，感觉好像享用了一顿美味佳肴一般。

凯特和迈克尔经常上剧院看戏。要是隔了一阵子没去，就会有种玩忽职守的感觉，好像没有完成应尽的责任。他们通常是夫妻两人去看，或者邀上好友一同前往，因为孩子们更喜欢看电影。他们常去看那种新式剧目，有时观众演员不分彼此，有时人们一丝不挂，有时演员故意对观众出言不逊；或者看老戏，像莎剧，去感受导演独特的个人视角，看这样的戏，如同聆听他人优美地朗诵自己耳熟能详的诗作。要说看戏的感受——挺好的，虽然称不上极好——感觉就像吃得很好，能够

1 以俄国作家屠格涅夫1855年发表的著名剧本为脚本的戏剧。

填饱肚子，满足一天所需，维持身体需要，可还是吃不饱，需要再加一点东西。加什么呢？不过，这样的戏剧一般来说能够填饱看客的肚子。易卜生、契诃夫、屠格涅夫——看他们写的剧本，就像看自己的烦恼人生，幕幕栩栩如生。

“俄国味儿真浓啊。”周围的观众低声嘀咕，言下之意就是这出戏太小看观众的人生阅历了。否则他们就会说：“就像我们，对吧？”

凯特的确觉得娜塔莉娅·彼得罗夫娜在家忙活的那些事儿，和她十分相似。说准确点儿，这是她上次看这出戏的想法。或许卧床了这么久，刚起床就跑到剧院看戏是个错误的决定？

一个女子引人注目地坐在剧院前排，引来不少观众对她行注目礼。有的人一半时间在看她，一半时间在看戏。她显得格格不入，怪模怪样，像虚构的人物一样，穿着粉色袋子似的裙子，腰间随便系了一条黄色丝巾，头发乱蓬蓬的，有红有白，憔悴的脸蜡黄蜡黄，瘦骨嶙峋，两眼冒着愤怒的火光，嘴里嘟嘟囔囔：“噢，垃圾！有俄国味儿，胡说吧？哼，全都是扯淡！”她一面嘀咕一面在位子上扭来扭去。

娜塔莉娅·彼得罗夫娜说：*求求你，我能有什么希望？上帝呀，千万别让我讨厌自己！*——看台下这个可怜的人儿，虽然明摆着是个有钱的主儿，买得起戏票看戏，却对着演员大声嚷嚷，口气那么焦急，就像跟熟人说话一样：“哼，扯淡，扯淡，你有什么理由说这样的话？”

她想，她看事情的角度肯定有问题。因为尽管她离戏台不过一步之遥，却好像自己身在遥远的地方。她一直想方设法摆脱自我，关注他物，或者换种参与方式，因为她忘不了以前看这出戏的感受，知道自己此刻的情形与上次大相径庭。她感觉好像真的是从望远镜中眺望台上的人物，他们是如此与众不同，距离现实中的她又是如此遥远。可是，上次她坐在剧院里的时候，还说娜塔莉娅·彼得罗夫娜就是她。那时她想：在这个世上，有谁不能一眼认出她来呢？

这个嘛，首先，在西班牙的那个小村子，就是她和年轻情人杰弗里刚刚去过的地方，那里的人就不行。他们不行。那些女子和娜塔莉娅·彼得罗夫娜的相同之处就在于：人们都认为她应该只有二十九岁，或者像屠格涅夫所说，她只有二十九岁，但她的思想和行为——饰演她的演员——却像五十岁的妇女。一个想到自己要慢慢老去故而抓住青春不放的女子。显然在十九世纪，穷人家的女人是老得非常快的。你难以想象现在的一个二十九岁女子会那样行事，她不会把与学生的恋情看成精神上的付出，绝对不会。

要在当时，她们都会做什么呢？是啊，做什么呢？垃圾，全都是垃圾——哦，当然不是指演员的表演，不是指剧情，这些东西都很棒，棒极了。“你们演得真好！”她对着演员大声喊道，似乎像她这么强烈的评论性观点会改变他们。可是他们一如既往演自己的戏，根本没有注意到那个几英尺之外的疯女人。

是的，演得多好啊。四年前的她看完此戏还局促不安，觉得戏中说的就是自己。看到这个自欺欺人、爱慕虚荣的可爱女子，她的心里非常不舒服。那女子就是所有观众的镜子，是所有人眼中的焦点，只是如今突然发现她的力量消失了。

可是，不管她怎么高喊“棒极了！”——或者觉得自己应该远离那些瞪着她叫她安静的人——毫无疑问，她掏出一大笔钱坐在这里观看的（她是在自己的情绪中，她的情绪肯定是这样的）是一群出身高贵的疯子在玩自己的游戏或进行自己的仪式，但却没有一个人说他们疯了。这是一场闹剧，虽然该喜剧演绎的是上流阶层的敏感话题，却处处可见关乎人性的真知灼见。事实是世上种种行为，种种沉沦，都与该剧情节或与类似该剧的情节有所牵扯，使得它像场闹剧。一个笑话。像她的生活一样。滑稽可笑。

但是，他们，坐了几千英里的船或飞机跑到这儿看戏的观众，会返回老家，告诉朋友，看了《村居一月》，并把这个节目收藏进装满特殊记忆的盒子。

“我说，安静点儿好吗？”有人发话了。是说给她听的。难道她还在唠叨自己的观感？太没教养了！或许她该起身悄悄溜出剧院，回去卧床休息才对。

*正站在悬崖峭壁的边缘，救救我吧！*娜塔莉娅·彼得罗夫娜喊道。观众的心情跟随她起伏跌宕。

这会儿凯特闭紧嘴巴，不让自己再发出一个声音，心想：她疯了。癫了。失常了。她变疯了，别管她。更有甚者，是在别人的推波助澜之下才变疯的。应该把她关起来。而我们却坐在这里看她。我们应该往他们身上扔烂水果才对。朝我们自己。是的，没错，如果她手上有一两个苹果或香蕉，最好是坏了的——不过，看在上帝的分上，别提吃的东西。也别往台上瞧，最好不要。

她瞅了瞅周围的人们，意识到自己只是斜眼瞧了瞧，神情高傲，咄咄逼人，似乎对方肯定会低声回敬她:“看什么看!”但是他们，这些清一色的游客，就和一周前的自己毫无两样，穿着精美的衣服，肌肉结实，举止文雅，脸部、头发都经过精心修饰——上帝啊，瞧瞧她身边的这些脑袋，在有些地方，花在这脑袋上的钱，就可以养活一家靠五十便士活一周的人。有些脑袋能够让十几个家庭生活好几个月。她的这个想法非常荒唐，因为两百多年前，人们就在思考这个问题。法国革命。两千年前。基督教。很可能比那还要早好几千年，只要你算得清。几千年来，人们只要看到昂贵的发型，就会想做这发型的钱能买多少食物，多少衣服，显然这种想法毫无用处，那干吗费神去想呢？问题是，这种想法会自行出现，管它有用没用。她身边的妇人是个又老又胖的家伙，一头白发经过精心打理，蓬松又拳曲，掩盖着闪亮的粉红脑壳。她身上的珠宝和裘皮，能让数百个家庭活好多好多年。所以这样的想法，也许永远不会终止。可是，这一幕是多么壮观：满剧院的人，更恰当地说，是满剧院的动物，齐刷刷地望着同一方向，注视着另外一群站在高台上身穿戏服的动物，这些动物一律披着布料和毛皮制作的衣服，戴着宝石，脸蛋和爪子全都上了彩。他们全都刚刚将某一动物吞入腹中。夜晚虽然温暖，但是举目望去，处处可见各色毛皮，全部来自那些田野里林子间栖息、玩乐、交配的动物。每一双裹脚之物的原料，都是扒了动物身上的皮。至于听众们的毛发呢——是啊，又扯到这个话题上了，可是不说不行啊——最惨不忍睹：鬈发盘发长发假发，缠卷烫直拉长剪短经过各种处理；

五颜六色的染发，抹了香上了油抛了光。一屋子的动物，狗呀猫呀狼呀狐呀，全都坐在各自的后腿上，系着各色丝带，抚摸着身上的毛……这样的想法就更不管用了。以前，是有一个漫画家，把人画成动物，可他这么做有什么意义呢？他什么目的都没达到，年复一年，一切全都是老样子。

娜塔莉娅·彼得罗夫娜正娇滴滴地说：哎呀，要是你不喜欢“病态”这个词儿，我可要说你我都老，都成了老骨头。

噢，看在上帝的分上，凯特心想——糟糕，这话又脱口而出了，后面有个女子，隔着几个座位，身子朝前一探，狠狠地白了她一眼。那女子像猫一样，像只老波斯猫，肥胖慵懒……够了，快打住，既然没法子好好听戏，就该把注意力从舞台上彻底转移——的确，为什么只有她看得出呢，难道大伙儿都没发现，他们看的都是疯子的所为？嘲弄什么来着。说真的，他们都应该捧腹大笑，笑得东倒西歪才对，不该面对这些滑稽、荒唐、无谓的问题还正襟危坐，觉得句句在理，字字动情。

不幸的女人啊，一辈子第一次真正尝到爱情的滋味！

不一会儿，大家走出剧院，推着挤着抢着去拿东西喝，凯特走到卫生间，在镜中看见一只猴子正盯着她看，对此她一点儿都不诧异。卫生间的服务生是只又老又胖的猪，进来洗手或小解的女子不是猫就是狗。有一只漂亮的小狐狸，鼻子尖尖的，目光炯炯。大家返回里面，重新别扭地坐回原位。凯特发觉，他们又都变成她前几分钟想象的模样：她待在一间挤满动物的屋子里，动物们的衣服一件比一件滑稽。莫非那个老艺术家看待人类的眼光就是这样的？莫非那并不是他的臆想，而是他一直待在她此刻身处的情景之中？莫非以前在商店里为他服务的都是猪是猴，吓得他逃之夭夭的是狼，所以当他看着镜子的时候，希望有朝一日，会有一张人脸出现，消除悬挂于他眼前的动物面具，不论何时，他怎样蹑手蹑脚地走到镜前，都想给自己一个惊喜，希望拂晓的晨曦，睡梦中的乍醒，蓦地飘离画架或素描簿的眼光，能让他看见人脸，用人的眼睛打量着他？

他想，或许有一天能如他所愿，那些动物面具也将从他身边所有人面前消失，接下来——是啊，会出现什么呢？

接下来，狮子将与羊羔共眠，毫无疑问，所有这些滑稽的想法再也不会跑进人们的脑子，包括那些以前的想法："进步的""开明的""智慧的"——或按劳分配的或各取所需的，因为那些想法起不了任何作用，它们改变不了任何事物。台上的那些东西曾被一场革命赶下台，而那些玩意儿他们现在仍在看，丝毫未变，同样的想法在人们脑海中翻来覆去地重复，很快便哼哼唧唧地想恢复原貌，如同众多带刮痕的老唱片，因为大家终将意识到，头脑中那些反复出现的摩擦难以忍受，因为那些重复毫无意义。他们会结束这一切。他们别无选择。

娜塔莉娅·彼得罗夫娜，穿着精致的绿衫——当晚第三件绿衣裳——泪水在眼眶里打转转。同情的眼泪爬上凯特的眼睛。

为了把戏演得这么出彩，把这些众人应该唾弃谴责的荒唐丑行刻画得这么惟妙惟肖，那些聪明过人、才华出众的男男女女，耗费了多年心力，奋力拼搏、刻苦钻研、不气不馁，靠着希望和乡村剧院的菲薄收入生活。他们吃尽了苦头，就是为了这个，艺术的巅峰时刻：娜塔莉娅·彼得罗夫娜拖着裙子，痛苦地走在肮脏的木板上，对年轻的情敌说：想想吧，咱俩的秘密——都是我的错，我知道——咱俩的秘密已经被家里的两个男人知道了——咱们就别相互指责了，是不是该想想办法保全自己？你该不会忘了我是谁，我在这个家里的地位吧？

哦，是的，应该让游人听听这样的话。

可是，她此刻的想法得从心里抹除，因为她以为是大骗局的东西，别人都认为是好东西，况且，她以前也一直认为它很好。不难推断，一旦生活恢复正常，进入习惯的环境，回到家里，穿着拖地长裙走来走去，白皙的手撑着精巧的花边阳伞，她还会认为它很好。

最后努力一下，我就自由了。和平与自由，我是多么渴望你们啊。紧接着，全体起立鼓掌，用我们在剧院的方式鼓掌，似乎掌声是由演员希望被认可的需要和观众认可表演的需要引发的——手掌拍了又拍，响声雷动——这个评价独立于台上的表演，是两码事，与内容是美是丑，是否可圈可点，毫无关系。大有关系的是那种仪式，确认对自我的认可，对观众上剧院看戏和演员出演该戏的认可。奇妙的仪式。奇妙的事儿。

凯特和大家一起鼓掌，喊道：“好！”——与后排和顶层包厢的一些热情观众一样——她回头朝身后那个冲她直皱眉头的猫女（也许是因为她现在使劲鼓掌喝彩，之前却说坏话？）做了个鬼脸，然后随着人潮涌到街上，这时候的观众已将动物面具丢弃，又变成平常男女了。

她执拗地等着出租车，发现不止一辆车看见了她——路边这个疯女人——却选择绝尘而去。终于有辆出租车停了下来，司机说:“才不过几百码的距离呀!”她说:“是，我知道。可我生病了。”于是她被送到酒店，像罪犯一样走过门厅，一心希望没人看见她。但是，他们肯定看见了她，一个个脑袋跟着她转。她走进房间，拿起镜子——她自然是浑身无力了，怎么也没办法再挺直身体坐上片刻——躺在床上瞅着自己的脸。

自早上以来，她那枯涩、粗硬、纠结的头发就乱得更不像样了，脸上老态毕露。这样的脸，娜塔莉娅·彼得罗夫娜是一刻也容不下的。可以想象，她坐在镜前，一袭纤尘不染的白裙，将凉爽的黄瓜润肤露——俄国人酷爱黄瓜——抹在红眼眶下那片敏感瘀青的皮肤上，说:“我正站在悬崖峭壁的边缘，救救我!”或者，在女佣替她解衣裳背后数不清的小扣子时说:“还有谁会这么不幸呢?”

很久以前，一个年轻姑娘仰面躺在床上，拿着镜子，仔细瞧着自己的脸，想:这就是他将看到的。

稍后他真的看到眼里的那张脸只能用“婴孩般的”或“动人的”字眼儿形容，尽管深褐色的眸子像极了哈巴狗的眼睛。

多年来，凯特因为在众多不同的镜子前，花了很多时间，所以当他的脸凑近自己的时候，她能够清楚地知道他看见的是什么。哦，倦容满面，低眉顺眼……难道她果真在镜前花了这么多年时光——累加起来当然有好多年!就像所有的女子一样。迷迷糊糊或浑浑噩噩了这么多年。的确是女子选择了他，或允许他选择自己，因为他喜欢她那张被精心呵护、抚摸，轻轻转动的脸庞——对这个她不觉得奇怪，一点都不!她这一辈子，或自十六岁以来——是的，就是这个年龄的女孩开始爱抚自己的脸蛋——对着镜子就知道别人会怎么看她。而如今，镜中的形象自行卷起，飞入角落，空留一张病歪歪的猴脸在那儿。

那些演员做得太对了。他们不让自己囿于一副五官、一种发型、一种走路或说话方式，不，他们变化多端，无一雷同。但是，她，凯特·布朗，迈克尔的妻子，却允许自己当了三十年苗条浑圆的红发女，善解人意的褐眼妹。

凯特现在对着镜子挤眉弄眼，试着做不同的表情，像演员一样——竟然有几百种表情她从没想过用上一用！她一直把自己限制在一个小得可怕的范围里，当然，她觉得大部分东西还是值得称道的，令人愉悦的，或不伤人的；可是，她此刻心里想的东西呢？她生病了（皮肤又发烫了，滚烫的壳覆盖着冰冷的疾病之湖）。在她张牙舞爪、反叛忤逆，像动物尸骸上的蚁群那样时，想的又是什么？不过，她还有几星期，有一长段自由时光……到底多长？她开始乱翻迈克尔的来信，她没读来信，就因为一种情感：想念他，想念和他还有家人在一起的舒适，想念家。现在她知道了，他说他要到十月底才回家，甚至可能要十一月中旬——如果她不介意的话？她要是不愿意，他就不接受延期邀请。看了她的信，他猜她这个夏天也挺有意思的——好嘛，运气不错，他很高兴，她是该休息休息了。要是她没有马上回信，他们就秋天见。他自然收不到她的回音，因为她没看这封信：现在，她发了份电报，请他自便。

天一放亮，她就洗了个澡，穿上一条松松垮垮的裙子，然后梳头，她想了好多法子就是理不顺，于是干脆系了一条头巾。穿戴整齐后她却发现自己吃不下东西，虽然早餐极其丰盛，各国食品应有尽有。她离开了酒店，心里却不知该往哪儿去。

付完酒店的账单，她便囊中羞涩了起来。就是说，对为国际会议工作的凯特·布朗来说，是囊中羞涩了点儿，但给一个普通女子过几个星期，等候家人回家，还是绰绰有余的。

在莫琳的公寓

她登上一辆巴士，一直坐到一处看得见水光潋滟的地方——一条运河和两个写在灰白漆面上的红字“餐馆”。这两个红字，在九月的阳光下闪闪发光。这条街其余地段皆具有伦敦特色，属于本色伦敦。她下了车，看见一家香烟店旁的告示牌。走近一看，店主是一个穿着工装裤的小个子老头，正在帮一个年轻人往告示牌上钉一张新的信息卡。老头伸出大拇指，这个手势在有些国家的意思是：行，不错，就这样。可是他的拇指上有一个图钉，他把它狠狠地摁在白色方片的中上方。年轻人留着一头基督一样的长发，光着一双大脚丫，脸上表情很可爱，带点孩子气，坦率真诚。老头到店里去的时候，他就站在原地，看着告示牌上那几百张白色信息卡，他的信息卡现已淹没其中。

信息卡上写着：私人公寓——单间出租，出租到十月底，一星期五英镑，厨房和卫生间共用。

凯特问年轻人：“房子在哪儿？”

“就在拐角那儿。”

“是你的吗？”

听到这个，他粲然一笑，笑容非常友善，轻轻点了点头，好像在说:“还能有其他想法吗?”他笑中有话，她肯定注意到了，果然，他接着说:“我的?”

这已经不言而喻了。她和她的同龄人一样，爱用“私人财产”的概念来考虑问题，但由于年龄的关系，他无房无产。他的笑容变得自然起来，又说了句:“合用的。”

“如果我租了这个房间,”凯特诙谐地变着腔调打趣道，这种腔调她在“孩子们”身上用了多年，完全可以信口就来，“它会是我的吗？或者得和别人合用?”

他笑着对她的问话表示认同，说:“噢，是的。是你的。我要离开一段时间，同我们一起住的人多数都会走。”

“那么，能带我去看看吗?”

他打量着她。不用说，他看见的是一个老妇人。她生了病，或者曾经生过病，被病魔折磨成了一个“老妇人”。他转过身走到她身边，这个动作表明她可能成为他的房客。他们走在运河旁边的人行道上，他不时地瞅瞅她。对此她理解为：可我们不想要一个老妇人租我们的房子。

她说:“我这个人爱干净，心也细，家务活就更不在话下了。”

他笑了，又一次用他自己的方式表明，不经考虑他是不会随意笑的。他说:“我对这个倒不介意。”这话可理解为:“我不介意你怎样。公寓中有其他人，他们……”

“我必须征得同意，对吧?”

这是一间带地下室的公寓，在九月昏黄的光线下显得格外幽暗。他领着她穿过一个宽敞的大厅。大厅里放了成堆的垫子，贴了一些海报，弥漫着浓重的大麻味儿。凯特跟在他后面，心想是不是领她去看出租屋，没想到被带进一间大屋子，屋内窗户敞开，对着一个种满各种花草的小庭院。窗旁的一把硬木椅上，有个女孩坐在阳光中。棕色的光脚丫并排放在脚垫上。浓密的黄发披在脸上——盖过脸庞，等她抬起头来时，凯特才看见，那是一张健康的棕色脸蛋，一双蓝眼睛圆溜溜的，一脸率真。她没做什么事儿，在抽烟。

她仔细瞧了瞧凯特，然后看着那个年轻人。

他对凯特说："我还没请教您的尊姓大名呢。"

"凯特·布朗。"

"这是凯特，"他对年轻女孩说，然后对凯特说，"这位是莫琳。"他介绍莫琳的口气一本正经，肯定是耳濡目染习得的，甚至冲她僵硬地轻轻点了点头，像在行一个简短的鞠躬礼。接着他转向女孩说："我贴了张信息卡，她碰巧在场，问能否过来看一下。"说话的语气又恢复到刚才的样子，天真中略显笨拙。

"噢。"莫琳应了声。她把头发理到脑后，倏地站起身来，像要做什么事情似的，马上又坐回到椅子中，像一只小猫立即放松了下来。她身穿一条很短的裙子和一件蓝色花格衬衫，极像一个推销牛奶或鸡蛋的海报中的广告女孩。

她终于露了个笑脸，说："你想看看那间房？"

"对。"凯特回答。

"你觉得她还行吧？"小伙子问那女孩——是他的女朋友吗？他觉得自己的问话有失教养，很是粗鲁，赶忙对凯特解释，说话的时候脸都红了："瞧，我只想走之前，确保莫琳一切都好。"

莫琳突然垂下眼帘，眼睑好像棕色脸颊上的两弯白色月牙。凯特想，她的笑脸没了。

"我没事的，杰瑞。我不是说过吗？"莫琳说。

"噢，没事就好，我只是……"

"真的，没事的。"

杰瑞朝凯特点了个头，然后久久地看着莫琳，像要在她脸上打上什么烙印似的——至于是什么烙印，凯特不得而知——然后走出房间。从此，凯特再也没有看见他。

莫琳满腹心事。是在犹豫该不该问一下凯特的经济状况，看看她付得起房租吗？她开口丢了句话："那间屋子在走廊左侧尽头，是杰瑞的，不过他要去土耳其。"她没有陪凯特过去，仍旧坐在椅子里纹丝不动，包围在一团带点异国香味的蓝烟中。四周是蓝色的涟漪、漩涡和水波，仿佛她坐在波光荡漾的水中央似的。

那间屋子很小，放了一张窄窄的小床和一个柜子。里面的温度比前面朝南的公寓低好几度。房间冷飕飕的，使得凯特胃部那阴魂不散的寒意又发作了起来。不过这间房子还算凑合。

她回到女孩屋里，说房间不错，她就住到十月底——听到这话，她意识到自己作了一个不清醒的决定。

因为莫琳只字未提租金之事，她把五张一英镑的钞票放到女孩脚边的红色垫子上。

莫琳从她那百叶窗似的黄发后面，挤了一个笑脸出来。"谢了，”她说，“随时过来都行。”

“钥匙呢？”凯特追问。

“噢，这个嘛，放到什么地方去了呢？噢，我想起来了。”她蹦了一下就站直了，然后突然弯下腰，连膝盖都没弯曲，翻检着地上的垫子。钥匙就在一个垫子下面。她拿起钥匙交给凯特——她没有直起身子——只是利索地盘腿一跳，又坐回原先的垫子上。

“你是舞蹈演员？”凯特问。

“不是，我不是舞蹈演员，但我确实在跳舞。”她皱起眉头——是不是对老一辈生硬的分类方式不解？

凯特离开屋子，走到一面长长的老式镜子前停了下来。她看见一个瘦猴一样的女子，穿着“体面”的黄衣，头发在脑后挽了一个髻。她取下头巾，头上的发髻又硬又厚。她注意到，有些事情迫在眉睫，非做不可——修剪头发，买身合体的衣服。还不是给那女孩刺激的？她的肌肤年轻又健康，身上衣裳清新整洁。她也意识到，自己的冲动和女儿也有一定的关系：莫琳和艾琳年纪相当。她想象自己回家的时候，场面肯定极富戏剧性，届时她是不是已经恢复原样——回到他们印象中的模样——就是已经决定不……当然，是不是她已不可能恢复以前的样子？她能吗？多有意思的想法！不过，家里人肯定会大吃一惊的。想到这儿，她感觉一阵刺痛，但很舒服，就像一下子吞下一大口冰水，嘴和喉咙被冰麻木的感觉——像昨天玛丽·费切丽认不出她时的感觉一样，像她一脸嘲讽地观看娜塔莉娅·彼得罗夫娜玩自欺把戏时的感觉一样。

这种愉悦的感觉渐渐退去，取而代之的是另一种感觉，但没有前一种那么令人愉悦。此刻的她又被虚荣攥在手心。看到她这副样子，丈夫和四个孩子将无话可说，只能说她看上去不像她自己了——因为他们知道，她看起来应是什么模样。但是莫琳，那个坐在红色垫子上、在刺鼻的蓝烟圈中做梦的女孩，看见的就是她这副病恹恹的瘦猴样儿，从未见过其他伪装下的她……毫无疑问，她的头脑出问题了。她看起来怎样，对那女孩，对她自己，重要吗？或者，换个问题，她是什么人——要是她，或其他什么人知道答案的话。她，凯特，已经从莫琳那儿租了一间屋子，仅此而已。在凯特看来，这件事正好和先前的一件事倒过来了。年前，她让一个年轻女孩住在家里，女孩是詹姆斯一个密友的比利时朋友：她想学英语。凯特只关心一件事：女孩必须融得进她的家庭，能令家中气氛更融洽，而不会带来太多的干扰。那女孩性情幽默友善，也有点婆婆妈妈、挑剔和古板——她接受的教育十分传统。要是她能爱上自己丈夫，令家庭更为融洽原本不是什么难事，而不是她想象的那样，丈夫爱上那女孩……想到这里，凯特赶紧振作起精神，在心里大声冲自己喊道：别再想那件事儿了，别老念叨那个帮工莫妮卡，你老想着迈克尔爱过她，对自己有什么好处？

凯特认真回想了一遍她对那个比利时女孩提出的各项要求：不能爱上三个儿子中的任何一个，除非她的儿子一样深爱着她；不能怀上孩子，让她，凯特处理后事——像莫妮卡那样，堕胎费用是布朗家帮忙支付的，因为胎儿的父亲，她在语言课上遇到的法国青年，身无分文；不能像罗莎丽一样吸毒，她是莫妮卡之前的帮工，从法兰克福来的——就是说，吸点大麻不要紧，但不能服用药性更强的东西；不能……不过，考虑到她自己的现状，凯特总结道：她不能做任何会给她和她的生活方式带来不便的事情，因为虽然凯特绝不会标榜自己生活的方式多么好，但她也不想自己的生活受到无谓干扰。

莫琳走进客厅，像个童谣中的挤奶女工，光着脚丫。看到凯特站在灰暗的镜前，她把灯打开，穿过走廊，脚步轻盈地悄悄走向凯特，站在凯特身后，身影随之出现在镜子里。

莫琳用手把黄发梳向脑后，看了看自己，又看了看凯特。她皱起眉头。她皱眉是因为遇到令她困惑的事儿，还是想向凯特打听内情？

莫琳突然笑了起来，笑得花枝乱颤，咧着皓齿红唇，然后跳起舞来。她的舞步富有激情，跳跃腾挪挥洒自如，她看着镜中的自己，模样就像一个孩子观察自己首次动手完成的作品。她决心让自己的舞蹈欢快起来，于是露出如花笑靥，接着头朝后一甩，张开双臂，旋转起来。她双脚点地，飞快地转了一圈又一圈，直到头晕方才作罢。她瘫倒在墙根，咯咯直笑。

她跳舞纯属自我陶醉，几乎就是一场私密表演。这时，她的肩膀使劲一耸，身子一挺站了起来，走到凯特身边站好。凯特看见自己脸上的笑容；那是中年女子的笑，略带忧伤，幽默、精明又不失耐心。莫琳是看到她的笑容，才决定纵情一舞的吗？

她探着身子，目光越过凯特的肩头，仔细打量着镜中的自己。出于厌恶和自信，她朝凯特吐了吐舌头，接着又恶心地吐了一次，只是这回是朝自己吐的。她假惺惺地抛给凯特一个愉快的笑容，然后快步走回那间阳光满屋的房间。

凯特觉得受到了侵犯。不管理智怎样告诉她，女孩的行为是友好的，是一种分享（前来与她一同分享揽镜自照的时刻），但她还是感觉对方咄咄逼人。这种感觉显然源于女孩对自己青春活力的无比自信。源于她想做就做的勇气。是的，没错，这些正是她，凯特，业已失去的东西。

但是，因为她不想走到街上将缺陷暴露无遗，所以就一直站在这里，这个扔满垫子的大厅里——垫子堆放得乱七八糟，好像昨夜有人睡过似的——她的举动没有任何意义。很快她就得去休息了。她应该进食。

她走出公寓，再一次来到阳光中，爬上水泥台阶，站在运河边的参天大树下，距离饭店只有两步之遥。她认为自己早该饥肠辘辘了，至少为了以后的几星期，也必须吃东西——但是，此时，她无事可做，也没有什么责任需要承担，干吗要理睬那些需要、责任和压力呢？她大可以进去点些好吃的，把食物吞进肚里，尽可能享用这顿美食……她朝饭店走去，饭店入口处的两侧种了几株小月桂。透过前门玻璃，她看见一个男服务员殷勤地弯着腰，听一位年龄与她相仿的女士点餐。这位女士听着他的奉承之词，非常受用，笑容满面——像个愚蠢的老傻瓜，凯特心想。她来到店门口，暗想：没跟国际名流为伍之前，只有碰到特殊场合，她才会光顾这类饭店；平时，她会不假思索地从它旁边走过，挑选一家更便宜的地方，现如今，她却毫不犹豫地把这家饭店当作本街唯一可以用餐的地方。掉头离去的时候，她觉得自己真的穷困潦倒。她又朝前走了几百码来到一家餐馆，这种餐馆在伦敦街上，几乎每隔几码就有一家。店里没什么顾客。还没到午饭时间。她找了个位置坐下等待服务。在她面前摆放的是一成不变的英式菜单。在餐厅的另一端，一位女服务员正在和一位老年男性顾客谈话。看样子，她并不急着过来。

她走到凯特桌边，眼睛没有看凯特，只是在一张小纸片上草草写下菜单，大声向一扇厨房小窗里面的人念菜单，接着回去继续同那位男顾客聊天。好像过了几个世纪，食物迟迟未至。凯特坐在那里，那个女服务员和其他食客显然都对她视而不见。此时，客人陆续进来。她饥渴难耐，浑身颤抖，很想放声大哭。发现旁人对自己不理不睬，她想大喊："我在这里，难道你们看不见？"她都快变成一个无理取闹的小孩了。女服务员把菜往她面前一放，眼睛始终没有瞧她一眼。看到摆在面前的肝、炸薯条和卷心菜，她的火气消了下去。凯特难以下咽，感觉自己就像一个调皮捣蛋的孩子，被安排到角落吃饭，然后被彻底遗忘。她怒不可遏，失去了理智，悄悄对自己说，我是病人，行为可以不受谴责，于是故意打翻一杯水。她满心指望那个女服务员会到她身边来，哪怕生她的气都行，可是人家根本没注意到她的举动。凯特站起来，走到服务员身边（她正在和另一位顾客聊天）说："对不起，我把水杯打翻了。"她的声音在颤抖。

女服务员看着她——她看见的只是一个难伺候的女子，说："我马上就过去，亲爱的。"说完她走到一边整理另一张桌子，然后走到凯特桌边，冷冷地看了一眼洇湿的桌布，说："要是你能将就，我就等你吃完后再换桌布。"说完扬长而去。

她这么做过分吗？凯特心中的那个家庭主妇在想——桌布湿一点儿无关紧要的。过了一会儿，她结完账后却发现自己做了一个小动作：离开饭馆的时候轻轻甩了一下裙摆。她发誓，她这一生以前从未有过这样的举动：像一个女子轻蔑地“哼”了一声，仿佛在说，哼，我才不在乎呢！凭啥以为我在乎这些东西？

正午的爱德华街最为生机勃勃。尤其是在夏天，人们都在咖啡馆和三明治屋进进出出，吃午饭，喝茶，或者小坐休息。凯特慢慢穿过大街，走到饭店前面，透过纱窗往里看。要是她早些时候到这里，让那个殷勤的男服务员弯腰站在她跟前，刚才的她就不会想大哭一场，做出那个可怜的举动——打翻杯子里的水！

唉，在酒店住了这么久，一直由西尔维娅和玛莉照顾，对她一点好处都没有。她变得非常幼稚，老是需要别人哄。

她离开阳光明媚、树叶茂盛的白日，走进阴暗的公寓。大厅地板上，有个小伙子趴在垫子上，面孔朝下，双臂大张。他睡着了。莫琳好像并不在附近。

凯特走进房间，看见床上没铺床单，于是走回客厅，找到一个柜子，里面装着床单和浴巾，她取出所需之物，没有惊扰那个小伙子（他睡得很沉，看来刚睡不久），然后上床睡觉。她躺在床上，做了一件通常不允许自己做的事儿。她哭了，故意哭得很凶很久。是发泄愤怒的方式吗？也对，是可以这么认为；但你得承认，有些事情的确让人想号啕大哭一番。她四面受敌，内心又因孤独备受煎熬。就像一个小孩儿，知道要被送去寄宿学校，号啕大哭，或者得知父母将要远行，他得和陌生人待在一起，伤心掉泪。

但是，在她涕泪滂沱、身体剧烈颤抖之时，心里却十分清楚，这是她这一辈子第一次独自一人，待在一个地方，一个谁也不认识她的出租房中，远离安全和保护的茧，没人认可她选择的自我形象，从而给予她生存的支柱。但这儿没人对她抱有任何期望，没人知道什么是她赖以生存的支柱。此时，她颇为得意地回想着客厅里莫琳镜前的那个小插曲：莫琳直接面对的一直都是凯特，真正的凯特，是莫琳眼中的凯特——一张露着干涩、狡黠、谨慎的微笑的脸。

她止住哭泣上床睡觉，醒来时发现自己在一间陌生小屋里——里面虽然冷飕飕的却有一缕阳光：因为早晨这个时候，太阳已经从公寓的一侧移到了另一侧。

她得去买些吃的东西。现在睡在客厅垫子上的人已经走了，她再也没见过那个小伙子。

厨房里莫琳独自坐着，拿个茶匙舀儿童食品吃。杏仁布丁。厨房架上放了一大堆儿童食品，一律都是甜品。

莫琳身穿一件镶着深红边的长罩衫，扎了一个马尾辫，看着老了十岁。

她说："我想，总有一个地方，你想买什么都有。"说完她一跃而起，舌头仍然舔着茶匙。她把空罐子扔进垃圾桶，茶匙扔入水槽（叮的一声落入槽中），然后踩着舞步出了厨房。

凯特推着一辆带轮子的购物车，提着一个大大的草编篮，快走到公寓门口的时候，才想起她不需要购买一大家子要用的东西，只要照顾好自己就行了。她再次走到阳光中，手上就拎了一只塑料手提袋。已是傍晚时分，商店都准备打烊了。很多商店和她吃午餐（或者没吃）的饭馆同属一个档次。商店规模很小，堆满了罐头和冷冻食品。在这条路上，看不到她在布莱克希思经常光顾的、中产阶级云集的商场。此地到处都是高高的公寓楼房，一些居民终生住在里面。他们就是这些商店的主顾，商店根本不出售凯特平日里愿意购买的物品。她在一家店买了一块硬邦邦的白面包、半磅黄色奶油、一盒加工好的奶酪和一听草莓酱，以前她在家里，看到这样的草莓酱，只要动一动买它的念头，都会觉得自己犯了什么罪似的。她发现自己对购买这类次品的行为深恶痛绝，感觉就和获悉自己要坐一年牢房一样：因为在婚后的生活中，她绝大部分精力都花在如何挑选优质商品上了。她心里也想着：在西班牙的那个小村庄里，村民们虽然比这家商店任何一个顾客都穷，但他们也许从未见过这么糟糕差劲的食品。商店里挤满了所谓的普通百姓，换句话说，就是英国的劳动人民，他们到这些糟糕的饭馆吃饭，到这些糟糕的商店买东西……不行吗？她怎么了，关她什么事儿，她差一点儿失声恸哭，很想跺脚、发火和叫喊——怎么了？就在这个时候，世界上的贫穷地区，成百万的人因为缺少食物死去，成百万的儿童无法健康成长，就因为她放入手中印着橘黄和粉色雏菊图案的漂亮塑料袋中的食品，不可能落到他们手上……她站在收银台前，像孩子似的满腹怨恨，含着眼泪。怎么了？男收银员没有看她，没有笑容满面地说："噢布朗太太，噢凯特，噢凯瑟琳，欢迎光临！"——就这样算完账了。她觉得他的态度很冷淡。她精神出问题了，这一点毫无疑问——虽然理智这么说，但情感却依然像个孩子似的充满委屈。

她朝大理石拱门[1]方向走去。那儿临街有一个市场，正准备关门打烊。这么说，今天一定是星期六？凯特以前从来没有记不得时间的时候，更不用说忘记星期几了。

她前面摆着一张木案板，上面有几个西红柿混在压扁的莴苣中间，都是早晨新鲜蔬菜剩余的残兵败将。一扇垂悬木门在她面前缓缓下降，像马上要关闭的样子。她心中一阵恐慌，担心买不着东西，赶紧冲到摊子前，差点大喊出声——但却是笑眯眯的。她感觉到自己的嘴角泛起无可奈何的苦笑："我想买些西红柿，一磅西红柿好吗？"

卖菜的男人不悦地说："我要关门了。营业时间都过了。"

"噢，求你了。"她喘着气说，听自己的声音，像生死攸关的大事一样。

卖菜的男人特意仔细打量了她一番，又特意回头看了看一排敞开的货摊，只见货摊上零乱地放着一些水果和蔬菜。他转身背对着她，拉下摊子侧面的垂悬门。对着空气，他宣布了她罪有应得的判决，语气就跟法官一样正式："有些母亲真是的。"

她走到附近另一个摊子，一边排队一边听前面的女子说话——这个女子和平时的凯特一样，或确切地说，和过去平时的凯特一样，推着一辆放了购物篮的车子，提着购物袋，购买大家庭一周所要的东西。

1 伦敦市的标志性建筑，最繁华的道路交叉点。

她像一个奴隶一样，提着重物弯腰驼背地走了，但肩膀却在说，能替别人负重，她感到无比满足。凯特看出了神，位子都被人挤走了。排队有排队的规矩，各人有各人的心思。那个占了凯特位置的女子相当嚣张，冲着她摆出一副强悍的、自以为是的态度，对排在另一队的一个女人说："她有时间，我可没时间在这儿排上一天的队。"

凯特很想买一打柠檬和两磅青椒，但这个念头被她打消了，她从一个瞧都没瞧她一眼的男人那里，买了两个柠檬和一个青椒。

她回到公寓，知道自己仍未明白什么东西是她必须面对的。在今天之前，她没有一丝想法。她要不是浑身无力，生病了，是不会失控的——绝对不会。但是，她应该庆幸才对——不然，她的每一份强烈情感，都可能化成小小的冲动，一件小事儿都能令她火冒三丈。那样的话，她很可能就不知道自己有什么情绪，就会假装感觉不到它们的存在。

可是，要怎样对付这个困住她的怪兽，这个可恶的婴孩呢？这个怪兽需要安慰，笑脸相待，有求必应。这个女子说了好多年（当然是旁敲侧击）：*难道你们忘记我是谁了，不知道我在这个家中的地位？*娜塔莉娅·彼得罗夫娜会直截了当地说清楚；凯特·布朗只是觉得大嚷大叫很没面子，但她毕竟也说了，这是不是说明她有所进步？

在公寓外的一堵矮墙上，坐着一个憔悴的年轻女子，她戴着一顶硕大的黄色假发，抹着蓝色眼影，亮紫的嘴唇像布娃娃的嘴唇一样，身穿一款式样古典的蕾丝绸缎黑色晚礼服。

年轻女子一扫高傲神情，笑容灿烂，这个叫莫琳的姑娘问：“你怎么会这么瘦？”

“因为我掉了不少肉呀。”

“很好。”

“有什么好！”凯特回了句嘴，往地下公寓走去。

她像一个修理工，准备修理出了故障的机器（也许发动机要加油了），开始准备晚餐，让自己果腹。她必须进食。她需要体能。她必须贮备足够的体能，打败那个吞噬了她整个人生的怪兽。

她把那些可憎的面包做成吐司，涂上黄油和奶酪，坐在厨房餐桌旁吃了起来。可是，每一口都吃得很艰难，感觉难以下咽。莫琳阔步走了进来，蕾丝裙摆轻拍着裸露的脚踝和双足。

“你生病了？”她开口问道。

“一点小毛病。”

莫琳从食品架上取下一罐标着“杏味粗麦”的儿童食品，把蕾丝裙往上一撩，坐在餐桌一头，大口吃了起来。看见凯特咀嚼食物的模样，她伸手向儿童食品指了指，说：“尝尝这个如何？我一直都吃这玩意儿。”

“你会缺维生素的。”凯特脱口而出，拼命忍住眼泪，不让它流下来。莫琳听了笑得前俯后仰，充满嘲讽。

莫琳递给她一听苹果泥，这东西凯特倒是咽得下。

“我喜欢病恹恹的感觉，”莫琳说，“反正要比头脑乱糟糟的好。”

“可我想乱都乱不起来。”

这时，进来一个年轻人，留着查尔斯王储式的头发，穿着一条牛仔裤和一件带褶边的绸衣。他朝凯特点点头，走过她身边，到莫琳跟前，把她从餐桌边一把拉起，说："我们要动身了。车再过五分钟就走了。"

莫琳穿上一双蕾丝边白童鞋，往裸露的肩膀上披了一块满是洞眼的西班牙纱巾。

他俩向凯特点点头走了，凯特感到一阵剧痛，好像在和一去几年不回的爱人告别似的。就因为这个开朗直率却与己毫不相干的女孩被人带走了，尽管只是被带走一夜，她便这样失魂落魄，惶恐不安。她自己的孩子比这姑娘要正经得多，不会这么随便。他们这样是不是她的错？她早应该……

凯特控制住自己的情绪，像在祈求内疚和悲伤暂时离开，等她攒足了劲儿再与它们较量。

凯特把毯子铺在床上，然后钻到里面。她睡着了。她在寻找海豹之梦，可是找不到它的踪迹。她的脑子被别的梦占据了，把她囚禁其中，这些梦更短，不像海豹之梦那么重要。她在睡梦中，总感觉好像在离迷雾中心几码远的地方，有个什么人，但她到处找都找不着那个人。海豹就在那里，被这个名叫凯特的女子抱着往北走，她觉得这是她义不容辞的责任。可是这个梦只在凯特脑海中部分展开，在众多摇摇欲坠、包裹似的、得靠她伸手扶稳的梦中若隐若现。

她醒了。此时，空气中传来袅袅的音乐声。空气凝重、潮湿，弥漫着来往人群散发的及时行乐、不负责任的轻松气息。这样的夏日空气，这样的夏日周六傍晚的气息拂面而过，凯特觉得脸酥酥痒痒。透过窗户，暮色淡淡，人行道上的一盏街灯将摇曳的树影投射到窗口。有一种音乐来自公寓里面。

凯特觉得自己舒服多了，白日的情感波澜已离她远去。因为她终于成功地往肚子里填进了东西——待会儿她还会再吃的。一想到也许会与莫琳不期而遇，她心中大喜。她裹着一件黄色浴袍，走出房间，来到客厅。厅里空空荡荡。她看着长镜中的影子：没有其他目的，只想嘲笑一下自己眼中的她。没关系，只有莫琳跟她一起住。厨房门是关着的。她笑眯眯地推开门，看到里面的场景，顿时蒙了，好像被谁莫名其妙地当头一棒。

餐桌旁围坐了五个人，桌上摆着盛有食物的盘子和斟满红酒的酒杯。一个黑人女孩弹着吉他。凯特意识到，自己脸上习惯性地堆上笑容。这个习惯是在另一栋房子里，就是她自己家，培养出来的：走进孩子和孩子朋友的房间，这种笑容便会不由自主地浮现脸上，希望受到欢迎，即便欢迎之词和她家人爱说的玩笑话一样，是“爱的话语”。

“噢——瞧呀，谁来啦！”

“我想，是来叫我们吃饭的吧。”

“是我妈，她这人就这样！——我想，我给你们说过吧，我老妈还凑合。”

这些都是早年孩子们十几岁的时候，粗声粗气说的打趣话，话语相当友善，知道他们想要什么只要张张口就行，知道她——这个母亲——就在家里，会笑眯眯地走进房来，说：“谢谢表扬。是的，晚饭好了。”

只是现在，揶揄逗趣已变为成人间的客气，让她觉得生分了不少。

“进来吧，妈妈。这是我从苏格兰/彭赞斯[1]/西班牙/美国来的朋友。她/他能在这儿待上一阵吗？我已经买了一个新睡袋。没必要多煮饭的。”

她觉得，这会儿好像有五张脸孔——其中一张是莫琳的——一齐缓缓地转过来看着她，好像神情都很冷淡，只不过显然是一种友善的表示，同时也可以用来防卫——防卫什么呢？

五张脸齐刷刷地盯着这具藏身于鲜艳黄袍里的骷髅，骷髅的头发毛毛糙糙、乱七八糟，垂在充满焦虑的脸庞四周。

她赶紧离开，觉得他们满眼敌意，嘴里小声说：“对不起……”

回到自己房间后，她明白了一个事实：她以为那些年轻人会排斥她、讨厌她，其实纯属子虚乌有，她完全可以在一边旁观。她赶紧换上一套漂亮的夏装，宽大的衣服像帐篷似的套在骨架子上。她又梳了梳头发，想把它理顺，可是不遂人意，只得作罢。她走出公寓，来到街面上。街灯下，小年轻们成群结队，四处闲逛，想看看有什么事发生，酒吧肯定才刚打烊不久。

她心想：我不能，不能从他们面前走过。因为任何一群男子，即便是那些三三两两站在一旁的男孩，她都觉得充满威胁。但是，她硬着头皮知难而上，强迫自己改变态度，不允许自己逃回公寓，躲进毯子底下不愿出来。这条街异常宽阔，似乎一

1 英格兰西南部港口城市，夏季旅游胜地。

眼看不到头，街上的每个物体好像都很危险。她感觉如履薄冰。走在街上，眼睛看着前方，和她在意大利或西班牙一样——在那里，女人们都有这种感觉，觉得自己无遮无拦，太过暴露，要像市政草坪一样围起来，立个“请勿踩踏”的牌子。

街上谁也没有注意到她。行人的目光冷漠地往她身上瞟，随即移开寻找别的刺激之物去了。

她又成了一个隐形人。

可是，她的整个外形，这层保护着身躯、茫然空洞的双眼，乃至步伐整齐的双脚的薄膜，已经准备就绪，打算承接他人的目光，如同一个妙龄少女，花三个小时涂脂抹粉，然后义无反顾地走出来，迎接众人探照灯似的目光。凯特觉得脚下轻飘飘的，身体没有重心。她头脑一片混乱，糊涂得近乎麻木，内心却蠢蠢欲动，只是被她强行按住。这些冲动与她以前的或自以为以前属于她的冲动截然不同，令她大为惊诧，仿佛刚从报纸上看到的消息。她知道，要不是因为自己的矜持，她保不准会大步走到其中一群瞎晃荡的男子面前，撩起裙摆，露出身体：瞧呀，看看吧，我在这儿呢，难道你们看不见？干吗不瞧一瞧？

有家小咖啡馆还在营业，里面的菜单和她午餐时的如出一辙，只是菜单边放了一张可怜兮兮的细长卡片，注明该处跟希腊渊源密切。菜单上用希腊文写了几道主菜名：焖肉，鱼子酱沙拉，烤肉串。店里济济一堂，全都是住在市政公寓大楼里的年轻人。电影散场了，酒吧也关门了，可他们这会儿还不想上床睡觉。没有一个人注意到她，尽管她全副武装，冷嘲热讽，让他们尽管放马过来。如今她明白了，这一点她终究不得不明白，支撑她这一生的全靠一种隐形液体——他人的目光——可是现在这种液体已经被抽干了。她有点站立不稳，只得赶紧坐在一张桌旁，但是桌旁已经坐了一对年轻夫妻和一个女孩——显然女孩是年轻妻子的妹妹。妹妹愁眉苦脸，其实心中自得其乐，她的愁苦和冷漠是装出来的；年轻妻子唠叨着要回去看婴孩，因为照看他的邻居要睡觉了；年轻男子在咖啡馆里四下张望，想着从前的自由自在与如今的束手束脚。

给她上烤肉串的希腊服务生正绞尽脑汁想让那个十六岁的小妞注意上他，因此凯特没有向他打听为什么店里没有口味重点儿的菜肴，没有抱怨说不是每个英国人的味觉都是清淡的，也没有建议他们该像煮给自己吃一样地煮给她吃。特别是为我，这几个字在她舌尖含而未发。

她飞快地把东西吃完，离开了这个闹哄哄、气氛友好的地方。快要打烊的时候，这里就像有沸腾的液体汩汩外涌，溢到街上的每个角落。

凯特买单时特意堆着笑容，发出这样一个信号：别人的目光我已习以为常了。不过，她还是很庆幸没人注意自己。

公寓的厨房门这会儿是开着的，莫琳倚在门边的墙上，旁边是位凯特从未见过的小伙子。他俩手拉着手，莫琳看见她，说："你之前干吗不进来？你有权进来，随时都行。我们做什么你别在意。"女孩的话还没说完，凯特的情感自我已经感激涕零得毫无招架之力了。

"这位是菲利普。"莫琳说着用手轻轻推了一下小伙子，"这位是凯特。一个朋友。”

菲利普会意地朝凯特笑眯眯地鞠了一个躬，然后一边朝客厅大门走去一边说：“那好，就定在明天。”他的语气带着警告的意味，像是最后通牒。莫琳听了耸了耸肩，神色颇为紧张。

“好，”她说，“我保证。但我是真的在考虑这事儿。只是你对什么事儿都操之过急。”

“这个当然。我知道我要什么。”菲利普说完，头也不回地走进茫茫夜色中。

莫琳用力叹了口气，想让凯特知道，一个包袱已从她肩头卸去，然后走进厨房。半小时后的厨房，与被凯特无意窥见的那个相比，完全变了个样。年轻人全都不见了，桌上的杯盘、食物都已清理干净。只有吉他手还在里面，头发随同双手一起拨弄琴弦。她没有看见凯特。

莫琳坦诚而挑剔地看着凯特。她仔细打量着凯特乱糟糟的头发，中间一大绺白发，接着绕着凯特走了一圈，或者舞了一圈，仔细看着她的衣裳，说了句“等会儿”就走开了。不一会儿，她拿了一堆衣服出来，皱着眉头，一件一件在凯特面前比试。两个女子突然一起放声大笑。笑声越来越响，吵得吉他手抬头扫了她们一眼，想瞧瞧究竟发生了什么趣事，看见凯特的骨架上紧绷绷地撑了一条花边薄连衣裙，淡淡笑了一下，又沉浸到她的音乐中去了。

其中有一条是墨绿色的直筒连衣裙，凯特脱去身上的衣服，换上这条。

很合身，莫琳分外开心。

"你还是穿着它比较好。是的，你长胖之前就穿它吧。真的，穿你自己的那些乱七八糟的名牌衣服，像个蠢兮兮的倒霉蛋。我猜你一定很有钱吧。"

自怜的潮水霎时间汹涌袭来，凯特从没想过自己会被人称为倒霉蛋。不过，令她热泪盈眶的是这个女孩的善心。她不想让女孩看见眼里的泪水，赶紧转身去泡茶。等她端茶回来时，桌边的吉他手已经逛到别处去了，听得见从另一个房间传来的吉他声，莫琳摊开黑色蕾丝裙摆，分开穿着白色系带靴的两脚，坐了下来，冲凯特皱了皱眉头。

"你戴了婚戒？"

"是。"

"离婚了？"

"没有。"

凯特有点害怕使用这样简短的词语，怕女孩听了，会收回她的友谊，可是过了一会儿，莫琳又问："你后悔结婚吗？"

听到她的问话，凯特鼻子一哼，笑出了声，意思是这丫头怎么说话这么随意。接着她坐在椅子中哈哈大笑起来，一发不可收拾，连她自己都感到意外。但是，她非得止住笑声不可，因为她已经要开始转笑为哭了。其间，莫琳将下巴靠在她放在椅背的双臂上（她把这椅背当成一扇通往野外的大门，身子靠着它，瞧着外面的马群，总之是什么动物就对了），一双蓝眼执拗地看着凯特，目不转睛。

就这样，她一直没有变换姿势，凯特终于止住了笑声，不得已解释道："你的问题真的很可笑，你不觉得吗？我的意思是，我可是很年轻就嫁人了。”

“可我没看出有什么好笑的。”莫琳说。

“我有孩子呢。四个。最小的都十九岁了。”

莫琳既没有变换姿势，也没有调整专注的眼神。过了片刻，她站起身来，耸了耸肩，逐走内心显而易见的失望，然后用几绺小心切碎的烟丝，为自己卷了一支烟。她大步朝音乐声走去，没有说再见或晚安。

凯特上床睡觉。醒来时已是正午。她躺在床上，透过窗户看着炎炎烈日下那堵放着盆景的白墙，以及墙外的大树和树叶。公寓里悄无声息。她洗了个澡，然后走进厨房，一个人影都没有碰见。打昨夜起，就没人来过厨房。厅里的电话铃响了。是莫琳接的，之后她走到厨房门口站着。昨晚，凯特就站在这里，看见五张脸孔同时转过来盯着自己，此刻是莫琳站在这里，看着凯特。她穿着一件白色沙滩睡袍，扎着白绸带的两个辫子垂在肩膀两侧。

她走进厨房，拿起凯特的面包切下一块，涂上果酱，坐下吃了起来。

“你还会去染发吗？”

“不知道。我还有近六个星期的时间作决定。”

“你年轻的时候，头发是什么颜色的？”

“就是这种颜色。”凯特看见右肩上的一撮黄褐色头发，改口道，“不对，以前是深红色的。”

“你过去肯定是个大美女。”莫琳说。

“过奖了。”

“我要是离开几天，就你一个人在公寓，你会帮我照看一下吗？我的意思是，这些人都不会在这里出出进进的，只有你一个人。”

听到这个改变她生活状态和生活方式的提议，凯特忍不住笑了。

“那你是不愿意？”

“没有的事。”凯特硬生生地把这句话咽下喉咙：你要我做，我当然愿意。而是说：“瞧，这种一身自由、无事可做的机会，对我来说，来之不易。我不知道，下一次是什么时候。”

“多久了？”

“什么？”

“离你上次这样自由自在的时候？”

“这是我这辈子的第一次机会。”凯特从自己的话中听出了一种恼人的绝望：这怎么可能，我自己都不相信。

莫琳瞪了她一眼，眼神好像很不友好。事后凯特才恍然大悟，她是感到了害怕。莫琳站起身来，点了一支烟——一支普通香烟——然后轻快地绕着房间走了一圈，或者说踩着舞步绕房间一周，边走边画一种看不见的图形。

“以前从没有过？”她开口问道。

“没有。”

“你很早结婚？”

“是。”

女孩惊恐地再次深深倒吸了一口凉气，停下好像沙滩上鸟雀跳跃的舞步，问：“可是，你后悔吗？后悔吗？后悔吗？”

“这个问题我怎么回答呢？你看不出我回答不了？”

“看不出。为什么？”

“你是不是想结婚？”

“也许吧。”

她又跳起舞来——像个被严加管束的女孩，偷偷跳着自创的舞步，跨越她肉眼看不见的横杆、障碍和地板上的线条。接着，她发现她小心翼翼地避开线条慢慢形成了另一种模式。她皱着眉头，又恼怒又沮丧。阳光从房间的另一端照射进来，形成一个黄色的方块。她踮起脚尖，像个士兵似的，绕着那块方形阳光，一、二、一，一、二、一，朝前走去。

“要是我离开这里，会去土耳其找杰瑞。”

“和他结婚？”

“不。他不想娶我。但菲利普想。”

“你的意思是，因为害怕嫁给菲利普，所以想逃到杰瑞那儿？”

听了她的问话，莫琳笑了，但仍然踮着脚尖在那块方形上跳快步舞。

“这么说，要是我不替你照看公寓，拒绝做公寓管家，搞得你不得已嫁给菲利普，我会内疚的。”

莫琳又笑了，而后一屁股坐到桌上。

“你有女儿吗？”

“有一个。”

“结婚了吗？”

“没有。”

“她想吗？”

“有时想，有时不想。”

“你想她怎样？”

“你看不出这个问题我回答不了？”

“是。”她喊出来，“是，是，是，我看不出。为什么回答不了？”说完她跑出厨房，辫子在脑后飞来飞去。

整个下午，布朗太太都在公园里闲逛。起初，她并没有意识到，自己又成了布朗太太，但没过多久，她就发现了逗留在自己身上的目光和注意力：莫非是因为她穿上了这身莫琳给她的更合身、更鲜亮的墨绿色连衣裙？或因为盘发衬得她原本“姣好的”五官越发娇美？——正如她俩所说，她已“凤凰涅槃”，此时的她，脸形与体态匹配完美？

一个男子走到她坐的长椅边，挨着她坐下，邀请她共进晚餐。

在夏天周日的暮色中，在男子意味深长的目光中，她走回住处。

凯特站在长镜前，端详着镜中这个秀色可餐的苗条女子——脸上的憔悴已不起眼，说真的，代之而来的是她周身散发的温柔与悦目——如果脱去现在这身，换上一件皱巴巴的麻袋似的衣服，披头散发，重回到夜色中去，可能她又成了一个隐形人。

可是，她只需换套衣服，盘上头发什么的，就能让他人的眼球跟着她走，浮想联翩。

他们说，女人的母性，是被婴儿轮廓鲜明的头形激发的：

狡黠的自然安排好了一切。刚出蛋壳的雏鹅，看见某种身影，听到某种声音，从此脑海中便深深印下了“母亲”的形象——在雏鹅的幼年时期，在某个重要时刻，不管碰巧看见的是什么身影，听到的是什么声音。

非洲一个著名猎手曾这样描述：狩猎时他总在眼睛里的什么地方，保存着小羚羊和鹿的影像，因为留在眼中的形象，和那些肉眼难以发觉、用深浅肤色伪装起来的动物正好吻合——用这种方法，他果然轻而易举地找到它们。

一个女子，衣着松松垮垮，迈着沉重的脚步，发型——尤其是发型——与人们对时尚的印象不相吻合，是不能令男人们想入非非的。但是，同样是这个女子，如果衣服裁剪得体，走路的时候，将体内调温器调到那个位置上——只听叮的一声，调温器调整到位，她与那个模式便协调一致了。

勾起男人注意的东西，并不比引导雏鹅的信号更复杂。在她成年后的生活里，在她整个性生活中，让我们从十二岁算起吧，都符合男人心中的模式，像牵线木偶一样，屈伸自如……再过一天，就见不到莫琳的影子了——说不定去了土耳其？凯特穿上那条墨绿色连衣裙，当了一整天的迈克尔·布朗太太，因为只要戴上这副面具，穿上这套伪装，让自己符合社会模式，她就能立即回复过去的做派，做回那个可爱的富有爱心的迈克尔·布朗太太，店主们乐意迎来送往，笑脸相对，服务生殷勤地围着她团团转。

凯特只要稍受冷遇便会汹涌而出的眼泪收敛了一些，声音中的怨气也少了一点儿，她也不会再打翻水杯了。

又过了一天，凯特在一家商店收银台前，看见前面是位染着黄发——染得很差劲——穿高跟鞋和紧身裙的中年女子。她正好站在男收银员面前，满脸笑意地找他聊天，就是想引起他的注意，而男收银员只是应道："真的？""是这样？""真没想到呢！"

女子说个不停，抛着媚眼，声音嗲声嗲气，到最后那男收银员故意把头转向凯特，以此封住她的嘴。

女子脸色顿时惨淡了下来，酸楚地笑了笑，泪水在眼睛里打转转。她抬起下巴，轻蔑地甩了一下裙摆，朝大街走去。

凯特跟在她身后，仿佛慢慢跟在自己身后，走在伦敦埃奇韦尔路上，观察自己如何久久打量每一张朝她走近的脸，男的也好，女的也好，为的是想弄清楚她如何引起他人的注意，搞明白她是怎样适应那种期望的，而那期望经时间模式设置在了另一个人身上。她看见自己如何踟蹰于商店橱窗前，仔细打量适合莫琳或艾琳穿的衣服；目睹自己脚跟磨破，人越来越疲惫，又怎么重振精神，让眼睛朝那些刺激人、吸引人的地方瞧去。

凯特回到公寓，发现莫琳躺在厅里的垫子上，看着天花板。她穿了一件类似工作服的紫色棉麻长外套，配一双紫色靴子，头发没有扎起来，像个布娃娃。

"我还以为你去结婚了呢。"凯特说。

"别拿那个开玩笑！"

凯特回到自己屋里，脱去合身的衣服，换上一件不合身的，然后解开头发。

莫琳躺在那儿看她，问："干吗呢？"

“我正在观察一些东西。我得把它们弄明白。”

蓝色烟雾袅袅散开——是普通香烟，没有大麻那种冷静而怀旧的味道。莫琳躺在那儿，好像被烟雾淹没了。面对她无言的问题，凯特只好说：“这些年里，结婚的都是谁？”

“明白了。”

“噢，不，你不明白。我想你不明白。”

“你小看我。”莫琳说。

“能怪我吗？你问的问题——根本没有分量。没有亲身体验，知道吧？”

“那么，那就是全部吗？成熟？”

“要是那就是我的全部……我还能说什么呢？我没法提供别的东西。我没有做过一件值得说的事情——不过，我不知道你觉得什么有价值？我既没走过那条去加德满都的黄金线路，也没有替敬老院的老人做过什么，更没有写过什么文章。我就照顾家庭……”她打住话头，因为她发觉自己的声音充满苦涩。她猛地往椅子上一坐，说：“噢，老天——听听，你听到了吗？”

莫琳一跃而起。蓝色烟雾在她腰间四下散开，她凄厉地说道：“你不明白。为什么不？”

“我说了自己的感受，你又说我小看你。”

“噢，去你的！”莫琳走进厨房。凯特回到自己屋里。过了几分钟，莫琳没敲门就走进她屋里，看见凯特坐在一把直背靠椅上，凝望着窗外。透过窗户的上半部，看得见交叉前行的人腿：如同一卷斜置的胶片，上半部分是——笼罩在阳光下的墙上植物，而下半部分则是没有身躯的腿。

“菲利普很想娶我。他说：嫁给我吧。我爱你。我会给你一个家、一辆车和三个孩子。”

“是吗？”

“很奇怪你没问我，你爱他吗？”

“这是你妈妈说的话吧？”

“噢，我妈妈！是，她的确问过。我自己也问过。”

“你妈妈怎么了？”

“没什么。”

“不对，一定有什么。怎么了？”

“她是个彻头彻尾的失败者。是个……”

“一个伤心的倒霉蛋？”

“是。谁想那样？你为什么不做自己想做的人——但我不想这个，我不在乎。可是你想怎样呢？”

“做你想做的人。我给不了你任何帮助。”

“那成熟用来干吗？”

“我想，毫无用处。”

“今晚他会过来吃晚餐。你想见他一面吗？”

“这么正式。”

“他一向如此，习惯了。”

“噢？”——因为她话中有话。

“他是那些猎新族的一员——法西斯主义者，别人都这么叫他们。懂了吗？”

“我没碰见过，但我的小儿子参加过一次他们的聚会，说他觉得他们没那么邪恶，听他口气挺有吸引力的。”

“噢，是有吸引力。法律和秩序。价值。当然还有，搞得自己感觉就像一把尘土——还有什么比这个更有吸引力？”

“行，我会会他。”

莫琳边往外走边说：“八点。”

厨房餐桌上铺了块桌布。桌边摆了三把椅子。桌上放着一瓶打开了的红酒。

凯特装扮了一番，让自己看着体面端庄。莫琳却与之相反，放肆张狂，个性张扬，身上的衣服混搭着各种各样你能想得出来的图案、条纹和格子。这件衣服需要极高的手艺，是个大工程，会使人一遍一遍地回头看，想搞清楚这样的衣服是怎么制作出来的。衣服前胸开得很低，一片米色的蕾丝直到腰间，被她画成眼睛的乳头隐约可见。莫琳自己的脸藏在彩妆面具之下，看不到原来的模样。

菲利普身穿的显然是一套新款制服，是旧款的改装货。其实衣服本身与原来差别并不大，不同的是穿着方式。他下身穿了条牛仔裤，但颜色是深蓝的，没有褪色，穿在身上显得干净利落。上身的棉衬衫也是深蓝的，非常合身。夹克是军服款式，还是深蓝的，上面有纽扣和标牌。系了一条窄幅黑领带。发型不是那种梳向脑后、中间分开的短发，而是所有头发在一起。又是一种没有分界的儿童发型，像顶帽子扣在脑袋正中央。这个发型显得他非常孩子气，可以减少几分责任，让人看着就想伸手摩挲把玩。不难猜测，很快它就会被某种更严肃的发型取代。即便如此，他给人的总体印象既干净又警觉，像在随时待命。可是，好像这并不是他本人的态度，是意志行为的结果——一种集体意志行为的产物。看着这个头发剪得整整齐齐的小伙子，蓦然间，他那略显饱满、带点乡土气息的红润脸盘，那充满强悍欲望的眼睛，都在大声说，他真正的面貌，他自己的本性不是这样的。但是，最重要的、也是最切中要害的，是他的自信，他敢于大声说出，他是新兴事物，正处在风口浪尖之上；他知道，他的存在足以让杰瑞们、汤姆们、迪克们和哈里们相形见绌；所有的长发族们、奇装异服者、无政府主义者和持不同政见者——所有的人，突然间苍白粗俗了起来，好像变成了透明人，像鬼魂似的，不得不慢慢消散；菲利普的存在足以说明一切。

噢，就像若干年前一样，仿佛一夜之间，整整一代的青年（不是她的孩子们，那时他们还太小，还在一个接一个适应成长的模式）同时现身，说同样的话，做同样的动作，穿同样的衣服，拥有同样的政治观点，数量有几百万之众，几乎每个人都是从一个模子中出来的。显然，现在是新变体出现的时候了。菲利普是其中之一吗？不对，他像是中间分子：他会被人取代的。但是，他极具魅力：身上透着绝对的自信。无须多言，他拿得出手的东西比其他糊涂、邋遢的青年好上几千倍——跟他这个人一比，你只能得出这样的结论——那些人懒懒散散、浑浑噩噩，像走马灯似的从莫琳的生活中穿过。

莫琳端上碎肉馅饼和热气腾腾的吐司。这些东西非常应景。因为菲利普的缘故，他们三个人都像坐在餐桌边吃晚餐的中产阶级。

但是，他不属于中产阶级。他是印刷工的儿子，而且“中途辍学”；后来重返校园，参加了各种考试，如今拥有了一份在他人眼中相当稳定的工作。他是市政府公务员，主要帮助贫困儿童。他经历丰富，叫人羡慕，曾经是个异端分子，拒绝过“该体系”提供的东西。和他的上一代一样，他也使用“该体系”这个词，只是他把“该体系”当成一种需要革新、稳固的东西，使之富有权威，而不会遭人摒弃。总的说来，他是一个最新型的政府职员、福利工作者、社会工作者，他手中拥有权力不是因为：我们有人人赞同的法律，是民主体系，对吧，或者党这样说了；而是缘于：你们贫穷，在挨饿，教育水平落后，绝望，你们别无选择。

他还是“青年阵线联盟”的成员，但该组织附属于一个新近成立的、被称为“英国行动联盟”的组织。

这些意味着什么？凯特询问。莫琳用手指掰着吐司，看着凯特和菲利普说话——她在努力弄清楚自己会怎么反应，什么样的反应才是应该的，她母亲的反应可能会是什么。反正莫琳靠着椅子坐在那里，把动嘴皮子的事儿全交给凯特。凯特又变回那个“必须富有责任感”的她了：她在慢慢接受新的身份；情非得已。

“这么说吧，布朗太太，无须我说——大家都清楚，所有的事情其实一团糟。”

“当然。”

“我们得好好整理一下。”

“当然。可怎样做呢？”

“我们担起责任来。不要吹毛求疵，说三道四，揭发举报，什么正事都不做。我们有行动。我们不在乎弄脏手。”他一边大口吃饭一边说，同时看着凯特和心爱的莫琳——她正无精打采地咬着吐司，画了眼影的眼睛似乎离他很远，只注视自己的世界。“没错，说这话我一点都不脸红，我们需要的就是庄重得体，因为各种乱七八糟的原因，我们的污物已经够多了，如今我们需要规范。”

“为了什么目的呢？”莫琳突然发话，声音听着有点儿颤抖。在彩妆、丝带和裙摆下面，她的体内发生着激烈的冲突——凯特能感觉出来。是呀，菲利普的确很有吸引力。换了她是莫琳，有杰瑞和其他小伙子作为候选人，她知道她会选择谁——她害怕自己的选择。

“那就看看你吧，莫琳。”他友善且直率地说，但像是迫于无奈：其实他正竭尽全力想在迷人的心上人面前保持平静和镇定，对她是又爱又恨，眼睛几乎不敢正视。他不停地偷偷瞅她那近乎裸露的胸脯，然后接着说：“你一个星期要花多少钱在自己身上，你说说看？要花多少钱在衣服、脸蛋、头发上？”

“没有你想的那么多。”莫琳说着站起身来，拿走盘子、黄油和剩下的馅饼，“我的衣服几乎都是在旧货店里买的。我自己动手改。我很能干——没花几个钱。”

“但是，你成天就只做这事儿，你的时间都花在它们身上了。”

“是不是还有成千上万的人饿着肚子呀？是不是我们坐在这里的时候，有成千上万的人快死了？”她的口气很是困惑，她想说点挖苦话——不是讽刺他刚才的话，而是想嘲笑一下他对自我的要求。

“是。”他温和地说，强迫自己反对她，让她面对他。她真的看了看他，只是叹了口气，端起盘子转身离开，走向洗碗槽。

“是，”他不甘心地说，“这就是你整天做的事儿，换衣服，在脸上涂涂画画。”他又一次痛苦地瞥了一眼她的胸部，而后伸手去抓苹果——突然想起，这会儿还没到吃水果的时候，于是又一动不动地坐着，双手握拳，放在桌布上。

“不是，”隔了好长时间，她说道，“不是这样的，这不是我做的所有事。我的时间没有都花在它们身上。你说的只是表象。”

“你和你那伙人。”他没有松口，声音粗哑，说得很费劲，因为她的态度非常明确，话说得很清楚。

“我那伙人？”她哈哈大笑地说。

“是。”他应道，想用这个词使自己和上一代人划清界限。

莫琳把炉子上的炖汤取下，婀娜多姿地款步走向餐桌。“你他妈的对自己就这么有把握呀？”她生气地说。

“是。从某种意义上来说，就是。我又没说我们对所有问题都有答案。”

“这个‘我们’是你说的。”凯特说了句。

“支持我们的人越来越多。”

“这说明不了什么问题。”

他没有听明白她的意思。

“凯特的意思是，”莫琳好像说给自己听似的，“你所说的并不是什么新鲜东西。客气点儿说。”

“客气点儿说。”凯特跟了句。

他眨巴着眼睛，看看这个人，又看看那个人。与上一代人一样，他们怀着同样的抱负，用同样的声音，像男子汉一样走上舞台时，并没有把自己当作上一代人的复制品——虽然外表和信念都不相同，但两代人却如出一辙。所以现在，菲利普把自己当成历史刚刚打造出的新角色。

“他们居然叫我们法西斯分子。”菲利普突然冒了一句。他气鼓鼓的，非常恼火——眼下的他再也保持不了沉着了。“好啊，木棒和石头也许能砸碎我们的骨头，但语言休想。”

“没错，可你没说，你们打算做什么呀？”凯特问。

“是的，从来没有。”莫琳抱怨道。

“首先是团结起来，而后对该做的事达成一致。”

“听着好像很简单，其实很不容易。”

“错，很容易。”他说，傲慢的口吻使得莫琳再次叹了口气。“首先，我们必须达成共识——所有的一切都一团糟，失去了控制。然后，把情况引向正轨。至于一团糟的原因，再简单不过了——这个社会已经很长时间缺少道德标准了。我们必须重新拾回那些旧的价值观。就这样。然后着手清除那些腐朽的东西。”

“我吧？”莫琳一边低声说，一边往碗里盛汤。她一手托着下巴一手舀汤，紫色长眼睫毛垂在粉嘟嘟的脸上。她不堪重负，一下子垮了，身子好像在往下滑落，想从模范女主人的角色中偷偷溜走。

“是的，”菲利普说，“像你现在这样，就是你。”

“那么你干吗还要娶我？”

他的脸涨得通红，恨死了自己，哀怨交织地看着莫琳，然后哀求地瞥了凯特一眼：他把她当成父母那样的长辈了。他振作了一下，显然要想继续这个话题很不容易，但他还是勇敢地应道：“我不想娶现在这个样子的你。但我能看到你的真面目。我能。是你把自己弄成这样的，但那不是真正的你。你不是一个被宠坏的、傻乎乎的……”他手忙脚乱地舀着炖汤——此刻，顾不上什么斯文了。三人一开始用餐，就将文雅抛到脑后去了。他们都很尴尬。

“清除那些腐朽东西是怎么回事儿？”凯特问道。

“是呀。”莫琳附和道。

自始以来，他第一次坚定地说：“鸡蛋没有打破，就煎不成蛋饼。”

三个人静静地喝完炖汤。

莫琳喝汤的时候，手仍然托着腮帮子。这不仅令菲利普生气，也让凯特觉得不舒服。这女孩故意同他们保持距离，似乎所有的一切都与她无关。凯特却觉得自己像女主人：她必须寻找话题，好让菲利普放松下来，恢复这种场合所需的正式氛围。她强行按下自己的冲动，继续默默地吃东西。

最后，菲利普声音粗哑地说：“这只是组织问题，就是该如何把事情弄得井井有条。”

女人们一言不发。

“必须控制住局势——不允许恶化。”

莫琳情不自禁地叹了口气，叹气声止住了菲利普的嘴。

凯特在想，她的孩子们当中，也许会有一个，或许更多，参加这个“青年阵线联盟”或这一类的什么组织。是谁呢？蒂姆吗？不是，他不是那块材料。为什么她这么肯定？人是会变的，压力之下，变成什么样的人都有可能。史蒂芬吗？不过，可以肯定的是，一个视一切事情为腐朽的人，八成不会参加这样或那样的政治组织吧？也许吧。詹姆斯呢？绝不可能——他差不多是个社会主义者，一个信徒。噢，他以前是的。艾琳呢？她满脑子想的都是结婚：别人也认为那就是她的未来。

但是，这样想问题是在暗中使坏，削弱力量。人们的政治态度好像越来越像牵线木偶的动作，像发条小人，发条上紧后，即使被台风刮得到处乱飞，也仍在摆造型。

然而，布朗一家人是关注政治的，和所有他们这样的人一样。他们的父母信仰宗教，而他们关心政治。自从那次战争之后，在成人生活中，他们利用自由、民主这类词汇，确定自己的路线，然后立场坚定地走下去。他们一家人都是程度不同的社会主义者或自由主义者。在她认识的人当中，有不是这样的人吗？可事实上，她想的是：所有这一切都是胡说八道。她知道，迈克尔也这么以为，但他们还是不由自主地思考这些问题。

对菲利普，她的反应这么激烈——是因为害怕。不过，他的这些小小看法很可能会和别的观点一样，变成“傀儡行为”；他的阵线和他的联盟也不过如此，没有什么作为——又是文字游戏。

撇开这些文字不谈，他们结婚时迈克尔都对她说了什么呢？就这些话！不对，以前的他绝对说不出庄严、责任、组织这样的词汇——那时候的他相当不自信。当时，同样是这些词儿，但隐含的只是这层信息：这场刚刚结束的战争，是为了永远结束战争。那时候，他们还没有获得这枚精致的新锐真理指环。她心想，这个小伙子称现今社会为“无政府、特权化和放纵无度”，没准儿十几年以后的年轻人，真的能够拥有他嘴里说的那些真理？其实，她和迈克尔的生活属于典型的、中规中矩的、“负责任的”中产阶级生活，成天围着工作和家庭转。但这些刚好是这个小伙子信奉的，并希望莫琳和他一起分享的东西。那么，高呼口号有什么用呢？说到这个，她和她的迈克尔，以及所有他们认识的人，都不会说，也不会想什么“清除腐朽的东西”。唉，原来的思潮又回来了，事情总是转个圈又掉头回来，总是这样。“菲利普，”她说，“你说‘清除腐朽的东西’的时候，难道就没感觉像在炒冷饭？你以前就从来没有听过这些？”

“嗯，所有的东西以前都有人说过。”他答话的时候脸上露出愧疚的神色。她感觉，可能这是他今晚第一次这样思考问题，这样回答问题：但话已出口，他已经听到了自己一直思考的东西，只是也许并未意识到而已。再说，这样的话语听起来没问题，振振有词！现在，这些观点将成为他新计划的一部分，成为“青年阵线联盟”或别的什么组织的宣言。

“你是头头吗？你们组织的？”

“我想可以这么说。其中之一。我不是发起者。但发起者都是……”他停住话头，想起身边这两个人都是局外人。

“他们都是些光说不练的自由主义者，但现在，你在给他们输送真正的胆量。”凯特说。他看了看她。“我以为，”她又说，语气温和，“这种事儿过去有。将来也还会有。”她差点儿就要说：下面就轮到你上场了。她想起了，她的反对，她的怒气，应该针对历史，而不是这个年岁与她家二儿子相当的小伙子。她努力让自己消气；再说，她生哪门子的气呀？自然是因为她害怕了呗。

“噢，不是的，”他惊诧地说，“你误会我了。要消灭的不是人，是必须改变人的思想。必须改变。不变不行。现在，改变思想的途径五花八门。首先，最新的研究发现，我们能够改变人类的行为——自然是不利于社会的行为，就是危害到他人的行为。借助药物。当然，实施起来会有点儿棘手，但还有许多以前从未听说的办法。”

莫琳站起身来，撤走盘子，然后一手端着一大盘奶酪，一手拿着一条面包，走了回来。她“嘭”一声把奶酪重重放下，接着将面包从一两英尺高的地方扔到桌上。然后，她坐了下来，靠着椅背，分开色彩斑斓的裙下的双腿，后脚跟着地，好像穿着皮靴一样——可是她脚上穿的是一双优雅的系扣高跟皮鞋——双手交叉抱在胸前，直愣愣地看着房间的尽头。菲利普的脸又红了，嘴里开始说些什么话，听着像是演讲或宣言的开场白，然后求助地看了凯特一眼。她没有伸出援手，而是瞧着地面。

菲利普站起来，使尽浑身解数，稳住自己的情绪。

过了一会儿他成功了，换上一种轻松幽默的口吻（可能是在他最近化身为国家救世主之前的正常口气）说：“你连一个机会都不给我吗，莫琳？”说完他走到女孩的身后，双手放在她肩头。凯特看见莫琳的身子缩了一下，然后松弛下来，接着又紧张起来：噢，是的，莫琳抗拒不了他，真的。不管她喜不喜欢。

“我会是一个好丈夫的。”他声明，又恢复了自信，开始调侃自己和她，“我爱你。天晓得什么原因！你不嫁给我，会难过的。你再也不可能找到一个像我这样的人。”

“才不会呢。”莫琳说，口气半嗔半喜。

“这么绝呀。我不会丢工作的。将来也不会。这难道还不管用？”

他开着玩笑，但声音充满自豪，没有一丝愧疚：一场革命成功了！

“这可是我一生都在寻找的东西哟。”莫琳说。

她哈哈大笑。他身子前倾靠在她身上，低头看了看她那如晚霞般灿烂的笑靥，而后目光下移，在她的酥胸徘徊。

她没有移动。

“要是你想我走，那我就走了。”他又恼怒地说。看见她还是没有反应，他说：“好吧，我走了。”

“别，”莫琳说，“别走。”

她站起身来，没有看凯特，然后这对小年轻双双离开去莫琳的房间。“晚安，晚安”，他们边走边说。

夜深人静的时候，凯特慢慢地走到大理石拱门，然后往回走，一路上，听到不少含糊不清的奉承话，遇见种种目光、邀请，以及落魄之人看着可望而不可即的女子恨恨不已的眼神。在这个时刻、这条街上，她和一个搔首弄姿的荡妇一样，引人注目。来回路上，她都在想，只要她换身打扮，就没人会注意到她，就变成一个名副其实的隐形人，可是内心深处，她的所感所想，并没有丝毫差别；尽管戴着不同的面具，她都是同一个人。要是换套行头，她刚才遇到的就是几十个严肃持重的有妇之夫、品性高洁的年轻人、好父亲好祖父、好兄弟好丈夫，她在伦敦人行道上步行了整整四英里路，就不会知道性是一种可以被广泛交易的商品。过了一定岁数——或者应该这么说，过了一定的岁数，形成了某种模式后——女人就会觉得，整条大街仿佛冲着她们挥了挥魔杖，所有猎艳者就都不知所终了。原来着了魔的人，一个个摇身一变，全都成了正人君子。

一堆垃圾，都是糊弄人的东西，该死的真浪费时间。

她回到公寓，里面一片漆黑。在这个白日里阳光明媚、从繁华大街众多后院飘来鸟语花香的房间中，莫琳正躺在菲利普的臂弯里。躺在甜蜜的温柔乡中。被人安全地拥抱着。躺在菲利普那阻挡所有威胁的怀抱里。怀抱里躺着的莫琳，睡着了吗？当然，当然。想想那些温暖、安全、甜蜜的梦吧，难道它不是你年轻孤独时飞翔的梦想，让你所有的幻想一次就全部变成现实？

第二天，凯特很晚才醒来。在厨房桌子上，有一张莫琳留的便条："我们去海边待两三天。回头见。爱你的莫琳。"

凯特发觉，看到"爱"这个普普通通的字眼，她的内心居然涌起一阵暖流。她撕碎便条，说了句："狗屎！"——用上了她家那几个孩子，还有莫琳用的字眼，但她自己以前从未碰过这个词儿。她把它据为己有，觉得自己有权这么做：骗人的玩意儿！该死的愚蠢游戏！一堆狗屎！

使用这样的字眼儿，就如同踏入禁地——自我约束、自我检点的禁地，甚至可以视其为一种策略，就像她不愿跟女儿同去美国，因为怕女儿坏了她的好事儿。以前，“他妈的”就是这样的词儿。她还记得，自己曾和同龄人讨论过，哪些词语但说无妨。她们认为，“该死的”这个词儿是可以说的，但就是这个词儿，曾经也极具杀伤力。不过，她们不会说“他妈的”，张不了嘴：理由之一是这个词儿在作践女子，很可悲。以前，她们的确这么想，可是没过多久，“他妈的”就像“该死的”一样，被成天挂在舌尖，张嘴便是。但是，“狗屎”这个词儿是从没说过的，没有；这个词儿给她的感觉，就跟以前“他妈的”这个词儿给她的感觉一样。

她那几个孩子，张口闭口都是“狗屎”，就像工人们动不动就说“他妈的”一样。

这会儿，她居然下意识地从嘴里冒出了“狗屎”这两个字。

行了，别再在词语上兜圈子了。

她穿上自己原来的衣服，披着头发，上街买东西。她在路边市场走来走去，谁也看不见她。她一边走一边看着迈克尔·布朗太太走路——只能用“优雅”一词形容她的步态——她走在自己地盘上的商店里、街道上，每个人都冲她微笑，无人不晓，无人不识；她也微微笑着，如沐春风，觉得滋润而幸福，因为这么多的人这样注意她——这个迷人的布朗太太，在拜伦公园路住了这么久，从这些可爱的、友好的店主那里采购了如此大量的食品和日用品，布朗太太可是这么多消费者的母亲，消费项目五花八门：食品、旅游、书籍、运动用品……

整套公寓几乎就她一个人。有几个年轻人过来打听莫琳的去向。一个晚上，来了一个闷闷不乐的女孩，睡在厅里的垫子上，她说自己有权进屋——她“一直”都睡在那里——她早上见到凯特不问好，走了也不说再见，只是厌恶地、冷冷地盯着凯特，目光直透她的身躯。跟来时一样，她没打一声招呼就消失了。

凯特发现，别人讨厌自己，她并不介意，而就在一星期前，如果碰到这样的冷遇，她八成会掉泪。

她又能正常饮食了，恶心、没胃口好像发生在过去。她变得烦躁不安，于是动手整理公寓，刷洗水槽，清洁碗柜。她风风火火地把起了头的活儿全部干完——像她这样训练有素的人是不允许自己半途而废的，她还想用吸尘器给地板除尘，但这个念头被她强行打消。如果她想干活，不如回家去干。

是谁要回家呢？但是，目前她还不需要作决定。到十月底之前，她还有一个月的时间。

莫琳来了一封信。凯特极其不屑地打开看了看：*噢，得了，这有用吗？你能希望什么？*她信中的口气幽默，略有不甘，说些小玩笑话。

她说她已经“差不多”决定嫁给菲利普了。“反正”——“还能怎样”——“谁想得到她，莫琳……”“唉，算了吧，我想没理由反对……”

凯特把信往垃圾桶一扔，忘记检查一下自己当前是哪一个身份（是受人尊敬的那一个）就走出公寓，来到街上，上了一辆公共汽车，去国际食品组织，取回布朗太太的信件。

她回到公寓才打开信。

她丈夫虽然很想她，但在美国的日子还蛮愉快的。他想明年再来一次。她应该一起来的——怎么样，老婆？他打算提前一周回来。如果房子还在出租——他记不住房子重归他们的准确日期——他就在医院里找张床对付几天。

对房子什么时候重新归属他们，凯特是再清楚不过的了。

史蒂芬。阿尔及利亚超棒。但政府极其糟糕。将按计划回家。

艾琳。美国挺好的。什么事儿都乱七八糟，不过在哪儿不一样呢，是不是？

詹姆斯。苏丹妙不可言。英国人根本不知道世界别的地方发生了什么，井底之蛙，很快他还会到这里来的。

蒂姆。得了一种怪病，他不知道是什么病。一直很不舒服，以前没有写信说这些，是怕弄糟了大家的假期，不过他打算提前三周回家，还有，既然他被告知没什么大问题，他想最好是……

布朗太太立即换了一个人，伸手拿起电话。她拨通了自家的电话，和恩德斯太太通上话，她说布朗太太这会儿来电话真的太巧了，她正想着他们一家应该早点回美国。

再过三天，凯特就可以收回自己的家。

她站在电话机旁，头脑飞快地运转起来。她必须给不同人等发电报，然后给那家送日用品的商店打电话——不行，最好先叫清洁工，把恩德斯一家肯定留下的垃圾清扫干净。明智之举是……她知道自己笑眯眯的，一举一动都活力四射，充满信心，毫不犹豫。最好让蒂姆搬到二楼的空房间住，那里全天都能晒到太阳，看他的信，他的情绪很低落，需要一个愉悦的环境。

她伸手拿起电话。“是通用清洁公司吗？”她刚张口就看见莫琳站在门口，直愣愣地看着她。菲利普在莫琳身边，双手轻扶她腰间，像把她呈献给凯特似的。呈献他一手创造的作品？莫琳变样了。那个古灵精怪的模样已经踪影全无。她穿着一身套装，一点儿都不花哨。头发编成辫子，盘在头上。

凯特冲他们匆忙笑了笑，意思是“我很忙，等会儿”，而后接着打电话。菲利普看着莫琳，看她专心致志打量凯特的模样。

不一会儿，凯特就开始重操旧业，娴熟地安排这个安排那个，忘记了莫琳和菲利普的存在。她抽空给自己冲了杯茶，转身想把茶壶递给他俩的时候才发现他们已经走了，到莫琳的卧室去了。他们在吵架。她给玛丽·费切丽打电话，请她转告她俩共同雇佣的窗户清洁工，叫她专门上她家一趟。她转身看到莫琳，她双眼通红，脸颊肿胀，坐在桌上。莫琳直愣愣地看着凯特。“别哭！”她和蔼地大声说，发现女孩脸色一沉，充满恨意。“不要这样和我说话。”莫琳说，凯特差点儿想放下手中的电话。还不至于：此刻的她正兴奋着呢，自己的本事又派上了用场——她觉得，自己好像歇了好几十年，而不是只有几个星期。不过，她还是一边看着莫琳，一边听着玛丽家的电话铃响。玛丽不在家。凯特放下听筒，看见莫琳脸上肌肉松弛，可怜兮兮的，不知什么事让她这般苦恼。这是一张小女孩的脸，满眼惊恐地盯着她。

“怎么了？”凯特问，她听到自己的声音，知道里面多了点儿什么，那是她刚才脱口叫那姑娘“别哭”时没有的东西。

凯特的四肢先前一直处于高度兴奋状态，现在那股兴奋劲儿开始慢慢退却：刚才拿定主意的时候她的确非常开心，此刻却已兴味索然了。她立即觉得自己筋疲力尽，知道前几分钟的她，是有点疯狂了。她盯着莫琳。莫琳盯着她。

“怎么了，莫琳？”

“我刚对菲利普说我不会嫁给他。”莫琳说，声音充满怨愤，凯特知道，自己刚才为回家而作的所有努力全部泡汤。她往厨房桌上一坐。

“为什么？”

“叫我做什么都行，我宁可一个人过一辈子，也不愿变成那个样子。”

凯特一声不吭地看着那个样子，几分钟前的自我。

“都怪我，好吗？”她说，想用一种冷静但风趣的方式把罪过揽过来，但没有成功。

莫琳爆发：“糟透了。可恶死了。糟透了。你什么都不懂——知道吗？看看你自己就行了。”她趴在手上，嘤嘤地哭了起来。

凯特说：“我可能是不懂，但你这么烦恼，跟与菲利普结婚这事儿有关吧。就算不是我，也一定会有什么东西让你改变主意的。”

莫琳的头轻轻动了一下，表明：不是你说的那样。她说白了："跟谁结婚都一样。"她还在哭，哭得稀里哗啦。

凯特坐下来，一言不发，心想，前几个月里，她真的走了很长的一段旅程。以前，她是不可能静坐一边，看着一个和自己女儿岁数相当的女孩因为她——凯特——觉得未来黯淡无光而失声痛哭。如果凯特此时身处在她突然感觉到的那漫长的内心旅途的起始点，她会很"理性"，说些不偏不倚的漂亮话，想办法安慰安慰她——因为那时的她还是相信，安慰是管用的。是呀，这就是她的变化之处。她开口说道："我想，你可能错了，你好像认为，只要决定不做这种人，那么选择成为的另一种人就一定会更好。"

莫琳点点头，没有抬起头来。但是，她不再哭了，过了一阵子，她挺了挺身子，说："反正，我十来岁的时候，看见那个样子，我就告诉自己，只要不那样，叫我做什么都行，我宁死也不愿成为那个样子。太可怕了。"

"那可是我的拿手好戏呢。"

"整天忙来忙去——为了什么？"

凯特冷冷地应道："为了把你们拉扯大。"

"噢，得了，不是的，别把责任推到我的身上！"她尖声大叫——显然是冲她母亲喊叫。

"你对我说这些，是因为你从来不敢对你母亲说吧？"她笑出了声，然后接着说，"也许这会儿，在美国的什么地方，艾琳也在冲某个可怜的女子大喊大叫，因为她从来没对我这样。她只是……"

"怎样？"

“生闷气、发牢骚、扔盘子、摔门、装怀孕，搞得全家人连续几周惶恐不安——就这类事儿。你都知道的。”凯特说，一种恨意突然涌上心头——她恨的是以前的事儿，和莫琳毫无关系。

莫琳说:“你错了。这些话我全都说过。我说了又说。但是他们听不进去——那一群人。生活要求他们怎么做他们就怎么做。他们的选择总是对的。我想象不出，我母亲过去哪怕有那么一分钟的时间，会停下来想想她是不是错了。她这一辈子，活得乱七八糟，什么都没有做，只是对着一些鸡毛蒜皮的小事儿，唠唠叨叨，唠唠叨叨。”

“把你拉扯大，这事儿她做得不错。”凯特毫不松口。

“噢，不对。我说过了，不对，不错在哪儿呢?”

“再怎么说，”凯特感觉逝去的怒火滚滚而来，将她席卷而去，“你和菲利普分手，我没有任何责任。”

“谁说你有责任了?”莫琳高声叫道，“谁?我可没有。为什么要是你的责任?为什么?为什么要这样，总是这样?我可不想学你那样——这是我的责任，是我说不的。我不想跟我母亲一样。你们都是疯子。疯了。”

“是，”凯特说，“这个我清楚。所以你以后不会的。好自为之吧。可话又说回来，你会成为什么样的人呢?”

听到这话，女孩的眼泪再度卷土重来。她坐在那里，眨巴着眼睛，想忍住泪水。

她说:“我想做什么?做什么?问题是，我想我是爱菲利普的。”一定是凯特看出了什么那女孩以前没有注意到的东西，因为莫琳嘴咬得很紧。“是的。这不是我第一次恋爱。就是这个东西。爱情。人们就是为这个东西结婚的。我知道，我以前也恋爱过。我也不会跟他结婚的。我不想成为那群人中的一员。”

“哪一群？”凯特问，其实心中十分明了。首先说这个公寓吧：莫琳要付房租，但她没有收入来源。她身上流露着一种不经意的自信，自信到近乎冷漠的地步，这样的自信属于某个阶级的特征。不过，流浪儿和冒险家的身上也有这样的味道，一模一样的自信，他们也表现得相当出色。

“贵族，”莫琳说，“不是，我的家庭不是。我的家境只是比较殷实——其实，没有什么特别的地方。不过，有个贵族家庭的小儿子向我求过婚。威廉。他人很好。他要不装傻的话跟菲利普一样棒——噢，听我说，我说他装傻，是因为我不想知道真正的答案，不过，菲利普做起事来绝对不傻。他突然变成那个样子，你知道的，想清除这呀那呀的，都是最近的事。他以前和我们大家一样，但还要更可靠些，从不朝三暮四。太可怕了。”她呜咽道，眼泪气势汹汹地流了下来，“他们都怎么了？不过，要是我早先嫁给了威廉，我会很富有，什么都不缺，可我拒绝了他，因为他那群人——你知道的，从不过问自己圈子之外的事情，只对圈里的人友好和善。拒绝了威廉以后，我就不打算和菲利普结婚。但我爱他们，真的，真的，真的。我和威廉恋爱的时候，就想：嘿，真怪呀——你想找一个强大的男人，是吗？不过现在我知道是这样的。先是威廉，后是菲利普。我不爱杰瑞。我不爱别的男子。我对他们不认真，就是，我的心里想来着，可我身上有些东西反对。是真的，对吧？女人说得出她们喜欢什么但……很久以来，杰瑞都是我的好朋友。他是另一个我这种类型的人，知道吧。他是将军的儿子，信不信由你。他离开了那些人，像我一样。他喜欢四处游荡，爱想事儿。你知道。他整天就做这个。多么完美的借口，什么时候都适用。是啊——他是个非常、非常好的人，我损他干吗？我不是跟他一样吗？我什么事儿都不做，靠老爸生活。可是，如果要我在杰瑞和菲利普中选一个，我每次选择的都是菲利普。幸亏我没有选择的必要。还好。”

“好了，”凯特说，“我有事情要处理一下。”她回到电话机旁边，取消预约，告诉邻居计划有变，让那些肯定已经下架的日用品——布朗太太的惠顾是怠慢不得的，得绝对保证最快捷有效的服务——重返货架。

莫琳安安静静地坐在那里，把头痛得厉害的那一侧靠在墙上，看着她。

凯特往美国发了一封电报：“很抱歉。已决定十月底返家。”然后又加了一句：“建议艾琳管家。”这时她看到莫琳笑了。她最后写道：“爱你们的凯特。”她相信自己说的是真话，也许到了十月底，真就是这样了。

她在给蒂姆的电报上写道：“很抱歉不能照顾你，房子后天可用。”

给恩德斯一家的电报写的是：“把钥匙留给玛丽·费切丽，计划有变。”

一天就这样过去了。有时，她俩中的一个会泡杯茶、冲杯咖啡什么的。门铃响了，电话响了，她们都不理不睬。

有一次，凯特说：“我刚刚记起来了，前几天晚上我梦见了你。我梦见你是只羽毛鲜艳的黄鸟，在公寓中跳来跳去，只是公寓像个笼子，几束刺眼的光线投进黑暗中，你在里面窜来窜去……”两个女子看着灰尘满屋的房间，发现阳光正无精打采地洒进这间半地下室，然后笑了起来。“你不停地说：不要，不要，不要，噢，不要，我不愿意。”

她们先是轻轻笑了笑，接着哈哈大笑起来，笑得歇斯底里，在椅子上东倒西歪，眼泪簌簌直流。

“咱们闹够了吧？”凯特说。

“是。再待一会儿。”

“我老做一个梦——不知怎样说才好，像个连续剧，懂吗？”

“噢，是的。我喜欢。”

“是吗？要不要告诉你呢？我想，也许那就是我这段时间做的事情——我真正在做的事情。瞧，我生命中的这段时间，是从初夏开始的。”之后，她便沉默了下来，莫琳看着她，静静地等着她的下文。“是呀，”凯特接着说，“回头再看这段时间，从那个下午，那个改变一切的下午起——仿佛一声响雷，一个公告似的，管它是什么，反正我走了出去，走出了我的生活……从那时起，我的想法其实都在我的梦中。没有别的。果真如此……”她又停顿不语，等思绪清晰。

“果真如此，那么我所有的外在表现，工作、旅行，以及婚外恋——我有过一次婚外恋，如果那个算得上的话，说来很傻——是呀，所有的这些，不过是……梦的素材。真的。这个梦……靠我白天的经历提供营养。像一个胎儿。我只是刚刚才明白而已。”

“继续。说吧。”

凯特把海豹的梦告诉了她，梦的开始像神话或寓言故事：“在北部乡间，一个女子走在乱石嶙峋的漆黑山腰，看见有个东西躺在乱石间。她起先以为那是一只海参，一只又大又丑的海参，后来发觉是一只尚未成年的海豹，它想翻过石头，爬回大海里去。它一定得回大海，这就是问题的关键。”她停住了嘴，好像自己说的不是真话，因为她想借用第三人称，逃避什么东西。她想用“一个女子……她……”的口吻，让自己逃离这个梦的影响。“我看见这只可怜的海豹皮肤干燥、粗糙，触须都断了，根根向外突，然后，我把水泼向……”

她叙述的时候，意识到自己是一夜接一夜地梦到自己和海豹的旅行，每个晚上，她都要从梦中醒来好几回，只是一到清晨，就会遗忘而已。最近，这个梦又重新造访她——她找不到更恰当的方法描述它——重新回到黑暗之中，只有借助刹那的闪电，才能看到它的身影。为什么？是因为梦到这个阶段太过痛苦？还是因为这段时间，在这个公寓和莫琳住在一起的时候，她一直很清醒，这样的生活有问题，不能为梦提供足够的养分，因此令她没有力气记住？不管怎样，她总算记得自己正挣扎着向北走，孤独而艰难地进入阴冷的黑暗深处。一个又一个晚上，她扯着拖着这只可怜的动物，它的目光充满耐心，穿过冰凉刺骨的严寒。暴风雪裹挟着尖锐的碎冰块，砸到她们身上。她的四周，尖尖的礁石破雪而出，碎冰边缘犹如刀锋一般，她拽着海豹的尾巴和鳍（她不够高，没法将海豹提离地面）往前走。此时，周遭一片漆黑。她什么也看不见。有时，她感觉得到附近好像有承重之物，有什么东西存在，后来才知道那是树木。好几次她感觉到，压着重物的树枝阻在面前；树枝拂过她的身躯，擦过她的脸庞，刺向她和海豹的眼睛，噼里啪啦地掉下一堆冻雪块。她感觉不到双脚的存在，双手紧紧抓住海豹，海豹在她的手掌中滑来滑去。

“就算前方真有大海，我也不知道自己离那儿究竟多远。我害怕极了，生怕自己走错方向。也许，我永远都找不到海豹需要的大海。也许前方永远只有冰雪和黑暗，无边无际——也许我和海豹会倒在雪地上，再也站不起来。可是，如果结局真是这样，我为什么老做这个梦？如果经过了种种努力，我和海豹还是双双死去，只能以死亡告终，做这样的梦究竟有什么意义？”

凯特讲完故事，一直静静地坐着。像听古老传说故事的莫琳突然跳了起来，说道：“你知道吗？我想咱们是不是该弄点吃的东西？然后再把自己收拾好。看看咱俩——糟透了。”

她把面包切成片，涂上黄油，拿出一盘水果和一盘奶酪，从架上取下几罐儿童食品。她俩吃着东西，一声不吭。

过了一会儿，莫琳说：“我想你要做的事儿就是，把这个梦做完。”

“是，可这事儿我没法说了算。”

“我的意思是，在你回家之前，这个梦必须结束。没有结束，你不该回家。”

说完这话，她去冲了个澡，梳好头发，穿戴整齐。凯特也学着她洗了个澡，费了好大一番功夫，把她那无药可救、无法打理的头发用一根带子扎起：瞧着像一个女学生，但头发总算不会贴到脸上了。一绺花白头发从中央到前额将她的头发一分为二，准备长期驻扎。她看着那绺白发，心里巴望着它长快点，到处蔓延，用真实逐去染过的头发。"噢，不会了。"凯特听见自己喃喃低语，"噢，不会了，再也不会这样了，绝对不会，我以前肯定是疯了。"

下午三时左右，公寓的门铃响了，响个不停，莫琳只好过去开门。来者是菲利普。他一言不发，表情凝重，但显然不是前来兴师问罪的。他站在客厅里，看了看莫琳，然后目光越过莫琳，看着厨房里的凯特。

"我想让你俩跟我去一个地方。我想带你们去看点东西。"

"什么东西？"

"求你了。别问那么多。"乍一看他的样子，不像前来责备她们的，但是他来到这里本身就说明他有意见。这一点清清楚楚。他站在莫琳跟前，一副不达目的誓不罢休的样子，双手放在身体两侧，眼睛直视着她。他身穿军服模样的外套，像个士兵。

看到他这副成竹在胸、不容拒绝的气势，莫琳心有所动，可与此同时，又觉得很反感：她站在那里，犹豫不决，脸色苍白，像生病了似的。最后，她转头看着凯特，凯特摇了摇头。这时，菲利普用命令的语气说："还有你，快点儿，布朗太太。有一些东西我想让你俩都瞧瞧。"

莫琳耸了耸肩，服从了。凯特跟着她走了出去。透过那扇敞开的大门，可以看到树叶在尘土飞扬的风中飞舞。两个女子拾级而上，走到一辆小轿车旁边。车子上到处都是贴纸：购买英国商品。支持祖国。祖国需要你的支持。支持英国，反对混乱。全民齐努力。做英国人。

看他车子的装饰，像是要参加什么庆典活动，或可能去参加某出三十年代的歌舞剧——可那个时代的聚焦点在哪里呢？日本？中国香港？

菲利普打开前排车门，但莫琳却想往后排钻。菲利普伸手扳住她的肩头，不让她进去，说：“不行，我要你坐在我身边。”他声音温柔，却不容反驳；可他的声音，他的举止，很是夸张，充满讽刺意味，像一个独断专行的人故意装出一副温柔模样。眼前这幅情景，菲利普的车子，以及所有一切，越来越像一出哑剧、一道字谜或一个“事件”。莫琳一面钻进车内，坐在他身旁，一面说道：“我真傻，到这儿干什么？我们干吗跟过来，凯特？”

“信我一回，”菲利普无比真诚地说，“信我一回，莫琳。”

“行啊，看在上帝的分上。”莫琳说。两个女子都坐好之后，菲利普发动汽车沿着爱德华路向前行驶。经过他们周围的都是普通车辆，可一到海德公园转角处，情形陡然大变。到处都是贴着菲利普车上那类贴纸的汽车，一群年龄不等、有老有少的人，聚在“英国行动联盟”的大旗下，举着类似的牌子和标语。车里的人们竖起大拇指，表示支持，一辆车中有个女子，冲着一张贴在人行道上的“支持祖国！”的标语高声喊道：“干得漂亮，坚持就是胜利！”

他们经过白金汉宫，朝泰晤士河岸边驶去。白金汉宫的人们，像往常一样，悠闲自在地四处漫步，呼吸新鲜空气。而泰晤士河岸边，所有的人行道上，都挤满了一长排一长排的人：有几千之众。四处的海报密密麻麻，像道上的人一样多，只是那些海报都是在家自制的，不够专业，唯一专业一点的就是一条专门设计的横幅，告知公众聚集于此的缘由，横幅上写着：**给你家门口的饥民一口饭吃。给你的同胞一口饭吃。**可是，上千种难以计数的民声民意，用蜡笔和彩笔草草写在一块块方形纸板上，有的甚至就打印在普通的打印纸上：**想让我们悄悄饿死了事？眼不见，心不烦！……今天我们还没吃饭，你们呢？……是不是刚饱餐了一顿？真幸运！……你找到工作了吗？我是没有。**

菲利普不时看莫琳一眼，对自己的行为很满意。他载着她们，尽可能慢慢地开着。

初看一眼，这些等待的人们并不像饥民，因为他们只是一些穷人，不会真的被活活饿死，并没有常年生活在饥饿的边缘，靠少得可怜的养老金、配给品或施舍物品生活，或者仰仗政府救济车的大驾光临苟延残喘。但是，只要仔细打量，就会发觉他们个个明显因穷困而无精打采、冷漠麻木；当然，这些是电视屏幕上常见的镜头，很容易被看成是发生在别国的事儿。

男男女女、大人孩子，在一棵棵枝叶泛黄的树下聚集站立，头顶的树叶纷纷飘落。有人迫于公事问及此次游行有何不同时，人们所给的答案是——费了一番劲儿才给出答案，因为时至今日，这种现象已经存续好长一段时间了——不同之处就在于，这次的游行者是以家庭为单位的，是父亲、母亲和孩子们，而不是工会、政党或利益集团。一户户家庭从几千户伦敦家庭中走出来，此刻就站在街边，望着他们，无言地控诉。但是，旁观者做不到安之若素，觉得自己高人一等，恰恰相反：因为谁都知道，朝前跨上几步，加入这些无助人士的行列，是多么简单的事儿。许多人站在对面的人行道上，观望着。每分钟都有越来越多的人群拥入。消息传至附近的街道，那里的人们正纷纷赶来，想看看自己的恐惧如何呈现于世。

菲利普依旧慢慢地开着车。此情此景令他高兴坏了：他的脸上好像熠熠生辉。莫琳的脸却是一会儿白一会儿红，她探头向前看了看那些饥饿的人群，又看了看菲利普，表情既难以置信，又充满愤怒和憎恨——当然还有丝丝迷恋。

“很好，”她说，“好极了。我们来了。很好。你现在要我怎么做？下车把身上的零钞分给他们？像耶稣一样施神迹，变出鱼和面包？要我做什么呢？”

“我就是想让你看看。”菲利普说。其实，他另有深意，非常得意自己的这个举动，激动得身子微颤。他身上的乡土气息，笨拙红润的脸庞，健壮结实的身子，以及那双诚实的神采奕奕的眼睛，都荡然无存，被新变的容颜吞噬得干干净净。时间一分一秒过去了，他越来越需要莫琳站在身边支持他。莫琳感觉到了他的需要，她也在颤抖，但她坐在位子边缘，尽可能远离他。菲利普见状说道：“行了，别以为我不懂你的意思，你不想要我，我又不蠢，别那么看我，我不过是想让你瞧一瞧而已。”

他的话——跟那个车中女子呼喊的“干得漂亮，坚持就是胜利！”一样——听起来像海报上的口号。

他们的车子开出了半英里之遥，驶离了那一长队一长队濒临死亡的人们，驶离了那些被看热闹的人群挤得水泄不通的人行道。

“你这个人怎么了？”莫琳问，“嗯，怎么了？”她好像也在编造那些注定会被写在海报或贴在车窗上的文字。“难道你是刚刚明白过来还是怎么的？多少年来，每年都有几百万人饿死。好几百万的人。几百万的儿童吃不到好东西，变成了傻瓜、笨蛋和弱智。这一点谁不知道？你突然把我们拽到这里来干吗？哪次打开电视，看不到这样的事件？我们不是靠死人的方式，解决人口过多的问题嘛……噢，去他妈的，有什么用呢？”她一阵狂轰滥炸，可她自己的话与海报上写的东西性质也一样。

“是在这里，”菲利普一脸神圣而专注地听完她的话，然后说，“是在我们的国家。不是别的什么地方。别的地方我才不在乎呢。但我在乎我的国家，在乎英格兰。”

“噢——狗屎。”莫琳说着转过身，背对着连绵不绝的队列：这样一来，只好面对看热闹的人，于是她再次掉转目光，直视着正前方。他们随同那一辆辆缓慢行驶、满是看客的车子，继续向前开去。

重要地带警车成群。但警察没有下车。他们坐在车里，充当观众，跟其他看客一样，那些人不是有工作的，就是有小金库的，或有珠宝、字画、土地什么的。

我们不要慈善，我们要工作。给我们工作。给我们权利、工作和食品。

一个面色憔悴的男子，走出人群和海报，开始对观众发表演讲。“只要我们躲在家里，一声不吭地饿肚子就没问题，是不是？你们就可以不管！但现在我们出来了，到这里来了，我们会一直坚守阵地。”

两个警察纵身跳出一辆巡逻车，身手敏捷地关上车门，穿过人群走向演说者，冲他摇头摆手，像护士对待淘气的小孩一样：好像演说干扰了秩序。

演说者见状用力跳上朋友的肩头，他的朋友们伸手扶住他，让他坐稳：乍看他们像要开始表演什么杂技——叠罗汉。他大喊道：“我们在这里。我们要在公共场合饿肚子，不要躲在没人看见的地方。必要的话，饿死都行。这就是我们来这里的目的。我们要在你们的眼皮底下饿死。”

警察并肩站着，犹豫地抬头看着演说者。就个人而言，他们完全支持示威者的行动：他们时不时笑眯眯地看着人群，传达自己的心意。

一辆电视转播车停了下来。有人跳下车子，高举着身前的摄像机，跑过车来车往的大街。晚间新闻正在录制当中。

“他们的确不该待在这里不走，对吧？”莫琳问，声音充满愤怒，好像想让示威者尽快离开她的视线，想让警察助她一臂之力一样。她的脸涨得通红，恼怒万分；她哭了起来，泪水哗哗地流过肿胀的双颊。

菲利普看到她落泪，非常高兴。她明白他的心情，于是努力控制自己的感情。她越是努力就陷得越深——不管是什么情感，都很可能是由眼前情形引发的愤怒情绪。到了这会儿，菲利普好像心满意足了，开车离开了岸边，送她们回家。

莫琳侧身对着他，目光凝望着窗外，外面此刻看不到一丝与饥饿等问题有关的痕迹。菲利普笑容满面。他虽然觉得自己这么做好像不够厚道，但每看莫琳一眼，就都情不自禁地露出胜利的微笑，而后再不得不奋力将它从脸上赶走。

“好吧，”凯特说，“现在可以告诉我们，对于这些你有什么好办法吗？”

“噢，别傻了，凯特；你知道的，他没有什么好主意，跟其他人一样。”

“我们首先要让国家有所变化。”

“噢，说了等于没说，一点儿用都没有。”

她的话刺激了他，他尖锐地反驳道：“我们肯定会知道怎么行动的，你看着吧。”

“谁信呢？”莫琳一边说一边哭笑着用拳头敲打座椅的靠背——看起来像发疯了似的，“他说的东西都不可信。谁信呢？可是你竟然说了，菲利普。你们那些人都说了，不光是你一个人。你们都说这些可怕的蠢话。我真的不敢相信，你们是当真的。”

作为润滑剂、调解员及全能的家庭安慰者的凯特发话了：“你呀，其实没说一句有实质内容的话呢，菲利普，莫琳是因为这个才不开心的。”

“哼，就是嘛！”莫琳尖叫道。“你这个该死的傻瓜，”她冲菲利普叫喊着，“你怎么连眼皮底下的事儿都看不见？是的，你看不见。就是看不见。”

“我们一定得安邦兴国。”菲利普脱口而出，语气坚定。

显而易见，只要这两人在一起，这种情形就免不了：一个歇斯底里，一个盲目自信；他们要么只能用那种张贴在窗户上的宣传语交谈，要么就是瞎扯，谈不到问题的关键。

所幸这会儿他们已经驶进了那条林荫大道，沿着漂着游船的运河边，来到了莫琳的公寓前面。

菲利普停下车。“我就不下车了。”他说。莫琳下了车，凯特紧随其后。莫琳站在那里，无助地看着菲利普，菲利普也盯着她看。迷恋的浪涛在这对男女之间来回奔涌。最后莫琳说了声“噢，该死的”，穿着高跟鞋跌跌撞撞地跑进了屋。

“再见，布朗太太。”菲利普说，语气硬邦邦的，不冷不热，带着胜利者的口吻，然后开车走了。

屋里，莫琳已经打开了电视。她们一起等着看新闻。土耳其又发生了一场地震。正在召开一个如何处置核废物的会议。然后是关于国际食品组织智利会议情况的报道。接着是泰晤士河岸游行的简讯。摄像机飞速地扫过了游行队伍，照出了各种旗帜和海报，停留在：我们饿死在你们看不见的地方，你们是不会介意的。一辆大车为游行者送来了汤和面包。一个演说者——就是那个一脸憔悴和愤怒的男人——正在大喊着：“别拿，快别拿——他们是想堵住我们的嘴，不让我们说话。”修女们弯着腰，向被父母扯进整齐队列中的孩子分发面包和纸杯装的汤。现场又出现了一辆车：一辆政府救济车。人群散了去，去了来，排队等着拿食物。那个演说者被两个警察带走了，警察一点都不粗暴，摄像机照出警察充满同情的脸。他们把那个人的胳膊摁在身后，而他还在大喊：“挨饿——坚持住——要坚持住，要在这里公开挨饿，不要像动物一样藏在关紧的门后……”警察把他推进警车，关上门，开走了。

“接下来是天气预报……”

新闻节目一完，莫琳就去洗澡了，出来的时候换了一件深棕色工装——菲利普套装的女款。她站在厅里的镜子前，打量着自己，对凯特说：“我需要一套制服？对不对？没准儿我是真的想要来着。算了，还是不要了！”她急匆匆地转身回到卧室，又穿了一身花色缭乱的衣服，戴着珠宝出来，衣服珠宝只是随意搭配的。她对凯特说：“我给你煮晚饭。”

过了好几个小时，她才叫凯特进厨房。她准备了洋蓟心和鳄梨做开胃菜，土豆泥软煎小牛肉配菠菜，还有沙拉、奶酪和布丁，还做了一道冷盘猪肘。刚才，她打车去了一家尚未打烊的商店，买了食材回来，花去了不少钱。

两个女人悠闲地吃着晚餐，心里想着那些在泰晤士河岸游行的人群和他们代表的成千上万的饥民。

第二天，莫琳说她想去买件衣服：她的屋里，衣服堆积如山。她走出住所，戴了一副厚厚的墨镜，寻找新的身份或面具去了。或者制服？她回来的时候，有可能变成任何一种人；大可以像肚皮舞娘穿身修女的修道服……嫉妒，噢，是的，根本就是嫉妒。这一天中，莫琳可以选择打扮成吉卜赛女郎，或假小子，或家庭主妇：她有这个自由。莫琳会花上一年的时间坐在阳台上，扮演一位受爱心独裁者祖父和老保姆管束的地中海女子吗？哪怕是一种策略，假心假意地服从，或者半开玩笑似的？但事实证明那根本不是玩笑，难道说她——凯特——过去的生活连这一点都证明不了？不，莫琳不会，她做不到；她就连假装服从都做不到；她的本性，她的内在，都不容许她这样做。这么说，那都是真的，是吧？她穿着一件从流动售货车上买的二十世纪三十年代的黑丝晚礼服，后背开到腰部，涂着红色口红，顶着一头鬈发；或穿一件简·奥斯丁式的早礼服，短小的袖子紧得几乎穿不进去，不都是出于怀旧心理？如果是的，那样的打扮不会超过一个晚上，或维持不了半天。同样，如果那女孩是出于满足想象中人们对她的要求，穿上过去妇女的紧身衣——因为做自己太辛苦了吗？——那么她的行为同样维持不了多久，她放任情绪的变化……为什么她，凯特用"放任"这样的字眼儿：难道是因为这么多年来，为了让家人接受她，她自己的梦想一直被埋葬？而现在，世上再也没有什么事情能够阻止她去购买她梦想的衣服，然后在这里，在莫琳的公寓里穿上它们。她主意已定。

沿着街道向南走，在转角处，一栋高层公寓正向广阔的天空挺进。这栋建筑的低层部分业已完工：分配的土地全用上了，没有一点空余。已完工的大约五层楼房，除了窗户上有粉笔字外，还挺像模像样的。但是上面就狼藉一片了：在这个位置，大楼好像被拦腰折断了似的。高空中，男人们在厚厚的木板上走动、拉吊桶、铲泥、开起重机。地面上，男人们也在忙碌，准备材料装吊桶。凯特发觉自己一动不动地站在一旁，愣愣地看着，看了好几分钟。工地上的男人们谁都没有注意到她。

他们的忽视令她勃然大怒。她走到他们看不见的地方，脱下夹克——这件夹克是莫琳的——露出里面凸显玲珑身形的黑裙。她用头巾夸张地将头发扎起。然后故意扭着腰肢，款步走回到工人们的面前。顿时，口哨声、叫喊声、邀请声此起彼伏。她走到另一侧工人们看不见的地方，稍加改变，重新再度走回工地：这回男人们的眼睛扫过她，却视而不见了。她气极了，浑身颤抖：她觉得，这份怒气被她压抑了一辈子，一直没有释放的机会。生气意味着更糟糕的事还在后头，意味着触及她一直退避三舍的痛苦，因为这个愤怒的声音反复冲着她唠叨：这么多年了，这么多年了，你怎么老做这种事儿呢！

她再次摇身一变，成了一个性感尤物。她看见对面的角落里，一个穿得像荷兰娃娃似的姑娘在瞧她。那姑娘穿了一条黄色长裙，一件紧身红夹克，满头黄色鬈发，脸颊粉嫩，睁着一双蓝色的大眼睛。

凯特走到莫琳身边说："所有的一切就值这个价。"

莫琳故意眨巴着脸上那对浓密的黑眼睫毛，从男人们如炬的目光下疾步走过，男人们叫喊着，吹着口哨。莫琳走到对面，到了一处凯特看不见的地方，等凯特过来。凯特像个隐身人一样走过工地。她发现自己有股冲动，想扯开裙子，一展后背，像捷克妇女那样，好好羞辱一番新开进的军队；她真想往他们脸上甩鼻涕，或者当着他们的面小便，像母牛那样……这些冲动跟她的理智南辕北辙，她的心里还是像以前一样，对干这种活儿的男人，对能找到这种活儿而兴高采烈的男人是有几分同情的。她还想到，一个动物对另一个动物露出屁股，是在表达驯服顺从、认输投降的意思——也许捷克妇女的本意其实是这样的，只是她们自己不知情罢了：实际上她们说的是，你们的态度太过分了。

莫琳看到她的脸色，伸手抓住她的胳膊：她的手还颤抖着呢。莫琳用调侃的语气，小心责备道："别，别穿成这样。别再这样了，都不像你了。"

"我说得不对吗？所有的这些就值这个价。就是这样。这么多年了，这么多年了，都是这样。"

她们回到公寓。莫琳请凯特喝茶，凯特摇了摇头，匆匆跑回自己那间又冷又小的地下房间，钻进被窝，盖上好几条被子，蜷缩着身子，面对墙壁静静地躺着。她睡着了，做了个梦，但是没有做那个海豹之梦，这回梦见的都是莫琳，那只鲜黄的笼中小鸟，叫唤着：不要啊，不要啊，不要啊，不要啊。

她醒来时，天都黑了。公寓里灯火通明。莫琳在厨房里坐着，不再是洋娃娃装扮了，换了一件精美的维多利亚式睡裙，满身褶子、绣花、蕾丝，还有大裙摆。她正在吃乳酪玉米片，不声不响地给凯特拌了一盘。

之后，她们走进莫琳的房间。莫琳打开录音机，考虑到凯特，她调低了音量。她们坐在垫子上，莫琳给脚指甲和手指甲涂上亮粉色指甲油。凯特喝了点红酒；莫琳吸了几口大麻，两人什么都没有做。好像在等待什么。在等待凯特做完那个梦吗？

日子过得飞快，一天接一天，好像每天都是一个样。在伦敦的另一端，凯特的家门再次向她敞开，家人都回家了，她的生活继续运转：但是她却不在那里。她以其人之道还治其人之身，写了个简短的便条给他们："实在对不起，忙极了，回家时再见。”有一次，她发了一封这样的电报:“我很好，再见。”她写这样的东西时，虽然觉得自己有点儿孩子气，心怀恨意，但又想不到更好的主意。

电话几乎不响，门铃倒是经常响。有一次，来了一个小伙子，但莫琳刚好要出门，对他说:“对不起，斯坦利，下次吧，我刚好有事儿。”

莫琳说起过斯坦利，但没有把他归入杰瑞一类，而是归入菲利普和威廉那一族:他在一个什么组织工作，帮助穷人和住房困难的群众，以前是个左翼分子，现在的他已经看不到以前的影子，很可能他也有心娶莫琳，只要莫琳愿意花时间了解他的想法。他俩上过床，感觉相当不错，可是她没有爱上他。

“我到底怎么了？怎么回事？就觉得那些事儿与我无关呢？我说的是那些福利工作，关怀他人的事——所有那些。我知道我这个人没心没肺，是个坏东西——这么说我的人可多了。可是不顶用，我就是看不出那些事儿重要在哪里。威廉至今还觉得对不住那些租户——并不是人数众多，就因为他们是租户。他常常慷慨解囊做善事。还有菲利普——他呀，只要善念一起，便一发不可收拾。可他怎么就信得这么深呢，这么深呢？要我说，他准是疯了，没准儿疯了的人是我。斯坦利呢，就工作而言，三人当中数他最能干。他干得很出色。一直很出色。可我跟他在一起的时候，就想:那有啥用，有啥用？根本没用。好吧，就算你给三百个人找到房子住……接下来怎么办？他就是看不到这一点，可多半人家才是对的呢？我该怎么办，凯特？菲利普说我是个上流社会的婊子，生来就只想着自己，从不关心别人，所以才会这样。他冤枉我了。我跟着斯坦利，做了一整年的事——这你就不知道了吧？是真的。我和另外五个人待在一间脏兮兮的房子里，没日没夜地工作，忙着给可怜的人找房子住。那时我就一直在想：这样做没有用。到底怎么做才有用呢？”

“我不知道，我哪里知道？”

凯特把过去的经历告诉她。她记不得是怎么开的头，不过很快这就成了她们打发时光的主要内容。她记得的东西并不是以前她认为重要或有趣的事情：现在她全凭莫琳的反应评估它们的价值。几乎就像因为莫琳感兴趣，她才记住它们——因为莫琳需要？难道作选择的是莫琳？

比如说，很久以前，当时她还只有两个孩子——史蒂芬和艾琳，一个四岁，一个两岁——迈克尔到别的什么地方去了，她开车带两个小东西到乡下玩。她记不得具体地点了，但“我只记得，那是真正的乡下，一整天没看到一个人影。我在一个小树林里，那儿有一条小溪”。

她和两个孩子坐在河岸边，小家伙们整天都有事可做：看叶子，看蝴蝶，看溪水流过小石荡起的波纹。阳光透过微风中轻摇的茂密的绿树叶，往他们光溜溜的身子上投下摇晃的金色光斑，他俩高兴得尖声大叫。

莫琳想知道那个日子的每一个细节，因为那一天是那样的快乐，直至今日它的光辉还能照亮这个黑暗的公寓；因为秋天快到了，湿漉漉的秋天，是雨水，不是阳光，洒在莫琳的窗户上。

莫琳又问起那天的事，凯特只好从更早的时候说起，那天她早早就起了床，给孩子们穿好衣服——艾琳穿的是一条纯棉小黄裙，上面绣着小雏菊。她怎样开车穿过车流，很快来到小树林，他们在林子里做了什么——等等，这些内容凯特讲了一遍又一遍，慢慢地，她回忆起更多的细节。

还有那一次，迈克尔的母亲过来帮忙照看孩子——那个时候，他们有几个孩子了？三个，还是四个都出生了？管它呢，反正她和迈克尔外出度了个周末，那可是孩子们出生后两人第一次单独外出。他们住在诺福克海边的一家旅馆内。天下着雨，旅馆是老式的，里面的炉火烧得旺旺的。他俩在雨中散了很久的步，一起坐在炉火前烤火，在酒吧和当地人一起玩飞镖。他们做爱。

对凯特这样的经历，莫琳总是听不够，只要她俩的肚子一塞饱那些儿童食品、面包、黄油、苹果泥什么的，莫琳就会说："讲个故事给我听吧，凯特，讲个故事给我听吧。"然后她一屁股坐在垫子上，笑嘻嘻地听凯特回忆。

"说说那个晚上的事儿，你和迈克尔半夜醒来，开始以为家里进了窃贼，结果发现是只小猫。然后你俩坐在厨房中享用美食，后来史蒂芬醒了，跑到你们那儿跟你们一起吃东西。"

莫琳像唱歌似的细细道来，中间稍加停顿，给凯特回想的空间，让她接下去说。凯特接过她的话头："后来呢，除了蒂姆之外，全家人都跑到厨房来了，我们——我和迈克尔——一直说'轻点声，轻点声'，因为蒂姆太小了，可是史蒂芬不乐意了，说：'不行，这不公平。'——因为蒂姆一直是他带的，史蒂芬经常替蒂姆说话，后来他上楼把蒂姆从床上拉起来，说：‘快点儿，快点儿，爸妈在聚餐呢，叫咱们也去。’蒂姆也下来了——是史蒂芬抱下来的。蒂姆大概三岁吧，一个小不点儿，对我们说：‘快点儿，快点儿，要聚餐。’”

“然后，你们一家子坐在厨房里，吃蛋糕，喝巧克力奶，你突然抬头一看，太阳就要升起来了。你们发现，早晨这么迷人，再回到床上睡觉岂不太傻，于是你们坐上车，往海边开。虽然只是四月份，但海水并不冷，你们一家子在海里泡了个澡，在海边待了一整天。”

“当然，孩子们吃完午饭一定得去休息，他们就裹着浴袍，躺在防波堤阴影下的沙滩上睡着了。后来，我们到一家咖啡店里喝茶。吃鸡蛋、火腿，还有烤面包。孩子们还会说起那天的事儿。或者说，他们以前常说，只是最近才不说了。”

她们就这样打发白天的时光，靠搜索凯特的记忆寻找快乐，但睡觉的时候，凯特寻找的却是那只海豹，她的梦。虽然她知道自己常做那个梦，可是只要一醒过来，梦就跑没了影子。她担心，是不是因为海豹死了，她才记不住自己的梦。这时候的梦中，她非常忧伤、失落和痛苦，醒过来的时候，总觉得脚被东西割破了，因为她感觉自己的双脚冷冰冰的，疼痛不已，可事实上，她的脚暖和着呢。想必海豹比原来更重了？还是因为它已经死了，所以更重了？在她身后远方的地平线下，她知道太阳仍在闪耀，却一直都不升起。在她的梦中，太阳已经好几天、好几星期没有升起了。她还在朝北前行，离太阳越来越远。她的前方，是冬天、冰雪和无尽的黑暗。

“讲个故事吧，凯特。有一次，你和迈克尔去参加聚会，那天你脾气很坏，跟迈克尔都吵了好几天了，后来却发现，聚会中有那么多的人，但你俩还是最喜欢对方，于是你们第二次堕入爱河。”

“要不，我给你讲讲玛丽·费切丽吧。我花了好长时间才弄明白，玛丽这个人和我完全不一样，和我认识的所有女人都不一样，是别人嘴里的‘野蛮女人’——听我说，要是有男人说‘你是一个野蛮女人’，他有点儿怕你，但其实他是喜欢你的野蛮。你呢，心里扬扬自得，甚至有时故意耍耍野蛮。可事实不是这样。不是的，莫琳，你心里在想：对，我就是野蛮的，我不听话！可你是听话的。但玛丽不是。她身上少了什么东西，就像一只小狗，一个男人花了好几个月训练它，最后却说：没用，怎么做都不管用。对玛丽做什么都没用。她没有愧疚感——这就是关键之处。我们都受无形的锁链——愧疚感——束缚，这些我们应该做，那些我们不应该做——这个对孩子不好，那个对丈夫不公平。玛丽才不会这样呢，她身上没有这种东西。看表面，她过去接受的教育跟大家一样。我以前一直搞不清楚她的教育少了什么东西。也许什么都没少——是她这个人的身上少了什么。她结婚很早。我第一次对玛丽有印象就是听她说：‘我选择比尔，是因为他的工作比别人的更好。’好了，别急——许多女人都可能这样想或这样做，但她们嘴上会说：因为我最爱他，或因为我敬佩他，或因为他很性感。玛丽不会。她就是为这个才嫁人的。她父母没什么钱。他佩服她。现在也是。以前他们经常做爱。现在也是。但是玛丽打一开始就背着他偷人。记得有一次我非常吃惊。那天，我在窗边缝纫，向外看见一个送货员走进玛丽的房子。他在里面待了好长时间。我没有多想。我想他留下喝茶了吧。第二天我提到这事儿，玛丽说：‘他那个玩意儿真棒。’我先是以为她在开玩笑，后来认为她瞎吹牛。错了。她这个人就是这样。要是她逛街的时候看上某个人，只要有机会，事情就会发生。完事她就再也不会想起这件事。一直都这样，怀孕的时候，奶孩子的时候，都这样。我问过她，她说：‘噢，就跟一个男人，我受不了！’很窘的样子——是觉得你怎么这么傻。我以前也爱上过一个人——那个，好傻，整件事儿，不过就是在那个时候，我才真正明白我跟玛丽完全不同。玛丽一生中从来没有爱上谁。她听不明白我说的话。开始，我想——像以前一样——以为她在开玩笑。她还以为我在编故事呢。真的，没错——她以为，人们为爱所做的事儿，相爱时的种种表现，都是某种阴谋，是皇帝的新衣。大概就是那个时候，她发现她读不了书，也不看电视剧什么的。她说：‘那些都是没事找事，瞎折腾自己。’她看侦探小说，男孩喜欢的冒险小说和动物故事。有一段时间，我都以为她很像男人。是呀，爱情——所有这些东西，浪漫爱情，以及跟它沾亲带故的种种该死表现——就是说，几百年的文明都在她身上找不到痕迹。她想我们都是疯子。你喜欢他，他喜欢你，你俩一起做爱，要是谁累了，就说声再见，谁都不会难过……”

“她丈夫怎么办？”

“我说了嘛，你不野蛮，跟她不一样。你坐在这里，老想着：她丈夫怎么办？她孩子怎么办？是的，是这样。几乎才刚结婚，她就和别的男人有染。对这事儿她一向大大方方，过了好长一段时间，比尔才相信那些是真事。他向她核实，她说：'是有这回事儿，可我就是喜欢。'她大为不安，他为什么不喜欢呢？为这事儿他大吵大闹。每次他发火，她都很伤心，很不快活。这么大惊小怪干吗呀？这下知道了吧，让他难受的是这个——她的态度。她没觉得自己做错了事儿。那时他们已经有了三个孩子。玛丽常说：'小孩都不错，就是会妨碍自己的生活。'可孩子们并没有对她的生活造成多少障碍。有一天，比尔回家，看见她和一个连名字都不知道的男人上床。小婴儿就在房里的婴儿车内，而那个小男孩——塞德里克，一个很乖的孩子——坐在地板上玩耍。比尔提出离婚。他心碎了。她的心也碎了。他如愿离了婚，获得孩子们的监护权。玛丽没有与他争什么，再说她也没理由争。离婚一年，他们又住到一起了。他没有爱上别的女人。他见到人就说，有了玛丽，对别的女人他没有感觉：'她是道德败坏，但除了这个，她是个很好的女人。'我想啊，一定是她并没有用不忠诚作为武器伤害他，对他说这说那。遇到他出轨了，她会冲他嚷上两声，接着与他做爱。是的，性。离婚的那一年里，他俩的心头都觉得空落落的——因为两种截然不同的原因而失落。他与那个堕落的、毒害孩子的恶妻离婚了，可她呢，觉得丈夫是个疯子，自己是受害者。'你说，你怎么了？'她说了一次又一次，'我们生活得好好的嘛。'他俩复婚的时候，为了自己的面子，他立下了很多规矩。他很清楚，她是不会遵从的。但是，她要是不适合他，他该不会再娶她吧？他俩就这么过来的。现在，几个小孩都十几岁了。照理，他们应该成不了健全的孩子，可他们一点儿都不比大多数孩子差。玛丽的想法是对的，那些东西都太夸张了——她说，每当她做了点出格的事儿，大家都要拿它说事儿。她说，大家都没弄明白——那根本就不算事儿。就是她有那个想法，就做了呗。要是给孩子们知道了——有的时候她还是挺小心的——他们会找她理论，说出他们的意见。她说：'哎哟，上帝呀，就让我一个人待着吧——我被你们弄得累死了，哪来的那么多因为，那么多为什么。我就是喜欢性嘛。'这些年来，她的几个孩子常在我家进进出出——他们比我的孩子小一些，但孩子们之间关系很好。我那四个孩子，很喜欢讨论玛丽。他们都很喜欢她。他们比我早很多就弄明白了这里面的原因——可我却花了好几年的工夫。他们知道，她跟别的女人不一样。真的大不一样。有一次，她还勾引我丈夫呢。我怀疑这个词用得是否恰当。不对，她是想要他，结果如她所愿。老天知道，我难受极了，老想着背叛什么的。后来，我俩在她家厨房喝咖啡的时候，她对我说：'迈克尔，真行，他让我舒服极了。'"

"然后呢？"莫琳说，口气有点不服，"你说了这么多，究竟想让我从中明白什么？"

"我自己都没能弄明白什么，只知道她和我完全不同。仅此而已。每当我想做什么的时候——或者不想做什么的时候，其实不想做的时候更多，比如某个男人的目光让我很受用，我心里就想：被他瞧几眼没什么的，不过我是绝对不会做什么的——然后就会想到玛丽。有一段日子，一想玛丽我心里就舒服多了，就有了力气——心想，比起那个不负责的东西，我可要好多了，我更细心，更细腻。可现在我拿不准了。真的。我在剧院，看到电影中的人物爱得死去活来，脑子里突然想到了玛丽，她根本无法理解这个，干吗这么大惊小怪？还有我在电影院……有时和玛丽一起看，就那样……看完电影，她说：'好蠢！'刚开始，听她说这话，我以为她是出于自我防卫，我们大家都这样，可是，如果你的伙伴是真的觉得那很可笑，说的是真心话，发自内心的——要是这个字眼儿用到玛丽身上合适的话——奇怪得很，你的看法就变了。有时候，当我对事物的看法发生变化时——所有的事情，包括我长成大姑娘后遇见的所有事情，我老觉得自己像个狂乱的疯子。爱情、责任、恋爱，还有失恋、有爱心、举止得体、懂规矩。这些是病。是的，有时我觉得所有这些都是病。"

"有一回，我以为妈妈爱上了别人。直到现在，我还是不清楚那事儿究竟对我造成了多大影响。我彻底垮了。"莫琳说，"真的。我当时以为她不要我和爸爸了。打那以后，我看她的眼光就变了。我知道自己很傻。小时候我遇到的最糟的事儿就数这个啦。"

"玛丽的孩子，还有我的孩子，说起她那档子事儿，就像她染上某种病一样。可以容忍。"

凯特给那姑娘讲玛丽的故事的时候，尚未意识到自己是在给她的请求"给我讲个故事吧，求你了，讲个故事，凯特"，画上休止符。

事实就是如此。

凯特又梦见了海豹——或者说准确点儿，是不仅梦见而且记住了梦的内容。海豹在她怀里不安地扭来扭去，想提醒她注意什么。她停下脚步。雪无声无息地飘落下来，纷纷扬扬，到处都是。她看得见雪花的形状：天色比以前亮了一些。在她的正前方，茫茫白雪中，兀自立着一棵樱桃树，开满淡粉色的花朵，像盏盏烛火。凯特吃力地走过厚厚的积雪，来到树前，折下一枝花，握在冻僵的手中，然后绕过花树，继续前行，走入前面的沉沉黑暗中。

她把梦的新内容告诉莫琳，莫琳说："我猜，它快结束了。"

它是要结束了，可寂寞却悄悄爬上莫琳的心房。凯特看见那姑娘愁眉苦脸，无精打采，往日的生机荡然无存。凯特坐在她身旁，伸手把她搂在胸前，就像是自己的女儿一样。莫琳把头靠在凯特的肩头，任由凯特搂着她，抚摸她。就这样，她们睡着了。

凯特醒来的时候，莫琳正直挺挺地盘腿坐在她面前的垫子上。凯特一见，赶忙坐起身来，又看了她一眼，然后摇了摇头让自己清醒过来。莫琳脸上换了一种新的神情——或者，至少，看凯特的表情变了。

女孩说："你知道吗？我醒来的时候，发现嘴里含着大拇指。"

莫琳静静地坐在那里，坐在垫子上，等着凯特醒来，向她发难。如今话已说完，她轻盈地从垫子上跳起到厨房去了。凯特没有跟过去。她的确有些内疚，觉得做错了事。她坐在床上，想着错在哪儿，做错了什么。

一小时后，凯特看见莫琳在吃儿童食品充饥，她坐了下来，想知道答案。莫琳说:“你知道了吧?是你的故事。我们喜欢的事情不同。你喜欢说你的孩子,特别是他们小时候的故事。那些事情你记得最清楚。你想告诉我的是这些,我想让你讲讲你和迈克尔的高兴事儿,你却转移话题,硬要给我讲玛丽的故事。”

“就是这个原因?”

“是。你害惨了我。我就是这么想的。是的,的确如此。玛丽关你关我什么事?她一点儿忙都帮不上。”

莫琳吃完后,把碗洗了,又把厨房清理干净。凯特坐在一边,袖手旁观。完事后,那姑娘往肩上挎了一个小包,走了出去。

晚上,她一回来立刻来找凯特,就是要告诉她:“我去动物园了。”她非常激动,怒不可遏。

是生凯特的气吗?是她招惹的吗?不然,这姑娘干吗一回来就到这个阴暗的小房间里找她?“是的,我在那儿待了一整天。”

“这可不能怪我哟。”凯特尽力幽默地说。莫琳回答:“谁怪谁了?那一点儿都不重要,对吧?”快出门的时候她转身又说:“你这么说是什么意思?我干吗要怪你?自己乱想。你这人就是这样,爱乱想。”凯特哑口无言。莫琳接着说:“好了,我道歉,我道歉。但你就是那样子嘛,不是吗?”说完她跑出房间,毫无羞耻地放声大哭,像一个小孩,挨了一巴掌,只知道哗啦啦地掉泪,啥也不管。

她的意思是:你已经是过来人了,不管好坏,反正都经历过了，而我呢，还拿不定主意要不要做呢。

站在莫琳的立场，她知道这姑娘没有错怪她。莫琳已经成了她的孩子；她为她着想，就像为自己那几个孩子着想一样。不止如此，她告诉自己，她这么固执，说明她在保护什么东西，在固守什么不该属于自己的东西——不配获得的东西：过去几个星期，这小东西天天陪着她，让她无比快乐，而跟自己的孩子在一起，她从未享受过这种快乐，因为……她已经想了好几年，终究只能望而却步。一家人在一起，总有快乐时光（想到那些，凯特恨不得现在就回家），就算孩子对父母有些敌对情绪——因为迈克尔也有他的麻烦，只是她不记得了；她故意不去想那些事儿：迈克尔和儿子打架、生闷气、较劲，还有那些事儿给迈克尔带来的烦恼。所有一切归结起来就是，经营一个家有时很困难（就像权威人士说的那样，有过这种经验的人感触更深），因为凯特扮演的是一个没有选择余地的角色，一个注定会遭到抵制和反抗的母亲——因为她不能总是被爱、被感激，所以她就以为事事都不如意，所有的东西都是又黑暗又丑陋，像……难道她前几个月的情绪不过如此？莫非她过去没有得到足够的爱和重视——没有得到足够的吻和抚摸？仅此而已？

她几乎就是这么想的；和以前的想法相比，她的想法变了——逐渐变了——那时，她认为自己、家庭，以及丈夫都生活在一张自欺欺人的可恶的网中。

她的看法很可能一点都不重要。

她以什么样的心情再次走进自家前门，无关紧要：现在，事情的关键是那个，是真相。我们穷尽一生评价、权衡、盘算自己的想法、感受……结果都是扯淡。我们怀着不同的想法和感情经历了某一事件，并在当时有了相应的判断，等事情过了很久——瞧着吧，看起来就会大不相同。你以为，那才是当时的情况；你以前的所想所感，现在看来是那么可笑，那么乏味。

等到一年之后，想起这个夏天的离家经历，她会作何感想？可以肯定的是，她的想法绝对不同于现在。那么，为什么劳神费心去评价和盘算这事儿，还要坚持说：这就是我的想法，不应该做这做那，发生的是某某事儿……想到这儿（当然，她所做的就是刚被她判定为无用的），莫琳走进来说："凯特，你知道原因了吧？原因是什么，没有关系。我觉得那不重要。我做什么都不重要。"话一说完，她就扭头走了。

第二天早晨，莫琳邀凯特一起上街购物。路上，她们看见一个和莫琳岁数相当的年轻姑娘迎面走来，一只手推着一辆简易折叠童车，一个小娃娃被紧紧捆在里面，另一只手牵着一个孩子。童车里的孩子满面泪痕，坐得很不舒服，因为母亲在踏板上放了一个包裹，他的小脚只能直挺挺地搁在包裹上面。乍看一眼，他只是个坐在童车里的小孩而已；可是他满眼迷惑，一脸痛苦，好像在冲着大街喊，要大家帮帮他，解开捆绑他的带子，拿开那个蹩脚的包裹，降低飞驰而过的车辆的噪声，遮住晃眼的阳光。做母亲的——两个小孩又哭又闹，折腾得她快要疯了——一面用力忽左忽右地推着小车，一面使劲拽着那个拖拖拉拉跟在后面的小男孩。那孩子愤怒地拉着脸。他已经挨过巴掌了，一边脸是紫的。

"快点走，"姑娘说，"要么快点走，要么再来一下，我警告你。”

小男孩仍旧磨磨蹭蹭，因为愤怒已经占据了他所有的精力，倒不是想故意为难妈妈。

姑娘松开他的手，用手掌来回扇了他两耳刮子，然后翻过手背再扇，手背打完又换手掌。那孩子一声不响地站着，狠狠地盯着她看。眼泪慢慢地蓄满眼眶，沿着通红的脸颊滚落下来。

“快点走！”姑娘大声地喊着，疯了一样。她重新抓住男孩的手，用力扯了一下。男孩没站稳，朝她扑过来，赶紧抓住妈妈的衣服想保护自己，结果还是四脚朝天地跌倒在人行道上。他抬起紫红的脸，哭得嘴唇不停抖动，鼻涕直流。

“瞧瞧我的衣服。”姑娘说。她的衣服上都是他弄的油污、汗液、泪痕和棒棒糖渍。他的另一只手刚才拿了一根棒棒糖，现在飞到了地上，摔得稀巴烂。

“你要是不爬起来，赶快走回家，我就用皮带抽你，打得你屁股不能坐。”姑娘说。她弯下身去，对着他的耳朵轻声说，满眼的恨意。

男孩慢慢地爬了起来。她又一把抓住他的手。婴儿开始哭了。他是因为不舒服才哭的，不是因为生气和恼火。听到他的哭声，小男孩再也忍不住了，也开始放声大哭起来。他跟在妈妈后面，绝望地小跑着。他妈妈大步走着，前面推着一个孩子，后面拉着另一个。她走到凯特和莫琳身边，脸上是跟孩子们一样痛苦的表情。发现有两个女子在瞧她，她马上挑衅地扫了她们一眼，要她们“别多管闲事”。

她看到了莫琳，这个早晨莫琳穿了一件绣花罩衫——白底蓝花罩衫。黄色辫子垂在衣服上。那姑娘看莫琳的眼神，清楚地表露了自己成了两个孩子的母亲后失去的是什么。她满眼是泪，一家子顺着大街继续前行，只是现在脚步放慢了很多。三个人都眼中带泪。

“这样的事情，你从不记得，”莫琳说，“为什么？”

凯特正想说：因为像这样的事情从来没在她身上发生过。她没开口，只是安静地走路，想好好回忆一下是不是碰到过这样的情况。

过了一会儿，莫琳说：“要是我和威廉结婚，就用不着担这份心，对不对？有保姆、护士全程陪同。也许我会下决心嫁给他的。我需要一点时间定下心来，对吧？先到外面疯玩几年，然后再回到家庭这个小圈子中。”

莫琳脸色苍白，好像病了似的，与身上这件鲜亮、张扬的罩衫很不般配。她俩一回到公寓，莫琳就跑到一边，三下五除二脱下罩衫，换上一件朴素的黑衣。她坐在厨房里，头靠着墙，双眼紧闭。泪水顺着脸颊汹涌而下。过了一会儿，她一本正经地拿出面巾纸擦干泪水，用手往眼睛上浇了点水，然后走了出去。

凯特穿戴整齐，也离开了公寓——与其说是公寓，不如说是一个洞穴，因为这个地方是从地下挖出再用砖头砌起的空间。横看竖看都是一个洞穴。她边想边往汽车站走，从那儿可以乘公交车去动物园。

一进动物园，她就看见莫琳在前面。准确地说，她看见的是两根亮晃晃的辫子，垂在暗色的细棉衣服上。

今天不是周末，动物园里游人不多。正午的太阳当头照着，无遮无挡，处处洒满湿热的阳光。凯特此行并不是前来跟踪莫琳的，所以她走自己的路线。她看见一个路标——海狮表演——然后站在水池边，特意往一台机器里塞入一枚硬币，阅读海狮的信息。她仔细观察着海狮，相比那只未成年的海豹，海狮体形更大、更笨重，直到现在，就算是在白天，她也能感觉到海豹在她手臂中的重量。这时，她听到介绍说，这些动物不是海豹，因为它们长了两个小耳朵，而且还能够在石头和泥土上行动自如。不对，她的海豹没有这样灵活。她信步走到一个圆形水池边，那里有真正的海豹，她向前探头细看，发现水里有两只海豹，像鱼缸中的金鱼一样，绕着池子来回游弋。它们为了调剂烦闷的囚禁生活，发明了一些小游戏。绕圈子的时候先仰泳小半圈，然后翻过身来接着游；水池底下，往上喷着一根根水柱，里面都是气泡，它们忽上忽下嬉戏游玩；有时迎面相错，有时一上一下，在池里游了一圈又一圈，来来回回，不亦乐乎。

凯特感觉到莫琳就在自己旁边，于是转过身去，果然看见了她。两人一起看着海豹，谁也没有说一句话，然后一起随意漫步。

前面有一个小姑娘，看上去像莫琳的妹妹。十二三岁的样子。黄头发梳成爱丽丝[1]的样子，穿了一条牛仔裤和一件鲜艳的短衫，肉嘟嘟的，这个年龄段的姑娘，很不好穿衣服。她身上

1 此处指《爱丽丝漫游奇境记》中的主人公爱丽丝。

的牛仔裤太紧了，短衫看起来像母亲衣柜中的衣服。她其实是个漂亮姑娘，像画家雷诺阿笔下的姑娘，很丰满，也很阳光，但脸上的表情却充满绝望。小姑娘跟在前面一个十五六岁大的男孩后面。男孩个子很高，动作轻盈，长了一张十分英俊的脸，一举一动都非常迷人。两个女子顿时明白了，为什么那个小姑娘会跟在男孩的屁股后面。可是，也有什么事儿把他难倒了，搅得他脑子一团糟。莫琳跟着那对小年轻，凯特尾随在后：四个人就这样走在稀稀拉拉的人群中。

男孩走到一只关猴子的笼子边，停下脚步，站在那里皱着眉头看笼子里面。女孩就站在他身后。

刚刚有人从笼子上的一个小窗往里送进了食物，一只小猴仰面躺在一个木架上，舒适而懒洋洋地休息，啃一片卷心菜。小猴和四周形成了一幅描绘慵懒享受的画，男孩笑了。这不是有意识的笑，他并不知道自己被小猴逗乐了。三个女子不约而同地看着他和猴子。他不像之前她们三人都感觉到的那样焦虑了，好像她们伸手将他搂在了怀里。那只小猴慵懒地躺在那里，吃着东西。在笼子另一边的木架上，有只猴子坐了起来，看着它：看到伙伴那么惬意，这只旁观的猴子不悦了，它向另一个木架纵身一跃……显然，小懒猴什么都没看见，可是对面的猴子还没落地，它就翻身坐起，跃向笼中的第三个木架了。现在，轮到那只鹊巢鸠占的猴子在一堆碎卷心菜、胡萝卜和橘子中挑挑拣拣，可它并不饿，不是想要那堆食物：它就是见不得别人舒服。那只嫉妒的小猴阴茎勃起了：一根长长的红色柱体向外伸了出来。那只逃离一边的小猴看着那个篡位者，看着看着，它的阴茎也变长了，然后它用手把玩起那玩意儿来。这下子，那男孩皱起了眉头，脸色苍白了起来。他之前好像并不知道女孩跟着自己，可现在他猛地转过身来，带着她匆匆离开，不想让她看到那只手淫的猴子。小姑娘回了一次头，想瞧瞧他不准自己看的是什么；接着，她乖乖地跟着男孩，金色眉毛下的双眸，满怀爱意地瞅着男孩。但是，男孩已经将她忘到了脑后，松开她的手，不一会儿就一个人走到了前面。小姑娘跟在后面，她的后面跟着凯特和莫琳。

男孩走到一个围栏前又停住了，围栏里有三只牛羚。男孩的口袋里有花生，他没有理会那个不准喂食的告示，把手中的花生伸向那只最小的牛羚。一只大牛羚见状急忙将小牛羚推到一边，把男孩手里的食物抢走。男孩忍住难过，十分耐心地等着。等到那两只大牛羚离开小牛羚，他才又一次拿出花生喂那只小牛羚。可是，同样的事情又发生了：男孩一次又一次地从口袋中掏出花生，想给那只小动物吃；可是那两只大家伙一次又一次将小东西挤到一边，夺走食物。男孩难过极了，但他没有放弃努力。两只大牛羚抢走了所有的花生，小牛羚一无所获。男孩蹲在围栏的铁丝网前，满腔爱恋地看着小牛羚。他身后的女人们知道，如果没有铁丝网拦着，他会紧紧抱住小牛羚，没准儿还会把脸埋进小动物那粗糙的皮上伤心掉泪。到了这会儿，连莫琳和凯特都喜欢上了他，喜欢的程度不亚于那个为情所困的小姑娘。小姑娘的眼睛牢牢地盯着他，在他身后走来走去，希望他能看到自己，允许自己帮助他完成那个屡屡失手的任务，让那只小动物吃到花生，借以得到他的欢心。

男孩没有注意到她。他不想再遭这份罪了，于是大步离开了那个地方。小姑娘急忙追了过去。他跑了起来——是想甩掉她吗？她也跑了起来。男孩一转弯跑进了一座鸟园子。女人们赶到那里的时候，他正一边看着一个小箱子般大小的鸟笼——里面有一只羽毛鲜艳的鸟，一边看标牌，标牌上说该鸟是于一九二五年捐给动物园的。他的脸这会儿涨得红通通的：跟那个路上挨了巴掌的小男孩的脸一样。他一个笼子接一个笼子地看过去，标牌上写着小鸟在里面待了多长时间。一个管理员或饲养员模样的人走进屋子，男孩走上前问："那只鹦鹉，你们放它出来过吗？"

"咱们现在不能放走它们，对不对？"那人说。

"可它们从来没有，从来没有出去过吗？"

那人了解他的情绪，走到一边说："没有，它们就待在这儿。"

"你们没发觉，那只鸟已经在笼子里待了半个世纪吗？五十年了！"他不管不顾地边说边扯那人的工作服袖子。

"那是它们的命，懂吗？"那人说着从墙上取下一把扫帚，背对着男孩，开始扫地。

男孩非常痛苦。小姑娘站在他旁边，但不敢碰他，冲他堆着笑脸，意思是只要他俩在一起，就能赶走世间所有的痛苦。但男孩心里百般不是滋味，脸色无比憔悴，皱巴巴、阴沉沉，气色差极了。

"你知道吗，简？有些鸟儿已经在这里待了好多年了。好几十年呢！比我们爸妈的年龄还要大呢。"

她的脸上写满安慰，他推开她，走出屋子。

路的一侧有一台机器，可能是割草机。

这是台报废的机器，搁在那里毫无用处。男孩站在一旁看着它。他的身后是深爱着他的简。简的后面是莫琳。凯特站在路的另一侧。她看着那三个人——把他们看成一个三人组，她本人被排除在外。一个是痛苦的英俊少年，受不了尘世的种种行为；一个是漂亮的小姑娘，知道他喜欢感情用事，但事后就安然了；加上一个美丽的年轻女子，正在仔细审视自己的未来该何去何从。

男孩从另一个口袋中掏出一个透明袋子，里面装着花生，他把整袋花生伸到机器面前。在他的想象中，那台机器过来拿花生了，他赶紧抽回手，咧开嘴滑稽地笑了。

看到他这个表情，凯特心下怀疑：他是不是看见了莫琳，知道不止一个女人跟在他后面。

可事情并不像她想的那样。

他又把那个小袋子送到机器面前，透过袋子看得到里面香喷喷的花生：等机器似乎有反应时，他又把手缩了回来。

他哈哈大笑起来，笑得相当夸张，由此凯特知道他至少发现了莫琳。凯特没有料错，只见他猛地转过身来，把那个封了口的袋子拿给莫琳，跟他拿给机器一样，他放肆地朝着她哈哈大笑。莫琳没有退缩，没有微笑，也没有皱眉。她站在那里打量着他的脸。他安静了下来。现在他看清楚了她——一个美丽的年轻女子，金黄的马尾辫垂在薄薄的黑衣上，在昏暗的光线中光彩照人。他的脸，因他那个年龄逃脱不了的痛苦而变了形，此刻柔和了下来。他把袋子口撕开，送给莫琳。莫琳只是伸长手臂，向他打开手掌。他只好拿回袋子，摇了摇，倒出花生放到她手心：好像把花生倒入自己胸口一样。他笑了。莫琳笑眯眯地把花生米扔进嘴里，露出一口洁白的牙齿。两个人并肩走开了，身后跟着一个愁云满面的小姑娘。小姑娘后面，是个中年女子。

尾随在后的两个人，看不见前面那一对的脸。他俩的样子好像充满活力，似乎在哈哈大笑。他们经过蛇屋，走进水族馆。

紧跟他们身后的是简，简身后是凯特。

水族馆里光线幽暗，但四周墙壁被灯光照得亮堂堂的，里面的鱼儿满满当当，那四个人顺着墙往前走。领头的两个人没有说话，只是安安静静地走着路，好像在每个鱼缸前都停留了一样长的时间。但是，他俩在一面水墙前逗留了好一会儿。水墙里有一根管子，里面冒着成串的泡泡，给水充氧，生活在里面的是一条鳐鱼。鱼儿此刻正在玩耍呢，它让自己停在新鲜水流中，摇摆扭动，像要舞蹈似的：那来自缸外世界的空气让它那样陶醉。

莫琳笑着亲了亲男孩。

男孩使劲地回亲了她一下。

手拉着手，他俩继续向前走去。

简跟在他俩身后，目不转睛地瞧着他们，她的眼里只有他们，看不见其他任何东西，看不见鱼儿，也看不见那条在水泡中戏耍的鳐鱼。

凯特走出水族馆，本想离开此地，可是，跟简一样，她左右不了自己的眼睛，不看个究竟，死不瞑目，就是给自己钉上十字架也心甘情愿。她等在一旁。没过多久，她看见莫琳出来了，依然与那个男孩手牵着手。跟在他们后面出来的是简。

莫琳又笑了，带着胜利者的表情，狠狠地亲吻男孩，她以这种方式，向所有的一切挑衅，往这个世界的脸上扇了一巴掌。她看见了凯特，接着又亲了男孩一次。不过，男孩开始躲避她了，他感觉自己被利用了。他站在那里，看着莫琳离开。虽然先前他好像一直没看见简一样，但这时他走到女孩跟前，把她拥在怀里，有点恼怒，但很耐心地说："别这样啊，简，别这样啊，干吗非要一直跟自己过不去呢？"

"我没办法！"女孩的眼泪哗地流了出来。她把脸靠在男孩的肩头。男孩把她搂在怀中，脸颊俯在她的头上，然而眼睛却依然望着莫琳离去的身影。

凯特走到她身边，莫琳说："看来，我应该和菲利普结婚。"

"为什么不呢？"

"为什么不呢？斯坦利为什么不行？他们个个都很有爱心嘛。爱动物，爱鸟儿，爱鱼儿。人类就更不用说了。"

"好了，别这么损……"凯特来气了，勃然大怒，快步从莫琳身边走开，莫琳跟在后头，道歉："对不起，凯特。"

过一阵子，凯特平静了下来，说："没关系，要道歉的人应该是我才对。"她有点儿言不由衷。

她们回到了公寓。莫琳说："我们俩老是道歉来道歉去的。"

"是呀，自家人嘛。"

"是的。"

"好了，咱俩这样子也快到头了。"

当晚，凯特才一入睡就开始做梦。仍旧是在寒冷的黑暗中。海豹此时沉得不得了，她只能拖着它艰难地行走在雪地里。她用不着再替海豹担惊受怕了，不用怕它会死，或者只剩一口气：她知道此刻的它生机勃勃，跟她一样，充满希望。

她用力吸了一口咸咸的空气；那正是带着盐分的大海的气息。雪已经停了。她感觉到轻拂脸颊的不是雪花，而是一股清新温和的微风。

她发现脚下的冰雪不见了：自己走在一片春天的草地上，绿意葱葱，看得见草下又黑又湿的泥土。草地上春花烂漫。前方的地面突然高了起来，她爬到上面，抱着海豹，站在一块小海岬上，俯瞰着大海。晴朗的天空映在海里，原本蔚蓝的海水越发蓝了。一群海豹躺在礁石上晒太阳。

凯特使出最后的力气，举起海豹，以免它的尾巴拖在地上受伤，然后跌跌撞撞地走下小路，朝海边走去。那里有一块平整的礁石，她让海豹轻盈地滑入水中。海豹沉入水底，接着浮出水面，脑袋最后一次靠在礁石旁：用柔和的黑眼睛看了看她，然后闭上鼻孔潜入水中。海里到处都是海豹，它们并排游着，忽而翻身仰游，忽而绕个圈圈，忽而又钻入水中，在海里戏水。一只身体两侧和背部伤痕累累的海豹游了过去，凯特心想，那一定是她的海豹，是她一路抱在怀里历经艰难险阻的海豹。但是，此刻它没有看她。

她的旅程到此结束了。

她发现太阳挂在自己的正前方，而不是在遥远的身后，藏匿于地平线下——这么久以来，它一直藏身于那里。她望着它，望着这轮明亮硕大、欢快活泼，仿佛要引吭高歌的太阳。

她转过身，知道梦已结束。这时，她醒了过来。

她告诉了莫琳，莫琳说："那很好嘛，你说呢？"

"我想也是。"

"我是说，那样对你很好。"莫琳坐在餐桌边，话里带刺。

"你是不是以为梦只是为做梦者服务？也许不是呢？"

"我又没有做这样的梦，对不对？"莫琳说。

"没有。"

"我不会梦见那样的东西。你说得对，像笼子啦，被关起来了啦，更对我的路。"

凯特不想再说什么，她走到电话机旁，往家里打了个电话，说她明天回家。接电话的是艾琳。这些日子都是艾琳在打理家务。"噢，好的，妈妈，我们把家料理得可好了。"

凯特回到厨房，说："你知道吗？我失业了！没事可做了。你有什么好主意？做义工？加入流动厨房组织？重返'国际食品'？——我想，还是去流动厨房组织吧。"

莫琳恼火地挪了一下身子，凯特又走开了。

过了一会儿，莫琳到凯特的房间，说："我想办个聚会。"

"干吗口气怪怪的？"

"聚会多轻佻呀，你不会这么说吗，凯特？没心没肺？自私低俗？"

"什么时候？"

"就今晚。请一定参加。我希望你来，真的。"

接下来的下午时光，莫琳一直在打电话，送货员一个接一个地送来饮料和食品。

她走进凯特的房间，凯特正躺在床上，像个整装待发的旅行者，箱子已装好，物品叠放得整整齐齐。莫琳说："你做什么他妈的跟我一点关系都没有。或者我做什么对你来说也一样。世上所有的东西都是这样，可就是谁都不愿去面对。"

"这话我可不信。"凯特说。

"我才不管你信不信呢。"她走了出去，又折回来说，"你的海豹安全了，对吧？它得救了，安全了。"

"我可没把它当成我的海豹。"

"是吗？那么说如果你明天突然死了，对它一点影响都没有，是不是？"

她已经失控了。凯特寻思，是不是该做点什么，控制一下她的情绪，但她没有多事——她能做什么？给她吃阿司匹林？说几个好建议？端杯茶？这时电话铃又响了，莫琳边往外走边说："不管这世上什么东西是重要的，如果真有，管它是什么，从来就没有人告诉过我。"

凯特待在屋里，等电话结束。脑海里种种言辞蠢蠢欲动，八成是报纸上什么领导的观点，或者电视上哪个宗教节目的思想。比如："以前的世界往往糟糕透顶，人民才会绝望。""愤怒伤身且毫无用处。"

接着，凯特脑子里冒出了一些她自己的思考："垂死者，以及将死者，数以百万，里面也许有你有我，但是我们身旁，总有一些头脑冷静的人，能够清醒地应对一切。""可是，这个星球的历史就是灾难、战争和痛苦的历史；到现在情况更糟了。”“你想寻找这样一个男子：他知道所有答案，能够说‘这样做或那样做’。可惜世上没有这种动物。”

她听到莫琳在说：“是的。聚会。没能早点儿告诉你，我是今天刚起的念头。是的，就这样，好的。”她特意让自己的声音显得格外富有涵养。

凯特帮不上莫琳一点儿忙，但她可以为自己那几个孩子做点什么：给他们带点礼物回去，不是挺好吗？她在国际食品组织工作的钱还剩下不少呢。凯特上街购物去了。透过窗户，她看见自己的样子，体形又恢复到了从前，但从脸上看，老了不少。非常明显。孩子们肯定看得出。他们会说什么呢？假装没看出来：您看起来真迷人呀，妈妈！可是眼神里已经没有想取悦她的意思。也是时候了……她的头发——得了，是人都看得见！

过去几个月的经历——她的发现，她的自我定义，这些她此时希望化为力量的东西——全都集中到这个地方：她的头发上。她打算回家的时候，不做头发，为方便起见，在脑后扎个马尾辫，任由头发毛糙粗硬。面积不断扩大的花白头发仿佛在发表声明，好像她身上的其他部分——躯体、双脚，甚至脸庞，虽日益老去却能修复——都属于别人，就是她的头发——绝对不行！再也没人伸手抚摸它了。自打她成人以来，或者准确地说，自打她离开祖父在莫桑比克首都的家，她就一直待在这种氛围下，所有的事情都能谈论。思想、情感，以及冲动，都属于必须被她自己或他人立刻识别的东西，然后再分门别类，装册上架，或者，你喜欢的话，可以存入计算机——因为欲语还休或模棱两可都可能是危险的。以前，她生活在语言的世界中，人们接受的教育就是使用语言或被语言所用。但是现在，自我保护对她而言事关重大，她可以发表声明，让人理解，那么她就可以，或不可以动自己的头发：这种物质从她头皮的毛孔中一点点长出，如同通心粉从机器里慢慢出来一样，是她身上唯一被抚摸、掐捏，或触摸后没有感觉的部分。布朗女士（或店家称呼的漂亮女士）的服装、发型、举止、姿态和声音以前都是赝品，这种赝品与真迹相比，差异极小，令她不适的程度与科学家按下某个设置精确的杠杆时，试验小鼠感觉到的不适大同小异。但如今她说不了：不，不，不，不——这个将一切集中于她头发上的声明。

她看见莫琳坐在她的床上，凯特的床上，无所事事。现在是晚上七点。聚会的准备工作已经完成，但莫琳还没有换衣服。她没有离开床铺。她是不是想替自己或朋友收回此物？凯特说："我有一个发现。重回家中时，我打算发表一个声明——虽然我还拿不准声明的内容是什么。但我选择的范围——你明白我的意思吗？——嗯，被缩小到我的头发怎么做才好。是不是很有意思呀？"

莫琳耸了耸肩。

"我一直在想。我已经把自己的感受全部告诉了你。包括所有的事情。但是，这些年来，我都只能零零散散地说出自己的想法和感受。我告诉自己，对这些人我不该说这个，这个我能对艾琳说，但不能对蒂姆说……这个玛丽明白不了：比如，我就不会给玛丽讲海豹的事儿。不过我可以对蒂姆说。当然，我会对迈克尔说些事儿，但他听我说话的样子好像是在听远在天边的事儿，跟他一点关系也没有。我想，他是不是觉得，我就是这样听他说话的。当然，他说，他不会做梦。他的事儿都在外面——我和他之间距离这么远，是不是不大可能？因为我们已经一起生活了这么久？并不是我的话让他感到震惊或意外，只是他显然爱听其他大陆的新闻。那些地方他一次都没去过，也没有去的打算。可是我觉得，我好像把自己一小块一小块分给家人，这块给蒂姆，那块给迈克尔，这块给艾琳，等等等等。或者说，以前是这样分配的。过去是的。都结束了。不过，对你我什么都能说。”

“如同过往的船只，”莫琳说，“像在旅途中邂逅的人们。也许我们再也不会见面了。”

莫琳走了出去，关上房门。

过了一小时，公寓里面依旧静悄悄的。凯特走出房间找莫琳。她已经换上了一件三十年代流行的旧式晚礼服，就是斜裁的、贴身的那种。衣服后背开得很低，用交叉的小细带连接。黑缎面料。她把头发剪了。剪到耳垂高度的地方。用几个发夹把头发夹得紧紧的，如果说看她脖子以下的装扮像海上女妖，那么看她的头就像一个刚走出监狱或寄宿学校的女子。

她坐在大厅垫子上，用剪下的头发做什么东西。她把那东西举了起来，眼睛故意不看凯特。她用头发卷成了一个丰收娃娃的造型，一个玉米娃娃。

凯特很吃惊：当然，这就是她的本意。“聚会马上就开始了。”凯特说。

“没事。”

这时门铃响了。客人们站在门外。

“嗨！”“嗨。”“你好。”“嗨。”然后接吻。“你拿的是什么东西呀，莫琳？”

“我的头发。看不出来吗？是我的宝贝。”莫琳说着在客人们面前跳起舞来，眼睛都不往他们身上瞟一眼，只管举着那个垂在手腕上的头发娃娃——一个靓丽、脆弱的娃娃。

很快，屋子里就济济一堂了。这么多人，这么多双眼睛，这么多跟着黑缎裹身的莫琳转动的年轻人——当中有斯坦利、菲利普和一个比其他人大许多的男子，他魁梧结实、面露威严；此人肯定是威廉，是莫琳如果愿意使用就可以帮她重回原来那个群体的护照——这一张张表情各异的脸，仿佛一张地图，或一页书写着莫琳那丰富多彩、机遇层出的生活的文字。但是，客人们只是受到她的娃娃的欢迎，而不是她本人的亲自迎接。她似乎没法去注视他们，或在谁的身边多停留片刻说说话。她穿梭游走于人群当中，和某个男士跳上一两步就马上溜走，或者避开客人一个人摆弄饮料和食物。

凯特心想，干吗不现在回家呢？此刻，今晚，没必要等到明天。

她给莫琳留了一张字条，外加一瓶香水——既然想不出什么更好的主意，只好随意了。

她提着行李箱，站在大厅，寻找莫琳。

莫琳正依偎在威廉的怀抱中。威廉背靠墙上，双脚稳稳地踩在地上，大手搂着她的腰肢，支撑着她的身体。

她娇柔无力地全身靠在他身上，一只手摆弄着那个垂在她另一只手腕上的头发娃娃，蹙着眉头，眼睛没看威廉。

“你很清楚最终会嫁给我，干吗不现在就嫁？”

“我清楚吗？我不清楚。”莫琳说道，拿着娃娃画圈圈。

“把那东西给我，我不喜欢它。”不过动粗不是好主意，因为她把娃娃看得很紧，她说：“我又没要你喜欢它。”

她的口气很烦躁。这么说他有机可乘，是个好兆头？

他俩在一起的生活不难想象：住在那栋威尔特郡或别的什么地方的豪宅里，养一大群的马、孩子和狗，一切都照着现成的模式，就连如何调侃这种生活都有本可参。

威廉的后面，厨房的门口，出现了菲利普的身影。他和往常一样穿着制服，陪在身边的是一个整洁漂亮的英国女孩，责任、义务、贡献之类的玩意儿让她的女人味难以释放。初看一眼，她像个做煎蛋饼的姑娘，心甘情愿地承受着令人不悦的重负和令人难堪的选择。她身上的裙子似乎与菲利普的装扮一样，有点军服的味道：一条带小白领的深蓝绸裙，一枚勋章似的胸针被紧紧禁锢在胸脯上方。他俩真是天造地设的一对，姑娘与菲利普手挽手并肩而立。然而，菲利普却不由自主地凝视着、渴求着正软绵绵不知羞耻地依偎在威廉怀中的莫琳。

“瞧你这样多傻，我可不许。”威廉说，说话的口气像一个大哥哥似的，想把那黄发圈从姑娘手腕上扯去。

“不要，不要！”莫琳尖着嗓子喊，“不要，快住手。”但她没有离开威廉的怀抱。

菲利普站在原地，看着他俩；那个英国姑娘嫉妒地看着菲利普。

谁也没有看见凯特和她的行李箱。于是，她拎起箱子，悄悄地走出公寓，朝公交车站走去，回家。